グイン・サーガ
オフィシャル
ナビゲーションブック

栗本 薫・監修／早川書房編集部編

GUIN SAGA
Official
Navigation
Book

早川書房

キャラクター人気投票集計結果

第1位　1234票

グイン

Illustration 丹野 忍

▼特徴▲

グイン・サーガの主人公にしてケイロニア王。トパーズ色の目の輝く豹頭に、二タールをゆうに越える身長、雄大な肩幅、鍛え上げられた体格を誇る、まさに英雄の中の英雄であり、ケイロニアのみならずノスフェラスのラゴン族、セム族や黄昏の国など魔界の住人たちからも王としてあがめられている。

▼履歴▲

獣頭の見かけとは裏腹に、その知性は抜群で、人心掌握の術にも優れ、個人としての格闘でも、軍を率いての戦いでも、負けることを知らない戦闘の達人であるとともに、政治家としても超一流の能力を誇り、周囲の人々からの信頼も厚い。そんな彼の唯一の弱点が女性との恋愛に際しての態度であり、最愛の妻であるシルヴィアとの関係は悪化の一途をたどるばかりで、それが、彼の数多い敵の最大の攻撃ポイントのひとつともなってしまっている。

第一次黒竜戦役のおりにほとんどの記憶を失った状態でルードの森に現われて以後、ノスフェラス、中原、北方、キタイから数々の魔の領域に至るまでつねにその中心となって活躍を続け、また彼の持つ無尽蔵のエネルギーとその謎に魅せられた伝説の大魔道師たちからただならぬ関心を寄せられるなど、人界、魔界を問わず世界中にその名声をとどろかせてきたが、そのいっぽうで豹頭であるという自身の異形に強いコンプレックスを持ち続け、また出自が明らかにならないことに悩み苦しんでもいた。その後、ケイロニアの人々に暖かく受け入れられ、またおぼろげながらも彼の出身地であるランドックが、この世界の場所ではないらしいことがわかるにつれ、その苦しみは徐々に解消されていったものの、現在もなお「おのれの正体を知ること」は彼の最大の望みであり、そのためならばすべてをなげうってもかまわないと考えている。最近になって、数々の大魔道師たちの観相や、また彼が訪れた星船に残されたデータによって彼の出自についての情報も増え、彼が女神アウラによって追放された、遠い惑星ランドックの皇帝であったらしいこと、《調整者》と呼ばれる謎の種族によって、なんらかの使命を帯びてこの世界に送りこまれてきたらしいことなどが明らかになってきた。

「**幾多の謎を秘めた豹頭王、堂々の第1位。**」

侵略者アモンとの激烈な戦いののちにやむなく行なわれた宇宙空間からの長距離のカイザー転移によって、ふたたびすべての記憶を失ってノスフェラスに現われた彼は、現在セム族とラゴン族の手厚い保護を受けている。今後、彼の記憶は戻るのか、ケイロニアやノスフェラスとの関係はどのようになってゆくのか、この世界を見舞う災厄に対する防波堤としての役割をふたたび担うことができるのか、など、今後の彼に対する興味はつきることがない。たとえ記憶を失おうとも、中原を不在にしようとも、これからも物語の中心であり続けることは間違いない。

第2位　465票
イシュトヴァーン
Illustration 丹野 忍

▼特徴▲

残虐王、殺人王として恐れられるゴーラの僭王。ヴァラキア人らしい浅黒い肌に、生まれてから一度も切ったことがないという長い黒髪、黒い目の、ムチのような長身の美青年。

▼履歴▲

ヴァラキアの下町チチアで玉石を握って誕生した際に、産婆の占い師から受けた「王になる」という予言をついに実現させた。

スタフォロス城でグインたちに出会ったころの彼は、ぬけめなく自信満々の陽気な傭兵であったが、軍師アリストートスとの出会いをきっかけとして、ゴーラの玉座への血塗られた長い道を歩むにつれ、次第に陰惨な影を身にまとうようになった。《災いを呼ぶ男》の通り名どおり、彼のこれまでの半生は裏切りと破滅の歴史であるといっても過言ではなく、マルス伯や王妃アムネリスを始めとして彼の裏切りが原因となって命を落とした人物は枚挙にいとまがない。しかしながら、裏切った人々に対する自責の念は彼の心中にひそみ、その念が時折悪夢となって噴出し、彼の精神の陰惨と孤独を増幅させている。

「不吉な星のもとに生まれた男、その呪われた運命がもたらすものは？」

孤児であったという生い立ちからか、人から見捨てられることを極端に恐れており、リンダとの失恋、グインの拒絶、リーロ少年との残酷な別れもまた彼の精神に色濃く影を落としている。そのため、彼に無償の愛を注いでくれる存在には頼りきってしまいつつも、いずれその存在にも捨てられてしまうのではないかと無意識に想像して周囲に対する不信を、自分から育ててしまうという悲しい性癖があり、そこをヤンダル・ゾッグにつかれて後催眠をかけられ、一時は運命共同体とまで信じたアルド・ナリスに死をもたらす原因ともなってしまった。

彼の父親ともいうべき存在であるカメロンに対しても疑念をつのらせ、唯一の血縁である長男ドリアンをも完全に拒絶してしまった彼の孤独はますます深まっていく感があるが、そんな彼の救いとなるかもしれないと期待できそうな存在が、ミロク教徒の娘アリサである。地獄への道を歩み続ける彼の精神に救いの日は訪れるのかどうか、もし救われるのならば、それをもたらすのはアリサか、カメロンか、それとも他のいずれかなのか。底知れぬ彼の精神の闇は中原の運命を、果たしてどこへ導いてゆくのであろうか。

第3位　427票

アルド・ナリス

Illustration 丹野 忍

▼特徴▲

神聖パロ王国初代聖王。細身の長身、長くつややかな夜の色の黒髪、夜の湖のように深く黒い瞳、透きとおる白い肌の持ち主で、この世で最も美しいと讃えられる美青年。

▼履歴▲

幼少時代は父母から愛されることもなく、その出自から反乱予備軍としても警戒され、不遇の時を過ごしたが、十八歳でクリスタル公となってからは、ずば抜けた知性と美貌、歌や舞踏、細《レイ》剣《ピア》など数々の恵まれた才能をもって瞬く間に宮廷の主役の座を手に入れた。彼のたぐいまれな容姿や優雅なふるまい、《典雅の裁決者》と称されるほどの洗練されたセンスを周囲の人々は熱狂的に誉め讃えたが、彼本人はそのような熱狂に対して冷笑的な思いをつねにいだき、それをおだやかな表情の下に隠しとおしていた。また、父母に疎《うと》まれ、最愛の弟ディーンもまた自分のもとから去っていったことに深く傷ついていた彼は、にぎやかな宮廷にあってもつねに深い孤独感にさいなまれており、その孤独感からくる虚無的な破滅願望から、時として自らを窮地に追いこんでは自らの運命をもて遊んで楽しむかのような一面もあった。リンダと結婚してからも彼女の予知能力を守るために彼女を処女のままに保ったり、アムブラ騒乱に際しては友人の学生たちへの弾圧を密かに指示するなど、非人間的な計算高さや冷酷さも少なからず持っており、その精神には深い闇がつねにつきまとっていた。

「たぐいまれなる美貌と知力に恵まれた青年は、大きく歴史を動かし、眠るように逝った。」

数々の謎を秘めた古代機械の唯一のマスターでもある彼は、古代機械の秘密をめぐるヤンダル・ゾッグの陰謀のターゲットとなって重い障碍を持つ身体となり、隠退してマルガで静養につとめる日々を送るようになったが、イシュトヴァーンの突然の極秘訪問をきっかけとして、キタイの侵略から中原を守ることに自らの生きる目的を見出し、強固な信頼関係で結ばれた参謀ヴァレリウスとともについに反乱を起こすに至った。圧倒的に不利な戦況のなかで、思うように動かぬ身体を抱えながら、なおも衰えることのない知性だけを武器に戦い続けた彼であったが、マルガを急襲したイシュトヴァーンの捕虜となってついに力つき、長く切望していたグインとの会談のなかで眠るように息を引き取った。

彼の死がもたらした、物語における喪失感はあまりに大きく、その死は、すべての読者にある種の感慨を与えずにはおかなかったであろう。今後は外伝での彼との再会を楽しみに待つこととしよう。

第4位　377票

ヴァレリウス

51 ページに続く

Illustration 丹野 忍

グイン・サーガ
オフィシャル
ナビゲーションブック

GUIN SAGA Official Navigation Book

CONTENTS

◆グイン・サーガ誕生25周年記念スペシャル企画

010 ▶ **グイン・サーガ×ベルセルク対談**
——栗本 薫／三浦建太郎

◆外伝150枚一挙掲載

125 ▶ **鏡の国の戦士**
第1話 蛟が池
——栗本 薫

◆ファン投票発表

002 ▶ **グイン・サーガ・キャラクター人気投票集計結果**
＋キャラクター紹介

◆グイン・サーガを考える

079 ▶ ・探究《グイン・サーガ》1
戦争から読み解く
気になるセリフ　戦争篇
——田中勝義＋早川書房編集部

105 ▶ ・探究《グイン・サーガ》2
恋愛から読み解く
気になるセリフ　恋愛篇
——柏崎玲央奈

グイン・サーガ誕生25周年記念スペシャル企画

グイン・サーガ×ベルセルク対談

栗本 薫×三浦建太郎

豹頭の戦士の活躍を描く《グイン・サーガ》。黒い剣士の復讐を描く『ベルセルク』。それぞれ読者の圧倒的支持を得ているファンタジー巨篇の作者であるおふたりの初対談がここに実現しました。小説と漫画という違いはありますが、おたがいの作品のファンでもあるおふたりに、それぞれの作品の気になるところから、長い物語を書き続けるという創作の秘密にまで、大きく踏みこんで語っていただきました。なお、対談の性格上、取り上げた作品の内容に触れておりますので、未読のかたはご注意ください。

●栗本 薫

別名に中島梓。1977年中島梓名義の「文学の輪郭」で群像新人賞評論部門を受賞。1978年栗本薫名義の『ぼくらの時代』で江戸川乱歩賞受賞。ふたつの名義を使い分けて、小説・評論・演劇など多彩な活動を展開している。

●三浦建太郎

1985年に「再び…」が〈週刊少年マガジン〉新人漫画賞を受賞してデビュー。武論尊原作を得て、『王狼伝』『ジャパン』などを発表、1989年から〈アニマルハウス〉に『ベルセルク』を連載開始、爆発的な人気を得る。

グイン・サーガ

1979年より早川書房から刊行開始されている大河小説。
自身の出生さえわからない豹頭の戦士グインの活躍を中心に、多数の魅力的な登場人物が、冒険、戦争、政治、恋愛、憎悪、恐怖、幻想など、あらゆる要素を含む劇的なストーリー展開のなかで翻弄され、成長してゆくドラマを描く。

ベルセルク

1990年より白泉社から刊行開始されているファンタジー・コミック。
鉄の塊のような巨大な剣をふるう黒い剣士ガッツを主人公に、彼の孤独で苛酷な戦いと、彼にかかわる仲間との交流、そして不可解な敵との信じがたい因縁が、壮絶な人間ドラマとともに、重厚かつ精密な筆致で描かれる。

《グイン・サーガ》だけは、もう絶対読んできてるんです ——三浦

栗本 はじめまして。
三浦 どうもはじめまして。
いきなりで恐縮ですが、《グイン・サーガ》、最初から百巻っておっしゃってましたよね。
栗本 最初は八十一巻って言ってたんです。半村良(1)さんの『太陽の世界』(2)が全八十巻というふれこみだったもので、それより一巻だけ多くしてやろうと思ったんですけど、それだとあまりに性格が悪いみたいで(笑)、思いきって百巻って言ったんです。でも、来ましたね、ついに。
三浦 来年ですよね。
栗本 来年の四月の予定(3)なんですけど。
三浦 楽しみですよ。でも、やっぱり終わりませんでしたね(笑)。
栗本 終わらないですね。ぜんぜん終わらないです。とりあえず第一部がなんとか終わるかなと思ったんですけど、それより第二部の頭が始まっちゃった感じで。あ、こんなこと言っちゃいけない。
三浦 ぼくは、もともとそれほど読書家というわけではないんですけど、漫画家になってから(4)、ほんとにいそがしくて、それこそ漫画の資料みたいなものしか読む時間がなくなってしまったんですね。ですけど、《グイン・サーガ》だけは、これはもう学生時代から、もう絶対これだけはという感じで読んできてるんです。
栗本 ありがとうございます。私も『ベルセルク』は読ませていただいております。あとでちょっとサインしていただこうかなと本を持ってきてます。
三浦 あわわわ(笑)。
栗本 最初は自宅に置いてたんですけど、今は会社(5)の事務所に持っていってまして、そちらにずらっと並んでいます。稽古に来たうちの役者さん

---

1 半村良(1933-2002)
さまざまな職業を経て、1962年「収穫」でハヤカワ・SFコンテスト3席入選。『石の血脈』(第3回星雲賞日本長編部門受賞)、『産霊山秘録』(第1回泉鏡花賞受賞)、などの作品で伝奇SFのジャンルを確立した。

2 『太陽の世界』
1980年から刊行開始された大河SF小説。当初、全80巻と著者自身が述べていたが、1989年の第18巻で途絶。南太平洋にあったと伝えられるムー大陸を舞台に、二千年にわたってくりひろげられる民族の興亡を描くという設定。

3 来年の四月の予定
2004年10月に97巻、12月に98巻、2005年2月に99巻、4月に100巻が刊行される予定。

4 漫画家になってから
三浦建太郎の商業誌デビュー作は、〈週刊少年マガジン〉1985年36号掲載の「再び…」。最終戦争後の苛酷な管理社会で出会った男女が新天地をめざすというもの。同年〈フレッシュマガジン〉3号に「NOA」を発表。こちらも最終戦争後の世界が舞台で、無法地帯となった地球で生きる人々を描いたもの。

5 会社
天狼プロダクション。ミュージカル製作会社。中島梓名義で、脚本・演出・作詞・作曲によるミュージカルの公演を行なっている。

とか、休憩時間になると読んでたりするんですよ。うちの事務所は、『ベルセルク』が読める事務所として有名なんですよ（笑）。

三浦　ありがたいですね。

栗本　ただ、みんなそこで読んじゃうんで、申し訳ないんですけど、購買力につながってないかも（笑）。

《グイン・サーガ》は、『ベルセルク』の母親にあたります　――三浦

三浦　『ベルセルク』は、《グイン・サーガ》がなければ、もう完全に存在していないものなんです。

栗本　ああ、読んでると、いろいろなイメージやなんかに、私が言うのも変ですけど、《グイン・サーガ》の影響かもっていう部分が……。

三浦　ほんとにそうなんです。ぼくのファンタジーの基礎の部分って、《グイン・サーガ》を読んでいるうちに構築されましたから、ぼくのファンタジー観ってベースが全部《グイン・サーガ》なんですよ。

栗本　すごい。うれしいですね。前に〈ぱふ〉(6)の、三浦さんのインタビュウ記事でも拝見しました。〈JUNE〉(7)という怪しい雑誌（笑）の編集長が、三浦さんが《グイン・サーガ》のファンだって言ってるよって、わざわざその部分に付箋をつけて送ってきてくれたんですよ。

三浦　もう、ウソ偽りなく、学生時代から憧れてて、その頃から漫画描いてましたから、《グイン・サーガ》を真似たような落書きとか、美術学校の課題で、好きな本の表紙を描けとか出たら、そのたびに《グイン・サーガ》を描いてました。

　同人誌でも《グイン・サーガ》を描きたいなと思ってたんですけど、ちょうどその頃、本気でプロになりたいなと思ってまして、ファンとして同人誌とかの世界にどんどん入っていくのもいいけれど、プロになって《グイン・

---

6 〈ぱふ〉
1971年創刊の漫画評論誌。発行：雑草社。

7 〈JUNE〉
1978年創刊。創刊時の誌名は〈comic JUN〉。3号より現在の誌名に。発行：マガジン・マガジン。イラスト、小説、映画、写真などの媒体における、美少年のさまざまな描かれかたを探究、その楽しみかたを追求している。

8 グリフィス
『ベルセルク』のキャラクター。貧民から出て、傭兵部隊鷹の団を組織して名をあげ、ミッドランドの貴族にまで取り立てられるが、王女シャルロットの純潔を奪ったため国王の逆鱗に触れ、地下牢に監禁、拷問によって身体の自由を奪われる。絶望から、暗黒の儀式「蝕」を起こし、鷹の団全員の命と引き替えに、使徒フェムトとして転生し、さらに、新たなるグリフィスに生まれかわる。

8巻86P

9 ナリス
《グイン・サーガ》のキャラクター。中原の魔道の国パロにおいて、美しく冷徹なクリスタル公として知られる人物だが、パロ王レムスによって反逆者として幽閉され、拷問のために右脚を失う。

サーガ》みたいな世界をつくりたいと思っているのなら、同人誌ではなく、自分独自の道を見つけなきゃと思ったんです。
なんか《グイン・サーガ》が親で、育ててもらって、あまえたいんだけど、でも反発して、みたいなことがありました。ほんとにありがとうございます。

栗本 とんでもないです。おかげさまで私も面白い漫画を読ませていただいて。

三浦 作品として、《グイン・サーガ》は、『ベルセルク』の母親にあたります。ぼくが勝手にそう呼ばせていただいてるだけですけど（笑）。

栗本 私ね、グリフィス(8)を見てると、ものすごくナリス(9)を思い出すんですよ。

三浦 ぼくもそうですよ（笑）。現実離れした人間の美しさを描くときのもっともベーシックなものとして、グリフィスの原型として、ナリス様をずっと見てました。

栗本 青年漫画系の作品で、ああいうタイプの人が出てくるのってまずないでしょう。だから三浦さんの作品って女の子のファンが多いんじゃないかなって思うんですけど。

三浦 そうですね、《グイン・サーガ》のテイストみたいなものを学んだおかげで、そういったファンを獲得できたんだと思います。

栗本 《グイン・サーガ》を読まれたきっかけはなんなんですか。

三浦 図書館です。高校の図書館だったと思うんですが、自習かなんかの時間で、読んでみたら、これがおもしろいってなって、それから通学の電車がグイン漬けになって、後はもうずーっと読んでます。中学の頃は、《クラッシャージョウ》(10)とか読んでたんですけど、高校になったら、《グイン・サーガ》と『幻魔大戦』(11)でした（笑）。

栗本 ゴッド・ハンド(12)の名前がユービックとかスランとか(13)なっているのは？

三浦 高校の頃に読んだ、ハヤカワS

神聖パロを立ちあげ、パロの奪還を画策するが、その途上で死去。

10 《クラッシャージョウ》 1977年より刊行開始された、痛快スペース・オペラ・シリーズ。著者は、高千穂遙（1951－）。イラストレーターに、当時アニメーターだった安彦良和を起用し、キャラクター造形の巧みさと軽快な描写が、好評をもって迎えられた。

11 『幻魔大戦』 〈週刊少年マガジン〉1967年18号～52号。原作：平井和正、漫画：石ノ森章太郎。地球を侵略する脅威、幻魔に立ち向かうべく、超能力者たちが立ち上がった。東丈、プリンセス・ルーナらがくりひろげる超能力の戦争を描いたSF漫画。

12 ゴッド・ハンド 『ベルセルク』に登場する五人の守護天使。ボイド。スラン。ユービック。コンラッド。フェムト。

3巻68P

13 ユービックとかスランとか ユービックはフィリップ・K・ディック『ユービック』から、スランはA・E・ヴァン・ヴォクト『スラン』から。

F文庫のカッコいいタイトルをいただいてしまいました。早川書房さん、すみません（笑）。

栗本　『スラン』(14)面白いですよね。私は非常に影響を受けたのが、『宇宙船ビーグル号』(15)ですね。宇宙船に、情報総合学という学問を修めた人が乗っていて、それはあらゆる学問を思いがけないところで結びつけて使うというものなんですね。エイリアンをやっつけるのに石油の掘削の技術を使うとか、それがもう面白くて面白くて。

三浦　そうとういろんなことを知っていないと書けないですね。

栗本　ぜんぜん関係ない知識を、こっちに投入したら、思いがけないことが起きるというのが、ものすごく面白かったんです。

三浦　ぼくがおもしろかったのは、ハリイ・ハリスン(16)の『銀河遊撃隊』(17)です。ジャンボジェットで宇宙に出て主人公たちが大活躍する話で、奇天烈でおもしろかったんです。松本零士(18)世代なんで、戦艦が飛ぶとか汽車が飛ぶとか、なにか飛ぶとうれしいのかもしれません（笑）。ジャンボジェットを改造して宇宙に出るんですが、宇宙戦争に巻きこまれてしまって大活躍するという話で、それがすごく楽しかったんです。でも最近そういうのないですね。ダメなものとして選別されたんでしょうか。

栗本　ダメなものでもダメなものなりに面白かったし、しょうもないものでもキラキラしているところがありましたね。みんなあんまり器用じゃなかったけど。ひどい文章に、えーっと思わされても、原始的なパワーにぐぐっと引きつけられて、なまじ文章ばかりがうまい作品よりも、断然おもしろかったんですよ。

三浦　作家とイラストレーターがかなり重要でしたね。イメージの入り口でしたから。

栗本　私にとってそれに当たるのが、武部本一郎(19)さんですね。

三浦　タルス・タルカス(20)は、武部さんのじゃないといや、みたいな。

---

14 『スラン』（1946）
カナダ生まれの作家、A・E・ヴァン・ヴォクト（1912-2000）の処女長篇小説。超能力・進化テーマのSF。スランとは、突然変異で生まれた新人類で、並外れた知力と体力、そして読心能力を持っているため、人類から疎まれ、弾圧の対象となっている存在。母親をスラン狩りで殺されたジョミー・クロスは、最終的に、人類の指導者キア・グレイと対決することになるが、実はグレイもスランだった。

15 『宇宙船ビーグル号』（1950）
ヴァン・ヴォクトによる宇宙異星物テーマの連作SF小説。乗員千名の巨大宇宙船ビーグル号が遭遇する、ユニークな宇宙生物たちとの攻防が描かれる。1939年に発表された第1話「黒い破壊者」は著者のデビュー作品。専門化しすぎてしまった学問の分野を橋渡しする学問、情報総合学を修めたエリオット・グローブナーの活躍が光る。

16 ハリイ・ハリスン（1925-）
アメリカの作家。《ステンレス・スチール・ラット》シリーズや『テクニカラー・タイムマシン』などのユーモアもの、『死の世界』などの冒険もの、『人間がいっぱい』などのシリアスもの、と創作範囲は幅広い。

17 『銀河遊撃隊』（1973）
ハリスンによるスペース・オペラのパロディSF小説。若き天才科学者ジェリーとチャックは、いたずらで粒子加速器の中に放りこんだチーズが、どんなものでも瞬間的に移送できる驚くべき新物質に変貌していることを発見する。二人は、この新物質の実験のためジャンボ・ジェットにのりこ

栗本　私個人としては、ほかの人は認めません（笑）。

《コナン》には露骨に影響を受けてますね
——栗本

三浦　ゴッド・ハンドのイメージって、見た目は映画の『ヘルレイザー』(21)から来てるんですけど、実は『七人の魔道師』(22)の加藤直之(23)さんのイラストで、魔道師がそろって出てくるのが、ああこの感じこの感じみたいなので、ずーっと頭の中にあったのが元なんですよ。

栗本　私の『七人の魔道師』のイメージの源に、エドガー・ライス・バロウズ(24)があるんですよ。武部さんがお描きになった絵で、『火星の大元帥カーター』の口絵なんですけど、各国の軍勢が旗をなびかせて集まって土地を見下ろしているシーンがものすごく好きで、だから《グイン・サーガ》のいろんなシーンも元をただすと《火星》シリーズ(25)だったり、ロバート・E・ハワード(26)の《コナン》(27)だったりするんですね。

三浦　栗本先生にも、いや栗本先生だからでしょうか、触発された作家というのがあるんですね。

栗本　ありますよ、いっぱい。クトゥルー神話(28)なんかもそうですけど、《コナン》には露骨に影響を受けてますね。

三浦　名前とか使われたりしてますよね。

栗本　ヴァレリウス(29)とかね。

三浦　加藤さんの最初のころって、なんか武部さんに近いものがあったような気が。

栗本　もしご存命ならば、ぜひとも武部さんにお願いしたいと思っていたんですけど、書きはじめる二、三年前に亡くなられてて、それで加藤さんにお願いしたときも、実は武部さんが好きで、というお話をしたんです。

三浦　ぼくが高校の頃、武部さんのイ

むのだが、この実験飛行は、銀河狭しとくりひろげられる一大冒険旅行へと発展してゆく。

18 松本零士（1938-）
漫画家。1954年「蜜蜂の冒険」が〈漫画少年〉に掲載されてデビュー。1972年『男おいどん』で第3回講談社出版文化賞児童漫画部門受賞。1974年、アニメと同時期に刊行された『宇宙戦艦ヤマト』が大ヒットする。

19 武部本一郎（1914-1980）
画家。父は日本画家の武部白鳳。日本画を志すが、のちに洋画に転向。一九六五年に描いた創元SF文庫《火星》シリーズのカバーが大きな反響を呼ぶ。ほかに《コナン》シリーズ、《ターザン》シリーズ、《金星》シリーズなどのカバーを手がけ、ファンタジー・アートの描き手として注目を浴びる。現在活躍するイラストレーターにも大きな影響を与えた。

20 タルス・タルカス
《火星》シリーズに登場する緑色人。身長4メートルで4本の腕を持ち、火星にやってきたジョン・カーターと親友になる。のちの緑色人皇帝。

21 『ヘルレイザー』（1987）
クライヴ・バーカー（1952-）原作・脚本・監督によるグロテスク・ホラー映画。その謎を解くと、異空間への道が開かれ、究極の快楽を得ることができるというパズルボックスを手に入れた男が失踪し、その家に親戚一家が引っ越してきた。実は一家の母親は、失踪した男と以前密通しており、男の復元に必要な血と肉を得るために、屋根裏に人を連れこみ殺すことをしていたが、それに気づいた娘が、忍びこんだ屋根裏で、偶然パズル

ラストが好きだという友だちがいて、その影響で《火星》シリーズとか知って読んでたんですけど、加藤さんの《グイン・サーガ》のイラストにはなんか武部さんに近いものがあるなあと思ってたんです。《グイン・サーガ》のイラストレーターって栗本先生が選んでらっしゃるんですか。

栗本　基本的には、そうです。

三浦　加藤さんから天野喜孝(30)さん、というのはすごい違いですけど、あれはいったい？

栗本　天野さんには、先に《トワイライト・サーガ》(31)というのをやっていただいていて、あれも《グイン・サーガ》の外伝のひとつのつもりでいるので、いいんじゃないかなと思ったんです。あの頃の天野さんの絵って、人はもちろんですけど、背景になにげなく描かれている街角とか石畳とかの世界のイメージ喚起力がすごくて、すっとその場所に連れていってくれるんですよ。

まあでもみなさん、だいたい四、五年で交替ということになってますね。カバーと口絵と挿絵の締切が一カ月おきにくるので、ほかの仕事ができなくなるみたいで（笑）。今、描いてもらっている丹野忍(32)さんのカバーは油絵なんで、また時間がかかるみたいなんです。

三浦　油絵なんですか。

栗本　この四月五月六月は連続刊行(33)になったので、とくに大変だったみたいです。けど、がんばっていただいてますねえ。

『ベルセルク』って懐かしい ——栗本

栗本　三浦さんの頭の中は、ああいうモンスターのイメージ(34)でいっぱいなんですか？

三浦　《グイン・サーガ》を読みながら想像する、というのの繰り返しだった

ボックスを手に入れると、おぞましい異空間がその扉を開く。ゴッド・ハンドのイメージのもとになったというのは、この異空間から現れる魔道師ピンヘッドのこと。

22『七人の魔道師』（1981）
《グイン・サーガ》外伝第1巻。剣と魔法というヒロイック・ファンタジー色が色濃く出た作品。幾多の冒険を経た後、いまはケイロニア王となった豹頭の戦士グインと魔道師たちの戦いを描く。

23 加藤直之（1952-）
画家。1974年〈SFマガジン〉2月号で商業誌デビュー。以後、書籍装幀画、雑誌挿画など、精力的に作品を発表。『宇宙の戦士』『エンダーのゲーム』『知性化戦争』など、SF作品のカバーを多数手がける。《グイン・サーガ》のイラストを、正篇第1巻『豹頭の仮面』から外伝第5巻『時の封土』まで担当。

24 エドガー・ライス・バロウズ（1875-1950）
アメリカの作家。1912年、のちの『火星のプリンセス』の原型となる「火星の月のもとで」を発表、話題を呼ぶ。1914年に発表した『類猿人ターザン』が大ヒットし、作家としての地位を確立した。その後もSF的イマジネーションにあふれる活劇小説を次々と発表した。

25《火星》シリーズ
バロウズが、1917年から1964年にかけて発表した、架空の火星を舞台にしたスペース・オペラ。南北戦争終結後、南軍大尉ジョン・カーターはアパッチ族に襲われ、気がつくと火星に降り立っていた。そこは、赤色人や緑色人が戦いを繰り広げる戦国の世界だった。カーターは、緑色人

んで、《グイン・サーガ》によるメンタルトレーニングのたまものかと。

栗本　じゃあ私から出てきたってことですか（笑）。

三浦　ひとりひとりの読者がそれぞれ想像することですので、栗本先生の頭の中と同じではないと思いますけど。

栗本　こういう言いかたしたら変かもしれないですけど、『ベルセルク』って読んでてなんか懐かしいんですよ。とくに魔女の家(35)とか、あ、知ってる、って感じがすごくして。べつに《グイン・サーガ》にも出てくるというんじゃなくて、その世界自体がなんか、昔、夢の中で見たことがあるなあっていうような感じで。

三浦　栗本先生が一回想像なさったものが紙媒体に移るじゃないですか。ぼくらはそれを読んでいろいろ想像することができるわけで、逆に作家さんのすごさを感じます。

栗本　いや、でも漫画家さんってすごいなと思うのは、『魔界水滸伝』(36)という作品で永井豪(37)さんと組んでたんですけど、永井さんが描いてくる怪物を見ると、そうだったのか、と思うんですよ。自分では一所懸命いろいろと描写してるんですけど、そこまで具体的じゃなくて、なんか近視の目で見ていたものにメガネをかけてもらったような感じで、ああ、これだ、とてもびっくりしたんです。

三浦　想像の記憶と現実の記憶って、長い時間が経ってしまうとあまり差がなくなってしまうんですよね。でも、むかし想像していた《グイン・サーガ》って頭の中に残っている一方で、漫画家ってあまり外に出られませんから、いつのまにか現実の記憶より想像の記憶のほうが多いんじゃないかって気持ちになるんですよ。

栗本　それはわかります。また永井さんの漫画なんですけど、『あばしり一家』(38)ってあるじゃないですか。そのなかのお話で、あばしり菊の助(39)が悪夢の世界に迷いこんじゃうんですよ。そこに、巨大な首が生えている林があって(40)、これを私はどこ

男性タルス・タルカスや、赤色人女性デジャー・ソリスと出会い、試練に立ち向かってゆく。

26 ロバート・E・ハワード（1906-1936）
アメリカの作家。1925年〈ウィアード・テイルズ〉に「槍と牙」が掲載されてデビュー。怪奇幻想の世界とアクション・ヒーローものを融合させ、《コナン》シリーズに代表される、ヒロイック・ファンタジーと呼ばれるジャンルを創始した作家として知られている。

27 《コナン》
1932年から1969年にかけて、アメリカの怪奇パルプ雑誌などに発表されたハワードの幻想冒険物語シリーズ。1万2000年前の超古代を舞台に、並外れた力を持った英雄、キンメリアのコナンの波瀾に満ちた活躍を描く、剣と魔法のヒロイック・ファンタジー。

28 クトゥルー神話
アメリカの作家H・P・ラヴクラフト（1890-1937）が創始した神話大系。人類が登場するはるか以前、地球は外宇宙から飛来した異形の存在たちに支配されていて、彼ら「旧支配者」は、現在は、人類の前から姿を消したかに見えるが、異次元の空間などにひそみ、虎視眈々と復権の機会を狙っているという。こういった設定のもと、ラヴクラフト以外にもこの世界を共有したいと願う多くの作家たちによって、コズミック・ホラーと呼ばれる怪奇幻想小説群が紡がれ、神話大系を形成している。

29 ヴァレリウス
《グイン・サーガ》のキャラクター。パロの宰相。上級魔道師。孤児だったが、老魔道師ロー・ダン

かで見た、と思ったんですよ。知ってるって思ったんですよ。知ってるわけないんですけど。そういうふうな、あっと思う体験が何回かあって、漫画家さんのイメージのすごさを感じますね。

じつは『ベルセルク』にもあって、これは私、とても怖かったんです。どこにも書いたことないからまったく偶然のはずで、ガッツ(41)が上を向いたらそこが全部人間の顔になってる場面(42)があるじゃないですか。あれはまったく同じものを夢の中で見てるんですよ。ある晩眠ってて目を開けたら上が全部あれだったんですよ。いやーって思ってあわてて目を閉じて真言など唱えて、また目を開けたら半分ぐらいに減っていて、もう一回ウニャウニャとか唱えてたら小さいのが三つになったんですけど、それは最後まで消えませんでしたね。

三浦 すごく具体的な話ですね。

栗本 だからあの絵を見た瞬間、なぜこれを知っている? と思ったんですよ。

三浦 ぼくの父が言ってたことなんですけど、この世界には意識のベルトというものがあって、作家や漫画家はそこから派生したものを受け取って創造活動をするから、イメージの元がつながってしまう、というんですね。

栗本 お父様は何をなさっているかたなんですか。

三浦 コマーシャル関係の仕事をしてたんですけど、宗教関係に関心があったみたいで、そういう話をよくしてました。ときどき近いものを実感したりもするんですよ。

栗本 私は上の方にイメージのプールというか、泉みたいなのがあって、そこから降りてくるような気がするんですよ。

三浦 ぼくは、そういった霊感めいたものをあからさまに感じることはないんですけど、漫画とか描いてると、想像していたものをいつのまにか誰かがやっていた、ということが何度かありましたね。やられてしまったらもうそれはできないんですけど、逆のことも

に育てられ、彼の死後は、パロの魔道師オー・タン・フェイの私塾で魔道を学ぶ。ナリスの反乱にくわわり、その死まで彼と行動をともにした。《コナン》シリーズには、盗賊のヴァレリウスというキャラクターが登場する。

30 天野喜孝(1952-) 画家。竜の子プロダクションでのアニメのキャラクター設定を経て、雑誌、書籍でファンタジー・アートを発表し、注目を浴びる。その後、ゲームソフト『ファイナルファンタジー』のビジュアルコンセプトにたずさわるなど活動の場を拡大。ニューヨークでの大規模な個展をはじめとして、個展開催多数。《グイン・サーガ》のイラストを、正篇第20巻『サリアの娘』から正篇第56巻『野望の序曲』まで担当。

31《トワイライト・サーガ》 『カローンの蜘蛛』1983年、『カナンの試練』1984年。栗本薫のファンタジー小説。パロスの闇王国の王子ゼフィールと草原の国トルースの貴族ヴァン・カルスの贖罪の旅を描く。

32 丹野忍(1973-) 画家。1997年からイラストレーターとして活動を開始。装幀、挿画、アニメやゲームのキャラクターデザイン、トレーディングカードやCDジャケットのデザインなど、幅広い方面で多彩に創作活動を展開。《グイン・サーガ》のイラストを、外伝第17巻『宝島』から担当。

33 連続刊行 2004年4月正篇94巻『永遠への飛翔』、5月外伝19巻『初恋』、6月正篇95巻『ドールの子』と毎月《グイン・サーガ》が刊行された。

きっとあると思うんですよ。
　とにかくぼくのなかには、《グイン・サーガ》を読んで想像したものが母体となってあるので、イメージがダブるのは、当たり前といえば当たり前なんじゃないかと（笑）。
栗本　そういうなかで特に感動したシーンがあって、グリフィスが受肉して、光の鷹として馬に乗って城内に入ってくるシーン(43)があるじゃないですか。これがアルカンドロス広場にナリスがバッと出てくるイメージにすごく重なって、こっちも絵にしたらかっこいいだろうなと思ってたんですけど。
三浦　《グイン・サーガ》の漫画、描いてればよかったかな（笑）。
栗本　《グイン・サーガ》にも出てくるんですけど、かわいそうな巨大な胎児のイメージ(44)ってあるじゃないですか。『ベルセルク』にもありますよね。私の場合、その大元は『どろろ』(45)なんですよ。
三浦　あ！
栗本　『どろろ』で、胎児の化け物を連れている尼さん(46)がいたじゃないですか。手塚治虫(47)さんの計算なんでしょうけど、ぜんぜん予測してなかったところへ、大きなコマでドカッと来たんです。それですごくショックを受けてしまって、それ以来、胎児の姿のままの幽霊というイメージをずっと持ってて、それであのキャスカ(48)の子どもが出てきたときには、私はすごく困った（笑）。困った、ってのも妙だけど。
三浦　お話をうかがっていると、なんかイメージっていうものは伝承されていくって感じがありますよね。言葉にできないイメージを持っている人がそれを表現すると、それが誰かに伝わって、その人が表現して、それがまたどんどん伝わっていくということがあるんでしょうね。
栗本　民族の遺伝的記憶というか、共通の記憶漕というか、サーバーコンピュータみたいなのがあって、誰でもアクセスできるわけじゃないけど、そこから出てきたものを読むと、懐かしい

---

34 ああいうモンスターのイメージ

12巻147P

35 魔女の家

24巻62P

36 『魔界水滸伝』
1984年から刊行開始された、栗本薫の日本版クトゥルー神話。クトゥルーの邪神、日本古来の妖怪、そして人類の三つ巴の時空を超える戦いを描いた、気宇壮大なアクション・ホラー小説。

37 永井豪（1945-）
漫画家。石ノ森章太郎氏のアシスタントを経て、1967年「目明かしポリ吉」でデビュー。同年連載開始された『ハレンチ学園』が大ヒット。代表作に『マジンガーZ』『デビルマン』『バイオレンス・ジャック』など多数。

感じを持つ人たちもいるんじゃないでしょうか。

三浦　最近、魔法の資料を読む機会が多くて、ちょうどそういうことが書かれていたんですよ。民族といった共同体で持っているイメージというのがあって、たとえば、同じ土地で、同じ宗教で、象徴的なものをあがめるという歴史を何世代にもわたって受け継いでいくと、いつのまにか共通言語となるイメージができあがるというんですね。ただ、同じ信仰を持っていて、同じ言葉を唱えても、違う場所にいる人や、育った環境が違う人って、イメージするものが違ってきますよね。言葉を唱えることによって起こるイメージを、そういうものに左右されずに、正しいものにつなぎとめていって、自分をコントロールするのが、魔法のやり方なんだそうです。

ぼくは《グイン・サーガ》から、世界観を伝承しているつもりなんですけど、ぼくが自分で言うと生意気ですね（笑）。

栗本　では、私が『ベルセルク』を読んで懐かしい感じがするというのはまちがいじゃないんですね。

三浦　まちがいじゃないんですよ。

栗本　これは私にはできないなという部分も多々あるんですけど、読んでてあちこちで懐かしい感じがしますね。

三浦　想いは、正しく流れていると受け止めさせていただきます。将来、《グイン・サーガ》や『ベルセルク』に影響された誰かが。

栗本　出てきて伝承してくれるということも。

三浦　そうなるとうれしいですよね。

このキャラクターの人数は、漫画では絶対無理ですね
――三浦

三浦　それにしてもキャラクターが多彩ですよね。混乱したりしませんか。

栗本　してます（笑）。多重人格ぎみなので、分裂しつつやってます。

38『あばしり一家』
〈週刊少年チャンピオン〉１９６９年８月10日号～１９７３年４月９日号。永井豪によるエッチで残酷なギャグ漫画。超能力者、あばしり駄エ門を父親とする、極悪人一家のドタバタな暴虐ぶりを描く。

39 あばしり菊の助
あばしり一家の長女。かわいくてスタイル抜群でケンカに強いという、永井作品に顕著な戦闘美少女のひとり。強いところが魅力的だが、ヤられてしまうところはもっと魅力的。

40 巨大な首が生えている林があって
『あばしり一家』「菊の助幻想編」で、身長３メートルの小学６年生、法印大子率いる極悪人ハンターグループとあばしり一家の激突戦のさいに、菊の助は、精神破壊銃で撃たれてしまう。それは身の毛もよだつリアルな悪夢を強制的に見せて精神を破壊してしまう恐怖兵器だった。菊の助は、おぞましい悪夢の世界をさまよい死にかけるが、それを助けたのは、やはり精神破壊銃によって菊の助の悪夢に介入してきたあばしり一家だった。

41 ガッツ
『ベルセルク』の主人公。暗黒のマントをまとい巨大な剣をふるう、豪腕無比の戦士。赤ん坊の時に傭兵部隊に拾われて育てられ、戦いの中でひたすらおのれの剣を練る。育ての親を誤って殺してしまい脱走。一匹狼の傭兵として放浪するうちに、グリフィスに出会い、いったんは鷹の団に入るが、ふたたび放浪へ。しかし運命に操られるかのように「蝕」に遭遇、以後、魔物に狙われながらグリフィスを追う血塗られた日々に身を置く。

三浦　多重人格を使いこなすという感じですか。

栗本　そうですね。とくに《グイン・サーガ》はこれだけ長く書いているので、書きはじめると自動的に装置のスイッチが入るという感じでしょうか。自動的というのは変か、なんかそれ自体が命を持っているという感じで、最初の一行を書いて、なんにも構想とか立てないんですけど、そのまま最後の一行まで一気に突っ走ります。

三浦　そうじゃないとこれだけのものは書けないのかもしれませんね。

栗本　そうですね。最近いちばんびっくりしたのは、一巻でヒョイとなにげに張った伏線が、九十三巻で生きたときには、ほんとうに驚きました。

三浦　それを全部記憶していること自体が、もうすごいと思うんですけど。

栗本　記憶しているわけじゃないと思うんです。すっかり忘れてるものが突然出てきてつながるんです。書かされてるな、という気がします。

三浦　キャラクターの数もすごいじゃないですか。読んでる身からすると、共感できるキャラクターがその時期その時期、かならずいるんですよ。最近、ぼく、ヴァレリウスにすごく共感しているんです。とくに魔道師っていう言い方は昔からカッコいいなあって思ってたんです。

栗本　あれはたしか荒俣宏（49）さんの造語で、それまでは魔法使いとか魔女とかだったんですけど、なにかひとつ超越している感じが好きで、もちろんあのおばあさん（50）もすごい好きなんですよ。

三浦　明るいタイプの魔女ですね。

栗本　若い頃はそうとうきれいだったんだろうな、って感じですよね。

そうそう、私一回とても怒ったんですよ（笑）。グリフィスの顔がこわれちゃったとき（51）に、えーっ、なんてもったいないことを、と怒りました（笑）。最近は少しほっとしてますけど。しばらく出てこなかったのでとてもさびしかったんですよ。

三浦　ありがたいなあ。ぼくも、ナリ

24巻 26P

42 全部人間の顔になってる場面

12巻 90P

43 光の鷹として馬に乗って城内に入ってくるシーン

22巻 134P

スさんがお亡くなりになったとき(52)には、わーっ、死んでしまうんだ、と驚かされました。ナリスさんは、捕まって身体が動かなくなって(53)、といろいろありましたが、ずっといてくれるんじゃないかと思ってたんですよ。

栗本　いやーちょっと長生きできなかったみたいです。

三浦　こういうのは栗本先生の意志なのか、それとも自然にそうなってしまう流れがあるものなんですか。

栗本　実はもっと早くに殺そうとしたんですけど、そのときはまったく死んでくれなくて、ぜんぜんそう思ってないときに死んでしまったので、たいへん驚きました。書いている途中から、これって死んじゃうのかな、と思って、そのときはすごく戸惑いましたね。ちょっと動転したというか。

三浦　読んでるほうも動転しちゃいましたよ。

栗本　あのときは非難囂々で、でもグリフィスのときも言われたでしょ、それは。

三浦　いや、意外と『ベルセルク』では、グリフィスっていうよりも、女性人気の点でいうと、ガッツのほうがあるんですよ。

栗本　ええッ、そうなんですか！

三浦　グリフィスは、憎まれ役な面もあるじゃないですか。

栗本　私はもう、とにかく「グリフィス様」だなあ。最近は、セルピコ(54)さんが好きなんですけど(笑)。ああいうキャラが好きなんですわ。セルピコって、ヴァレリウスと似てるところがあると思うんです。

三浦　冷めてるのか、熱いのの裏返しなのかわからないですけど。

栗本　でもすごくかっこいい。

三浦　女の子受けするのかな？

栗本　するでしょう、あれは。いざとなると強いところとか。

三浦　セルピコは、いま迷いがあって、他人のための人生一本で行くキャラかどうかまだわからないんですよ。自分のための行動というのをもしかすると

---

44 胎児のイメージ
《グイン・サーガ》では、第9巻『紅蓮の島』をはじめとしてグインの前に現われる巨大な一つ目の胎児。グインの秘密を握っているらしい。『ベルセルク』では、第1巻「黒い剣士」でガッツの前に、醜い隻眼の胎児らしきものが出現する。

45 『どろろ』
〈週刊少年サンデー〉1967年8月27日号〜1968年7月21日号、〈冒険王〉1969年7〜10月号。動乱の室町時代を舞台に、父親の野心の生け贄にされ、48の魔物に身体のパーツを奪われた百鬼丸と、みなしごの泥棒どろろがたどる、妖怪退治の旅を描く手塚治虫の怪奇漫画。

46 胎児の化け物を連れている尼さん
『どろろ』「鯖目の巻」の冒頭で、どろろと百鬼丸の前に、体長2メートルほどの巨大な胎児の妖怪を連れた、尼の亡霊が現われる。その正体は、土地の郷士、鯖目にとりついた蛾の妖怪マイマイオンバに焼き殺された尼で、胎児は、尼といっしょに殺された孤児たちの魂が凝集したものだった。

47 手塚治虫（1928-1989）
漫画家。1946年、4コママンガ「マアチャンの日記帳」が『少国民新聞（のち毎日小学生新聞）大阪版』で連載開始。1947年、日本の漫画史においてエポックメイキングとなる長篇漫画『新宝島』（原作：酒井七馬）刊行。1961年からはアニメ製作に取り組み、生涯を漫画とアニメにささげた。700以上の漫画作品と、100以上のアニメ作品を製作し、日本のみならず世界に紹介され、影響を与えつづけている日本文化史における偉人。

起こすかもしれないし、またそれがファルネーゼのためにみたいに見えるのかもしれないです。

栗本　ファルネーゼもだいぶ変わったからね(55)。

三浦　あれは、激変させましたね(笑)。

栗本　ねえ。変わらないともうこいつ殺す、とか思ってましたもん。変わらないといえばアムネリス(56)かな。

三浦　アムネリスは、悲惨だったなあ。かわいそうでした。せめて憐れんであげる誰かが残っていればと思うんですけど。

栗本　カメロン(57)がちょっと憐れみましたね。

三浦　ええ、でも……。

栗本　悲惨な人生ですねえ。

三浦　書いた本人がそんなこと(笑)。

栗本　私は知りません。悪いのは当人ですから(笑)。最初は颯爽としてたのにねえ。

三浦　それからすると、シルヴィア(58)、どうなっちゃうのかって思いますね。生きてるなかではいちばん悲惨な娘になっているんじゃないですか。

栗本　でも今の観点から見ると、いちばん普通の娘でしょ。いま渋谷歩いててもぜんぜん変じゃないですよ。

三浦　そんな娘があの世界に入っちゃったばっかりに。

栗本　そう。合わないところに入っちゃったんですよ。でもそれならあの、ニーナ(59)、あの娘もそうとうなもんですよ。とりあえずあそこまで行き着いたからいいけど、その前に何回張り倒そうと思ったことか(笑)。もうすっごい怒った。

三浦　そう思っていただければ成功だと思います。

栗本　『ベルセルク』のなかでいちばん怒りました。

三浦　ついついダメな子は成長させたくなっちゃうんですよ。そればっかりだとリアルじゃないんでしょうけど。

　でも、とにかく読んでていちばん驚くのは、なんであそこまで幅広いキャラクターを、リアリティを持って書け

---

48 キャスカ
『ベルセルク』のキャラクター。グリフィス率いる鷹の団で、女性ながら、兵士を束ねる千人長を務める。ガッツといったんは結ばれるが、「蝕」によるすさまじいショックのためにすべての記憶を失って幼児退行状態におちいってしまう。ガッツの子を宿しており、「蝕」の儀式によって魔性のものとなってしまった胎児を早産する。

10巻81P

49 荒俣宏(1947-)
作家。怪奇幻想文学の紹介・翻訳をはじめとして、奇想科学・オカルティズム・博物学・図象学・妖怪の研究など、多岐にわたる幻想領域の探究に取り組む。第8回日本SF大賞を受賞し、映画化もされた『帝都物語』は、のちの風水・陰陽師ブームの原型を形づくった。

るのかということなんです。このキャラクターの人数は、漫画では絶対無理ですね。

栗本　描きわけがたいへんですよね。顔とか。

三浦　ぼくもそうなんですけど、やっぱりみんなキャラクター、一所懸命つくってるんですよ。つくるという作業をやっている時点で、もう人造物なんですね。主役級のキャラだけは、生の人間として立てることができることはできるんですけど、横にいるキャラになると、つくるもの、になってしまって、奇抜なものを立ててしまったりするんですよ。

栗本　私の場合、ストーリーもあまりちゃんとつくらないんですけど、キャラクターが、私はこういう者だと言うでしょう。それがふたり以上集まると、そこに特別な場ができるんですよ。たとえばイシュトヴァーン(60)とカメロンが話すとこうなる、しかしイシュトヴァーンとアリ(61)が話すと、イシュトヴァーンはアリの言うこと聞かないですから、そこでバーンと反発が起きて、というふうに、そこにしかないいろいろな場ができるんですよ。

三浦　それ、すごく重要なことですね。今の漫画が忘れがちなことなんです。今の漫画はキャラクターを立てて、だいたいそれでおしまいなんですよ。こいつとこいつの組み合わせはこういう場、という、今おっしゃったような、ひとりひとりの相関関係でドラマをつくっているものが最近ないんですよ。ひとつのキャラは誰に対しても同じリアクション、というつくりかたになっていて、こいつにはこういう面を見せるけど、こいつにはこういう面しか見せないというのがないんです。

栗本　複雑になると読者がついてこられなくなるんでしょうかね。

三浦　描いている本人がそういう人だからそうなっちゃうのか、人の話を聞いていないというか、会話していないながらコミュニケーションができていないんです。

栗本　ちょっと知っている人に困った

---

50 あのおばあさん
『ベルセルク』のキャラクター。霊樹の森の魔女、フローラ。

24巻65P

51 グリフィスの顔がこわれちゃったとき
『ベルセルク』10巻で、グリフィスを救出に来たガッツはミッドランドの地下牢で変わり果てたグリフィスを発見する。

52 ナリスさんがお亡くなりになったとき
《グイン・サーガ》正篇87巻で、グインと初の会見を終えたあと、アルド・ナリスは永遠の眠りにつく。人気の高い、重要な登場人物が亡くなったことは、ファンの間に衝撃をもたらした。

53 捕まって身体が動かなくなって
《グイン・サーガ》正篇48巻『美しき虜囚』で、ナリスは、反逆者の汚名を着せられてランズベール塔に幽閉され、49巻『緋の陥穽』で、拷問によって四肢にひどい傷を受け、51巻『ドールの時代』で、壊死した右脚を切断することになり、身体の自由を失ってしまう。

54 セルピコ
『ベルセルク』のキャラクター。聖鉄鎖騎士団の紋章官。軽そうに見えて、じつは剣の達人。女団ちゃんが二人いまして、二人だけのときはどういう話をしているのかなあ、と思っていたんですが、どうやら、「あたしってこんなにすごいのよね」「そうよ、あたしだってこうなのよ」ということを言い合っているらしいんです（笑）。それで平和（笑）。

三浦　《グイン・サーガ》だと、マリウス(62)がそれに近いタイプかと。

栗本　たしかにそうですね。

三浦　マリウス・タイプの人間が若い子に多いんですよ。しかし題材として、こういう人がいるんですよっていうのに、小説のキャラクターがすっと出てきてしまうところが、すでにすごいんですけど。

栗本　あの者は、あのまま年取ったらたまんないやつになるだろうなって思うんですよ。イヤなおっさんになると思いますね。

三浦　イシュトヴァーンは、最初旅してた頃は、ずいぶん将来性があるように思われたんですけど、けっこうかたよったキャラになってきましたね。それがまたおもしろいんですけど。

栗本　あのかたよった生き方は、私は問題だと思うのですが、本人が選んだ道なので（笑）、しょうがないかと。でもガッツってある意味イシュトヴァーン系ですよね。

三浦　そうですね。ぼくの親友がかなりイシュトヴァーン系の人間で、それの影響を受けて描いちゃってるところがあるので。しかし読めば読むほど、イシュトヴァーンって彼に似てるなあと思いますよ。言ってることがすべて、自分にとって正しい形に、頭の中で変換されていく様とか、リアルだなあと思うんですよ（笑）。

栗本　あれも困ったもんですよね。

三浦　でもそれで力業でまわりの人間を従えさせていくんですよ。そういうパワーを持ってる人間って、まわりを自分が正しいと思っている方向へ引きずっていくじゃないですか。なんかいつか破滅が訪れるような気がするんですけど、でも人を引きずっていくところまではほんとにみごとなんです。

長ファルネーゼとは幼いころから主従の関係にあり、彼女が心の奥に持っている苦しみをもっとも理解しているが、表には出さず、ひそかに彼女を守っている。

55 ファルネーゼもだいぶ変わったからね
『ベルセルク』のキャラクター。大貴族ヴァンディミオン家の令嬢。親にかまってもらえなかった寂しさを、魔女の火刑に参加することで代償していた少女は、聖鉄鎖騎士団の団長となり、怪異の元凶としてガッツを追うが、影の「蝕」に遭遇し、それまでの考えを変え、ガッツと同行することになる。

56 アムネリス
《グイン・サーガ》のキャラクター。ゴーラ3国のひとつ、モンゴールの第2代大公。前大公ヴラドの娘。第2次黒竜戦役によりモンゴール滅亡後、クムの虜囚となるが、イシュトヴァーンに助けられ、彼と結婚する。しかし、裏切られ、イシュトヴァーンの子を宿したまま、塔に監禁され、王子を出産したのち、彼を恨んで自害する。

57 カメロン
《グイン・サーガ》のキャラクター。ゴーラ王国の宰相。沿海州ヴァラキアの海軍提督だったが、イシュトヴァーンのもとに駆けつけ、モンゴールに仕えて、左府将軍となる。イシュトヴァーンがゴーラ王に即位すると同時に現在の地位へ。

58 シルヴィア
《グイン・サーガ》のキャラクター。ケイロニアの皇女。色魔ユリウスによって拉致され、竜頭人身の魔道師ヤンダル・ゾッグが支配する国、キタイへとさらわれる。グインによって救い出され、

栗本　ある種のカリスマ性があると。

三浦　そうですね。彼としゃべった人は、かなりの割合で、彼のことを気に入るみたいです。

栗本　そういう人っていますね。でも、いっしょにいるときはすごく説得されるけど、一人になって落ち着いて考えると、「でもなぜ」って思っちゃうんですよ。

三浦「でもなぜ」って思える、自我がある人間はいいんですよ。引きずられっぱなしの人もけっこういます。

栗本　イシュトヴァーンが変わったということについて、一部のファンの人たちからはそうとう怒られたんですよ。でも私にしてみればイシュトヴァーンというのはもともとああいうやつで、自我がないんですね。まわりにおきてることを受けてるだけなんですね。

三浦　すごく強烈な人に見えるんですけど、実はまわりにいちばん影響されやすいんですね。

栗本　実は、そこにいる人がいちばん喜びそうなことを言ってるんです。相手の願望を受け取って跳ね返しちゃうから、すごく喜ばれるんですね。その人の見たい者になってしまうというか、そういうキャラに私はすごく興味があるんです。レイ・ブラッドベリ(63)の『火星年代記』(64)の火星人みたいにね。

三浦　すごいさびしがりやだったりしますよね。

栗本　一人でいられないから、目の前にいる人にすがりつきたくて、そうなるんですね。たとえばその人が、威張ってほしいと思っている人だったら、それに対して威張るんですね。そのようにして支配してゆくんです。

三浦　しゃべってて、紙の上のキャラクターの話をしてるとは思えませんね(笑)。

私は、場をつくる人間なんです
——栗本

ふたりは結婚。しかしグインは戦争などで留守がちのため、かなり情緒不安定な状態にある。

59 ニーナ
『ベルセルク』のキャラクター。聖アルビオン寺院付近の貧民窟の娼婦。しっかりもののリーダー、ルカ姉にたよりっぱなしで、意志が弱く自己中心的な言動が目立つ。

60 イシュトヴァーン
《グイン・サーガ》のキャラクター。ゴーラ王国初代王。沿海州ヴァラキアの貧民から身を起こし、傭兵となる。占い師アリと出会い、彼を軍師とする。アムネリスを救出、モンゴールの再興に貢献し、彼女と結婚。しかし背任行為があばかれて逆上し、アムネリスや重臣を監禁・処刑する大粛清を敢行。ナリスの反乱に駆けつけるが、魔道師ヤンダル・ゾッグの術中におちいり、ナリスを拉致するなど不安定な行動が多い。

61 アリ
《グイン・サーガ》のキャラクター。正式にはアリストートス。モンゴール軍総司令官づき参謀長官。ケイロニアの都サイロンで占い師をしていたときにイシュトヴァーンと出会い、彼を王にするため軍師となって行動をともにし、功績を上げる。しかしイシュトヴァーンに疎んじられて精神を病み、その妄想から引き起こした数々の陰謀、悪行が発覚し、処刑される。

62 マリウス
《グイン・サーガ》のキャラクター。本名、アル・ディーン。パロの王子。17歳でパロを出奔、吟遊詩人マリウスとして諸国を放浪。危ないところをグインに救われ、ケイロニアで皇女オクタヴィ

三浦　《グイン・サーガ》って正しいことばかりじゃなくて、間違ったこともふくめた、すごく幅広いものが描写されているじゃないですか、間違ったことは間違ったことなりに、説得力のあることとして描かれていますよね。

栗本　『ベルセルク』って登場する人がみんな結局いい人として、救いのあるかたちで描かれているように思います。

三浦　好きになっちゃうんですよ。

栗本　やっぱり三浦さんてすごく性格いいんじゃないかな、それにくらべると私は悪いなあと思う（笑）。アリみたいなのが出ててくるし。

三浦　アリストートス、大好きだったんですけど、死んじゃったし、ナリス様と逆でしたね。

栗本　ミッドランドの王様(65)だって、王としては立派な人で、結局は娘を愛するがゆえに残虐なことをしてしまうという理由があるじゃないですか。モズグス(66)さんだって、どん底にあった人間に、彼の部下という生きる場所を与えているし。みんな信念として正しい人として描かれていて、それにくらべてアリストートスというのは何の救いもない悪いヤツだったなあ、と思うんですよ。

三浦　漫画って、どうしても心の全部を描写するキャパがないんですよ。一回に二十ページとかでドラマを構成しないといけないから、はじかなきゃいけない部分も多くて、小説ほど心理描写ができないと思いますね。

栗本　そのほうがいいのかもしれませんよ。私はとにかくしたい放題描写をするので。

三浦　それがこれまでになかったものを生みだしたんでしょうね。

栗本　『魔界水滸伝』で、原稿用紙二十枚にわたって女性の顔の描写をしたときには、イラストの永井さんにも、さすがにあきれられましたね（笑）。

三浦　でもあの描写が、やっぱり想像させますね。人物描写だけじゃなく世界観も、ここの特産品は何だとか、花のこととか。

栗本　ファンのかたが、ネットのサイ

アと出会って結婚、ササイドン伯爵となる。しかしナリスの訃報に接しふたたび出奔。まわりのことを考えず、あまりに自分勝手に行動を起こしてしまいがち。

63 レイ・ブラッドベリ（1920-）
アメリカの作家。豊かなイマジネーションと、ノスタルジアの要素をあわせもつ、怪奇幻想作品を数多く発表しており、「SFの詩人」と呼ばれている。作品は、科学性に薄い部分があるが、それがSF読者のみならず、多数の読者を獲得している要因でもある。

64『火星年代記』（1950）
ブラッドベリによる、13の短篇とその間をつなぐ13の短文で構成されるオムニバス長篇幻想小説。人類が火星探検に乗りだし、そのため火星人が滅亡し、火星には地球人の町が栄えたころ、地球で核戦争が起こる。大部分の地球人は地球へ帰り、火星は急速にさびれてゆく。しかし、逆に地球を見限って火星にやってくる一家があった。彼らこそが新たな火星人となるのだ。

65 ミッドランドの王様
当初は、鷹の団の功績をたたえ、グリフィスを厚く用いていたが、娘を溺愛するあまり、その純潔を奪ったグリフィスを幽閉し、鷹の団をも抹殺しようとする。グリフィスへの憎悪から狂気におちいり、さびしい死を迎える。

66 モズグス
『ベルセルク』のキャラクター。法皇庁の異端審問官。500人もの人間を異端者として処刑し、さらにその何倍もの人間を拷問で死に至らしめている。通称「血の教典のモズグス」

トでこれまで《グイン・サーガ》に登場した人名リストをつくってくださっていて、それが今、総数二万人を越えてるんです。どこで登場したとかも書かれていていてたいへん助かってます。

三浦　しかし、それがひとりひとりあの密度で描写されているわけですからねえ。

栗本　いや、それなりの密度となると二千人ぐらいだと思うんですけど。ある程度人間してるのは。

三浦　人間として見えるから、つきあってしまうんですよ。小説だから、予定調和的なドラマもあるんでしょうけど、やっぱり世界なんですよ。土地があって、時間があって、人がいて、という世界をすごく感じるんです。

栗本　それが好きなんです。『ベルセルク』でも、あたまのほうに後の話があって、そこから戻っていくじゃないですか(67)、あれは最初から全部構想されていたんでしょう?

三浦　いいえ。

栗本　あれ?(笑)

三浦　ぼくはそれほど器用じゃないんで、でも、自分でやりたい主題やキャラクターを選ぶと、それについて最良のことをやろうとしていると、だんだんそれらしい形ができてくるんですよ。たとえば『ベルセルク』でいうと、最初のころにガッツをキャラクターとして立てるときに、黒騎士みたいなイメージがまずあって、黒騎士という暗いイメージだから復讐者にしよう、復讐者だったら、えげつない戦いかたみたいな復讐者としての描写をしっかりやってみせて、それができたら今度は、そんなやつがやる復讐についてそれなりの理由をつくらなきゃいけない、というふうに、最初のところからできるだけ正しいものを選ぼうとしてゆくと意外にちゃんとしたものができてくるみたいです。

栗本　私が『ベルセルク』すごく好きなのは、「トーナメント」じゃないところなんですよ。最近は、少年漫画、青年漫画をあまり読んでないんですけど、いろいろこれまで読んできたなか

---

67 そこから戻っていく
『ベルセルク』は、グリフィスを追うガッツの復讐行で幕を開けるが、単行本3巻「黄金時代」から始まった回想が、14巻「ドラゴンを狩る者」まで続き、「断罪篇」からもとの時間軸にもどるという大胆かつ緻密な構成になっている。

68 トーナメントになる
漫画・アニメあるいは小説などにおいて、ストーリーが進行せず、キャラクター同士の戦いが、試合形式でえんえんと行なわれる状態を指す。話を長く引っぱることには適しているが、ストーリーのおもしろさは少なくなる。

で、トーナメントになる（68）のがとても多かった。トーナメントになってしまうとだいたい話がこけるので、そこで終わりなんですね。ああ、これもトーナメントになってしまった、というのがけっこういっぱいあった。

三浦　いいところでもあり、悪いところでもあるんでしょうね。

栗本　苦しまぎれにそうなってしまうのは駄目でしょう。競技場だかの場所を設定してそこにキャラクター性の薄いキャラクターを投入してしまうので、いかにすごい戦いでも、そのキャラクターたちに戦うモチベーションみたいなのがないとぜんぜんおもしろくないんです。だからこれが始まったら終わりだな、と思っているとまもなく連載が終わるんですね。

三浦　たしかにストリーテラーのやることではないですね。

栗本　ある意味ゲームですね。

三浦　エンターテインメントとしてはいいんでしょうけど、そんなに長くやるものでもないですね。

栗本　『ベルセルク』は何巻で完結する予定なんですか。

三浦　それがいまひとつわからないんですよ。

栗本　百巻までいきます？　さすがにそこまでは行かないか。五十は行くかな。

三浦　うーん、可能性はありますけど、どうだろう。信じられないかもしれませんが、ぼくは最初は三巻ぐらいで終わるんじゃないかと思ってたんです。

栗本　えーっ（笑）。

三浦　いつのまにかこんなことになってしまいましたけど。

栗本　でもけっこう緻密に構成されていて考えつくされているように思ったんですけど。

三浦　もう四苦八苦してまして、若かったもので、人生経験があまりないせいで、描写をリアルなものにできないという悩みが昔からあったんです。でもふと気がつくと、自分のまわりで起こっているなにげないことを、少し置き換えてやれば、けっこうちゃんとし

《グイン・サーガ》全部並べてみたら

《グイン・サーガ》96巻『豹頭王の行方』

たものってできるんだな、ということがちょうど青年篇のところでわかったんです。

　仲のいい友だちが五人いて、みんな漫画家をめざしていたんですが、かなり挫折していて、漫画家になっているのは、ぼくともうひとり(69)だけなんです。そのグループの中の相対的な位置関係を、鷹の団(70)に置き換えてみて、ひとりひとりのリアクションとかコンプレックスとか夢とか挫折とか、きちんと描いていけば、ちゃんとしたドラマになっていくんですね。想像でつくられたものってインパクトは与えるんですけど、親近感とかはあまり持たれないですよね。最初、黒い剣士を描いていたときは、二〜三巻のあいだはショッキングなものでもたすことができるんですけど、心の中にしみこむようなものは描けないんだということを思い知らされて、そこで開眼したんです。

　でも栗本先生は、二千人分の人生にかかずらわっているわけでもないのに、あの人数のあのリアルさはどこから来ているんですか。やっぱり人間が好きでなきゃ書けませんよね。

栗本　昔から人間嫌いだったんですけどね（爆笑）。でもまあ、嫌いだ嫌いだと言いながら、いつのまにかグループの中にいましたね。大学の時は軽音楽部で、卒業したら、ワセダミステリクラブ(71)のOB会とか、ロックバンド(72)やったり、劇団やったり、いつのまにかかならず仲間がいるんですよ。

三浦　人がきらいって、結局は人といたいってことなんじゃないですかね。

栗本　でも人見知りなんですよ。だからニフティのパティオ(73)をつくったりとか、そうですね、結局好きなんでしょうね。

三浦　あとがきとか読ませていただいていると、ものすごい交友関係の幅広さという印象があって、失礼かもしれませんが、かなり親分肌のかたなんじゃないかと思ってたんです。

栗本　いやそれはないですね。親分肌

---

69 もうひとり
〈ヤングアニマル〉で『ホーリーランド』を連載している漫画家、森恒二のこと。

70 鷹の団
ガッツが身を置いていた傭兵団。団長は、血気盛んな若い傭兵を抜群の統率力でまとめあげ、急速に名をあげたグリフィス。若い兵士たちは、孤独だったガッツを仲間としてあつかい、ガッツはひとときの心の平安を得るが、彼が出奔したことでグリフィスが混乱を来たし、鷹の団に暗い影が差しはじめる。

71 ワセダミステリクラブ
早稲田大学内のサークル。1957年創設。出身者に、大藪春彦（作家）、折原一（作家）、小鷹信光（翻訳家）、式貴士（作家）、田中文雄（映画プロデューサー・作家）、山口雅也（作家）など、ミステリ界やSF界で名をなした人物が多数。

72 ロックバンド
1980年代に活動していたハードロック・バンド「中島梓&パンドラ」のこと。中島梓はリーダーでキーボードを担当。

73 パティオ
インターネット・プロバイダ、@ニフティ内で、中島梓が主宰する「天狼パティオ」のこと。パティオとは、@ニフティが提供しているサービスで、会員制の電子会議室の総称。

ではないです。

三浦　いつのまにかそうなってるわけですか。

栗本　場をつくる人間なんです。ただ場はつくるけど、それを支えることはしないいんです。支えてくれるのは、そこに集まってくる人たちで、私は場をつくったら、あとはやるのはあなたたちだから、と言ってまわりから見ているという、演出家気質かもしれない。

三浦　小説を書くのに役立っている感じがしますけど。

栗本　そうですね。自分自身が楽しむんじゃなくて、人が楽しんでいるのを見ていることが多いですね。うちでパーティやっても、みんなが騒いでいるのを見ながら、頃合いを見て料理を出すとか、舞台でも、自分が主体で出て何かやるということは好きじゃなくて、音楽やってますけど、歌の人がいたら、そちらがメインで、私は、その人が私のつくった歌を歌うのを見ながら、ピアノを弾いているわけです。

三浦　小説家らしい視点の持ち方だと思います。傍観者といったところがないと、この登場人物の量はこなせないですよね。

ところで、ここしばらく、かなり強烈な引きで終わる巻が続いてますよね。どーなるんだーっていう。

栗本　いやもうあれは勝手に指が動いてしまって。

三浦　『ガラスの仮面』(74)といういうたいへん長く続いている少女漫画がありまして、こちらもそうとうすごい引きで終わることが多いんです。伝聞なんですけど、美内すずえ(75)先生は、引きのシーンから考えて前に行く、というのをうかがったことがあるんです。栗本先生は、そのあたりはどうなんでしょうか。

栗本　引きについては、これは単なるテクニックですね。あと三十枚書くと超絶な引きになるとわかると引きに行ったりしますね。ちょっと汚い手かもしれないけど(笑)。

三浦　話が盛り上がっているせいでしょうか、近年とみに引きの技術にみが

74『ガラスの仮面』
〈花とゆめ〉1976年1号〜。美内すずえの熱血演劇漫画。貧しい家庭に育った少女、北島マヤが、その天才的な演劇の才能を、往年の大女優、月影千草に見出され、女優への道を歩む過程を描く。いちはやくマヤの才能を見抜いて対抗意識をむきだしにするライバル、姫川亜弓や、かげながらマヤを支える謎のスポンサー、紫のバラの人など、魅力的なキャラクターも多数登場。

75 美内すずえ
漫画家。「山の月と子だぬきと」が〈別冊マーガレット〉1967年10月号に掲載されてデビュー。最近はスピリチュアル方面で活動、研究組織を主宰している。

きがかかっているような気がするんですけど。

栗本　いやそれは、いけないなと思ってるんですってば（笑）。でも、それを言ったら、『ベルセルク』だってそうじゃないですか。最高潮じゃないですか。

三浦　ええもう、それはそうなんです。

つまらない普遍って、じつはすごく真実だったりする
――栗本

三浦　昔の小説の人間じゃないもののイメージって、けっこう生々しいですよね。装飾的なイメージが少ないから、直接伝わってくるものがあるんですよね。最近のゲームで出てくるキャラクターとかは、装飾過剰になりすぎてて、ゲームの中ではいいんですけど、実際にありそうなリアリティは感じられないんです。なんというか、宗教と遊びぐらいの差がありますね。昔のものは、信仰から来ていて、それがどんどん劣化している感じがします。

栗本　根本から共有しているのと違って、コピーのような再生産になっているからじゃないですかね。たとえばH・R・ギーガー（76）の絵に影響を受けたとして、永井豪さんのようなかたなら、同じものを共有して自分の表現をすることができるんですけど、低いレベルだと、装飾過多になったり逆にシンプルになりすぎたりするんですね。

三浦　戦後からこっち、どんどんと生々しいものが遊びに変わっていってるように思います。ぼくにとっての《グイン・サーガ》は、やっぱり生なんですよ。実際の人間がいて、実際の世界があって、というふうに認識しているんですよ。だけど最近のゲームとかのファンタジー世界っていうのは、予定調和の、遊ぶための空間がたくみにつくりあげられている世界なんですね。ゲームの中にもいろいろ怪物が出てきますが、ぼくは、怪物をつくろうと思ったら、まず怪物ってなんだろう

---

76 H・R・ギーガー（1940-）
スイスの画家。死をイメージさせるグロテスクな幻想画を得意とする。作品集『ネクロノミコン』が、映画監督リドリー・スコット（1937-）の目にとまり、ホラーSF映画『エイリアン』のクリーチャー・デザインに起用された。

77 『スター・ウォーズ』（1977）
ジョージ・ルーカス監督による宇宙冒険映画第1

と考えるんです。怪物の原型ってなんだろう。人が最初に怪物っていうものをイメージしたのは、どういうときなんだろう、そのときのことを想像して、じゃあ正しい怪物とはこういうものだろうと思って描くんです。理解できないとか、人智がおよばないとか、それによってマイナス方向のイメージを与えられるかとか。元に戻って発想する感じで、そうでもしないと、埋もれてしまうんですよ。

栗本　小説を書いている人でも、自分のつらい体験とかを題材にするんだけど、きちんとそれに向き合えないせいか、ひどくありきたりなドラマにしてしまうことってありますね。

三浦　SF映画とかたくさんありますけど、今なら、この作品の原点はあの作品だというようなことがわかるんですよ。だから、その作品に対抗したいときは、どう戦えばいいのかだいたいわかるんです。たとえば『スター・ウォーズ』(77)だったら、ジョージ・ルーカス(78)が発想した原点はどこだろうと探していけば、『ベン・ハー』(79)だろうとか、『スパルタカス』(80)だろうとか、そのあたりから発想して『スター・ウォーズ』に行ってるんだろうということがわかるんですね。じゃあ『スター・ウォーズ』級のことをやろうとするんだったら、『スター・ウォーズ』を見ててもダメだから、『ベン・ハー』を見なきゃ、ということになるんですね。できるかどうかじゃなくて、やろうとするんだったら、そうする必要があると思うんです。

栗本　たぶんそのまえにもっと原始的ななにかがあるんですよ。『ベン・ハー』の元になったなにかが。聖書とか。

三浦　つきつめると、最終的には、宗教的なイメージに戻っていくんでしょうね。

栗本　人間の想像力の源流なんでしょう。どの宗教にも、世界の終わりとか、そこからの救済といったイメージって持ってるじゃないですか。人間って、やっぱりそういった普遍的なものを源

作。はるかなる昔、銀河系でくりひろげられた、帝国軍と反乱軍の戦いを描く。SFXを多用したダイナミックな演出は、以後のSF映画に大きな影響を与えた。

78 ジョージ・ルーカス（1944-）
アメリカの映画監督。1971年、遠未来の絶望的な管理社会を描いた映画『THX-1138』で監督デビュー。『スター・ウォーズ』が大ヒットして、その名が世界的に知られるようになる。SFX製作会社ILM（インダストリアル・ライト・アンド・マジック）をつくるなどして、映画技術の発展に貢献している。

79『ベン・ハー』（1959）
ウィリアム・ワイラー（1902-1981）監督による一大歴史スペクタクル映画。アカデミー賞11部門受賞。ローマ帝国時代、ユダヤの名家に生まれたベン・ハーは、ローマ軍の将校となった幼友達メッサラの裏切りで、奴隷としてローマ軍船に送られてしまう。苦難ののちに故郷に帰るが、家族は死んだと聞かされ、仇を打つため、戦車競技に出場し、メッサラを倒す。

80『スパルタカス』（1960）
スタンリー・キューブリック（1928-1999）監督による歴史活劇映画。紀元前73年、古代ローマ帝国で実際に起こった、剣闘士奴隷の反乱、スパルタカスの乱に材を取ったもの。金持ちたちの楽しみのために殺し合いをさせられることに不満を持ったスパルタカスをはじめとする剣闘士たちは彼の統率のもと、脱走し、数千人の奴隷をまきこんだ反乱を起こす。果敢に戦った反乱軍だが、ついにローマ軍に破れ、全員が処刑された。

流に持つんだと思います。
三浦　長持ちするものって、だいたい普遍的な部分をどこかに持ってますもんね。《グイン・サーガ》もそうですし。
栗本　つまらない普遍って、じつはすごく真実だったりするんですよ。
三浦　そのつまらない部分をいかにおもしろくするかは、作家の腕によるんでしょう。《グイン・サーガ》はファンタジーでありながらかなり現実の世界に近いんです。宗教がいくつもあるとか、謎の科学とか、実際の世界のメタファーになっているんですよ。世界を総合的に捕らえているから、現実感がほかのファンタジーとはぜんぜん違うんです。
栗本　アトラス（81）じゃないけど、全部を背負うことになるので、つらいこともあります。私自身はそんなに非情なつもりはないんですけど、ストーリーのほうがどんどん非情になってしまって、子供が何人か死んだりしたときは、もう、やりきれない感じがするんです。殺してしまったーって。大人はまだいいんですけど、子供は後味悪いです。
三浦　ぼくもそれは感じます。以前、松本零士さんが、漫画のなかで、若者だけは死ぬようなことがあってはならない、とおっしゃってたんですけど、納得できますよね。
栗本　納得できますが、どうにもならない（笑）。止められないんです。すごい人非人になった気分で、私が殺したわけじゃないんだけど、でもやっぱり殺したのかなと悩んだりします。リーロ（82）のときとかすごく後味が悪い。どっかで生きているかもしれないと考えたりもするけど、でも死んでいる。幽霊になって出てくることもできないのは、かわいそうだと思いますけど。
三浦　鷹の団が死んだ（83）あとに、なんとか再登場することってできないかなって言われたことがあるんです。
栗本　それは、ないでしょう。
三浦　漫画のなかでは、無理ですね。

---

81 アトラス
ギリシャ神話の巨人神。オリュンポス神族との戦いに敗れ、世界の西の果てで天をささえるという罰を負わされる。

82 リーロ
《グイン・サーガ》のキャラクター。ユラニアの少年。イシュトヴァーンに拾われた孤児。そのまっすぐな心根が彼の孤独を一時癒すが、イシュトヴァーンの歓心を得ていることに嫉妬したアリに殺害される。

83 鷹の団が死んだ
グリフィスが起こした「蝕」によって、ガッツ、キャスカ、隊を離れていたリッケルトの3人を残して、鷹の団は化け物に喰われて全滅した。

84 『サイボーグ009』
1963年から1984年にかけて、〈週刊少年キング〉〈週刊少年マガジン〉〈冒険王〉〈COM〉〈少女コミック〉〈マンガ少年〉などに掲載された、石ノ森章太郎（1938-1998）の代表作。秘密結社ブラック・ゴーストによってサイボーグ化された9人の戦士が、組織を裏切り、正義のために戦うという設定のSF長篇漫画。

85 ジョーを001がテレポートした
『サイボーグ009』「地底帝国ヨミ編」のラストは、宇宙空間でブラック・ゴーストを壊滅させ実は生きてたというのはやっぱりまずいです。

栗本　怒りますね。『サイボーグ００９』(84)で、ジョーを００１がテレポートした(85)ときも、火噴いて怒ったし、『宇宙戦艦ヤマト』(86)で森雪が生きてた(87)ときも、火噴いて怒りましたよ。やっちゃいけないことってあると思うんです。辛くてももうそこで切らなくちゃいけないことが。それをできないと、読者をまちがった方向に導いてしまうと思いますね。

三浦　読者の立場としては、《グイン・サーガ》でいちばん嬉々として読めるところって、最初のクリスタルへ帰るまでの冒険の旅なんですね。『ベルセルク』でも、鷹の団の青春群像を描いているあたりが好きだっていう人がけっこう多いんです。でも、そういう時代ってかならず過ぎ去ってしまうもので、若者は、その時間経過をふまえて大人になっていくものなんですから、やっぱり死んだ人が生き返っちゃいけませんよね。

悪を行なわないものが自由かというと
たぶんそれは自由じゃない　――三浦

三浦　睡眠時間はどれくらいなんですか？

栗本　私はたくさん取ってますよ。十時ぐらいに寝て、起きるのが八時ぐらいですから。こんなに寝ていいのかっていうくらい。

三浦　それで、あれができているのはもう、すごいとしか言いようがないよなあ。

栗本　書くの速いんです。一日三時間ぐらい働くと五十枚から六十枚書いてます。

三浦　型枠から違いますね。作家の型枠からもう違うんですね。手塚治虫さんや永井豪さんにもそれは感じます。なにかが降りてきているというか。

栗本　豪ちゃんには、すごく近いものを感じますね。

た００９（ジョー）が、大気圏に落下し流れ星になって燃えつきてしまい、地上からそれを見た少女が平和への祈りを捧げるという、あまりに悲しい内容だった。しかし、つづく「怪物島（モンスター・アイランド）編」で、じつは００１が超能力を使ってテレポートして助けていたことが明らかになる。

86『宇宙戦艦ヤマト』
松本零士による同名の漫画は、〈冒険王〉1974年11月号～1975年4月号に連載。西崎義展（1934-）製作によるテレビアニメは、『宇宙戦艦ヤマト』全26話、『宇宙戦艦ヤマト2』全26話、『宇宙戦艦ヤマト―新たなる旅立ち―』全1話、『宇宙戦艦ヤマトⅢ』全25話が、劇場映画は『宇宙戦艦ヤマト』『さらば宇宙戦艦ヤマト―愛の戦士たち―』『ヤマトよ永遠に』『宇宙戦艦ヤマト―完結篇―』がつくられた。SF的な設定と感情移入しやすいセンチメンタルなストーリーが受け、大量のアニメファンを生みだし、第一次アニメブームの火付け役となる。1999年、松本が『宇宙戦艦ヤマト』に関する著作権について、西崎を訴えるが、2003年7月、共同の著作であることと、松本零士が設定、デザイン、美術を担当しそれに関する絵画の著作権者であることを確認し、和解。現在それぞれ『ヤマト』のアニメを製作中とのこと。

87森雪が生きてた
森雪は、宇宙戦艦ヤマトの女性搭乗員。生活班班長兼分析班班長。テレビ版『宇宙戦艦ヤマト』で、恋人の古代進を救おうとして死亡したかに見えたが蘇生した。

三浦　やっぱり。

栗本　豪ちゃんとは、手塚さんのお葬式にいっしょに行ったんですけど、もうふたりで大泣きして、手を取りあって抱きあって泣いて、豪ちゃんに「死んじゃダメだよ」って云って、豪ちゃんも「うん、うん」ってうなずいて、わんわん泣きながらお焼香しました。手塚さんは、私にとってあまりにも偉大すぎて、育ててくれたのが手塚さんなので、共通点があると言われてもわからないですね。いまだに勲章なのが、『火の鳥』(88)の舞台の脚本をやることになって、記者会見で、なぜ栗本を脚本に選んだのかと聞かれた手塚さんが、「彼女は、二十世紀最大のクリエーターだからです」って答えられたことなんです。そんなことこれまで一度も言ってくださらなかったので、すごくびっくりして、でも「いまのホントですか」って聞くわけにもいかなくて（笑）、それっきりなんです。

　この企画は、手塚さんが胆石になってポシャってしまったんですけど、その後でも、「あなたがやりたいのなら、ぼくの漫画のどれを芝居にしてもいいよ」って言われて、またすごくびっくりして、「や、やります」と答えたんですけど、なにもやらないうちにお亡くなりになってしまったんです。

　あのときは、いがらしゆみこ(89)から電話もらってあわてて飛んでって、手塚さんのご自宅ってずっと石の階段を上がるようになっているんですけど、その前で豪ちゃんと会って、上がっているあいだじゅうわああわあ泣いて、あんなに泣いたお通夜は初めてでしたね。

三浦　その言葉は真実だと思います。

栗本　私は腰を抜かしましたよ。なにをおっしゃるんですか手塚先生って感じで、でも、それがすごい支えになってきたんですよ。

三浦　そのとき真実だったのか、その言葉のせいで真実になっていったのかわからないですよね。

栗本　それが真実かどうかというより、私の神様がそう言ってくれたということが大きいですね。となりで素知らぬ

88『火の鳥』
〈少女クラブ〉1956年5月号〜1957年12月号にエジプト編／ギリシャ編／ローマ編。〈COM〉1967年1月号〜1971年10月号に黎明編／未来編／ヤマト編／宇宙編／鳳凰編／復活編／羽衣編。〈マンガ少年〉1976年9月号〜1980年7月号に望郷編／乱世編。〈野性時代〉1986年1月号〜1987年11月号に太陽編。永遠の生命を持つ火の鳥を中心に、人間のあらゆる時代を横断して、その営みの切なさ、愚かさ、美しさを描き、人間とは、生命とは、宇宙とは、という永遠の命題を真摯に考察した、壮大なSF漫画。

89 いがらしゆみこ
〈りぼん〉1968年9月増刊号に、五十嵐ひとみ名義で「白い鮫のいる島」が掲載されてデビュー。〈なかよし〉1975年4月号から連載が始まった、代表作『キャンディ・キャンディ』は、1976年テレビアニメ化され、大ヒットした。しかし原作者、水木杏子とのあいだで作品利用をめぐって裁判となり2001年10月、水木側の勝訴となった。近年は、エッセイ、小説、漫画原作、レディースコミックなど、幅広い分野に取り組んでいる。

顔をしていたんですけど、もうチビりそうなくらいびっくりしてました（笑）。

三浦　普通に、いい小説を書いている人だからとか、そういう問題ではないですよね。

栗本　そうですねえ。私いつも自分のやっていることは単なる小説じゃないような気がするんですよ。

エドモンド・ハミルトン（90）の「フェッセンデンの宇宙」（91）という小説があって、フェッセンデンというマッド・サイエンティストが研究室の中にミニ宇宙をつくっているんですよ。

三浦　ドラえもんみたいな話（92）ですね。

栗本　（笑）そうそう、同じような話がありましたね。小さな宇宙の中に地球と同じような星があったりするのが高精度の顕微鏡で観察できるんですよ。すごいスピードで文明が進歩していくのを見ながら、フェッセンデンがそこに手を加えるんですよ。彗星を操作してぶつけたり、熱線を当てて日照りにしたりして、小さな文明が滅ぶのを笑いながら見ているんです。結局フェッセンデンは、それをやめさせようとした主人公によって、自分がつくった宇宙の中に倒れこんで死んでしまうんです。主人公は、逃げ出して疑われることもなかったんですけど、空を見上げるたびに、もしかするとこのわれわれの宇宙の天上にもフェッセンデンがいるかもしれないと考えてしまうという結末で、それがすごくインパクトがあったんです。

じつは私はマッド・サインティストで、私は小説を書いているんじゃなくて、生きた人間を送り出しているというフェッセンデンの宇宙。でも私は神じゃないので、ひとりひとりの苛酷な運命に責任を持てるわけでもないし、祈りを受けて願いをかなえることもできない。では、できることはなにかと言ったら、誠実に、いっさい曲げないで伝えることなんですよ。

三浦　神と登場人物のあいだに立つ存

90 エドモンド・ハミルトン（1904-1977）
アメリカの作家。1926年〈ウィアード・テイルズ〉に「マムルスの邪神」が掲載されてデビュー。同誌を中心に、スペース・オペラ作品を発表。1940年〈キャプテン・フューチャー〉誌を発刊。同誌にて、代表作である《キャプテン・フューチャー》シリーズを発表、スペース・オペラの第一人者として知られる。

91 「フェッセンデンの宇宙」
ハミルトンの代表短篇。実験室に小宇宙をつくりだした科学者、フェッセンデンは、その宇宙を単なる実験材料と考え、発達した文明を故意に滅亡させたりしていた。短篇SFを語るさいに、かならずといっていいほどタイトルが挙がる、名作短篇。

92 ドラえもんみたいな話
藤子不二雄〔藤本弘（1933-1996）／安孫子素雄（1934-）〕の漫画『ドラえもん』の「地球製造法」に地球セットという道具が登場する。宇宙台紙、太陽ランプ、ガス、ちりA、ちりB、宇宙時計、観察鏡からなる。宇宙台紙を広げ、その上にちりAとBをまいてガスを混ぜ、ランプを当て、時計を進めると、ミニチュアの地球がだんだんできあがってきて、細部を観察鏡で見ることができるというもの。「フェッセンデンの宇宙」と大きく異なる点は、観察鏡をつたわって、その地球に下りることができるというところ。

在のようですね。

栗本　通過ポイントだな、と思います。上から降りてくるものの通過ポイントだから、正確に伝えなきゃって思いますね。邪念とか私利私欲とか、自分の脳味噌が入ったらいけないなと思うんです。

三浦　グラチウスが、自分たちはこの星で滅びてゆく権利だってあるんだと言うところがあって、感動したんですよ。なんでグラチウスはこんなこと言うんだろうって。

栗本　一応、魔道師ですから（笑）。

三浦　手塚さんの『鉄腕アトム』(93)、最近テレビでやっていたんですけど(94)、映画の『A.I.』(95)とかでもそうですけど、人工知能ものの越えられない壁を感じるんです。ロボットが人格を認めてほしいというのを見ていると、奴隷に見えるんです。悪を行なわないものが自由かというとたぶんそれは自由じゃないから、人間の理想型としてつくられるロボットは、その時点で奴隷を越えられないんじゃないかと思うんです。『アトム』見てでもそう感じるんですよ。

栗本　でもそこでスカンク・草井が言うんです。「完全なものはわるいものですぜ」(96)って。私はあの一言を忘れないなあ。

三浦　あー、そうか。

栗本　手塚さんはそういうことはわかっている人ですよ。『アトム今昔物語』(97)ってご存じですか。

三浦　はい、でも、最近のアトムの特集番組でタイトルを知ったくらいなんですけど。

栗本　これがいいんですよ。アトムがね、一九六九年にタイムトリップしちゃって、いろいろないきさつから、ベトナムに飛ばされるんですよ(98)。

三浦　すっごい生々しいところですね。

栗本　ベトナム戦争のまっただ中に飛ばされて、奥地の村があるんですけど、そこで、子供が産まれかけている母親がいるんです。もうすぐ産まれるというところに爆撃があって、アトムがそれを全部防ぐんです。でもアトムはエ

93『鉄腕アトム』
1951年から1968年にかけて〈少年〉に掲載されたロボットSF漫画。息子の飛雄を事故で失った科学省長官、天馬博士は、息子の身代わりとなる人間らしいロボットを、科学省の総力をあげて開発した。しかしロボットの飛雄少年が成長しないことに腹を立てた天馬博士は、サーカスに売ってしまう。それを見つけたお茶の水博士によって、飛雄少年は7つの力を持った10万馬力のロボット、鉄腕アトムとして生まれかわった。1963年にアニメ化され、日本初のテレビ用連続アニメとして、後世のアニメに大きな影響を与えた。

94 最近テレビでやっていたんですけど
原作の設定で、アトムの誕生日とされる2003年4月7日を記念して、同年4月6日より放映開始された『アストロボーイ・鉄腕アトム』のこと。

95『A.I.』（2001）
映画監督スタンリー・キューブリック（1928-1999）の構想を、スティーヴン・スピルバーグ（1947-）が引きついで監督したSF映画。不治の病のために冷凍保存された息子の代わりに、不変の愛という感情をプログラムされた少年ロボットが、夫婦に与えられる。しばらくは平穏な暮らしが続くが、息子が最新医学によって生還すると、ロボットはうとまれるようになり、彼は、母の愛を求めて数千年にわたる旅に出ることになる。

96「完全なものはわるいものですぜ」
『鉄腕アトム』「電光人間」での、犯罪者、スカンク・草井の言葉。アトムが完全な芸術品だと言うお茶の水博士に対して、スカンクは、アトムは

ネルギーの補充ができなくて、そのままエネルギーがなくなってしまって、子どもは無事に産まれるんですけど、それを見ながら、「人間の赤んぼってほんとに不思議だな、これが育つんだからなあ」って言って動かなくなるんです。アトムは、村人に身体を日本に送ってほしいと言い残していて、村人はそれに従ってアトムの身体を運ぶんですけど、途中で襲撃に合って、アトムは川の底に沈んでいってしまうんです。手塚さんがすごいのは、せっかくアトムが救った村なんですけど、翌日ふたたび空爆があって、せっかく産まれた赤ん坊もふくめた全員が死んじゃうんです。それをさらっと書いていて、もう、ガーンていう感じでした。

三浦　普通のみんなが認識しているアトムじゃないですね。

栗本　手塚さんって、みんなが認識しているような人じゃないんですよ。すごい人ですから。それだからこそ私の神様なんです。あと、『今昔物語』のなかでは、さびしくてなんとか仲間を捜そうするアトムが、開発されたばかりのいちばん原始的なロボットのところに行くんですけど、そのロボットは実験で壊される寸前で、アトムに助けられるんだけど、結局自分をつくってくれた博士のところに戻ろうとして自爆してしまうという話もあったりするんです(99)。

三浦　なんだか『A．I．』がすごくあまく感じるね、これは。

栗本　すごい話なんですよ。ぜひ読んでほしいですね。最終的には、アトムは自分の時代に戻ることなく、草むらでうもれてゆくんです(100)。よくこれをサンケイ新聞に連載したなと思います。

三浦　もったいないんだか、そこしかないんだか、わかりませんね。

栗本　手塚さんって、革命の話を書いたときにはかならず投げ出しているんですよ。結論をつけられないんですね。「青騎士」(101)という話では、アトムは最後に死んじゃって、お茶の水博士が、これではなおしようがない、青

わるい心を持たないから完全でないと主張する。完全な芸術品なら人間と同じ心を持つはずだと言うのだ。これにお茶の水博士が、では、わるいロボットがあってもよいのかと問うたのを、肯定して言った言葉。

97 『アトム今昔物語』
〈サンケイ新聞〉1967年1月24日～1969年2月28日。テレビアニメ『鉄腕アトム』のその後を描くという設定の漫画。アトムは、飛来した宇宙人の円盤の爆発によって、一九六九年にタイムスリップしてしまう。アトムのようなロボットがいない時代に、その存在は理解されず、さまざまな事件に巻きこまれながら、人間がロボットにいだく差別意識と、ロボットであることとの葛藤に苦しみつづけることになる。

98 ベトナムに飛ばされるんですよ
『アトム今昔物語』の「ベトナムの天使」

99 自爆してしまうという話もあったりするんです
『アトム今昔物語』の「ロボット・バローの物語」

100 草むらでうもれてゆくんです
『アトム今昔物語』の「最後のエネルギー」

101 「青騎士」
〈少年〉1965年10月号～1966年3月号。『鉄腕アトム』のエピソードのひとつ。アトムの暗黒面を描いた問題作。人間に虐げられているロボットを救うため、ロボットだけの国ロボタニアをつくろうとして、人間に反抗して戦う、ロボット青騎士の物語。ロボットと人間の戦争はロボット側の勝利に終わり、青騎士は残った人間を処刑しようとするが、アトムはこれに反対する。青騎

騎士よ、身をもって人間を守ったアトムを見ろ、と言って連れていってしまって、話自体は「アトム復活」(102)「メラニン一族」(103)に引き継がれていくんですけど、革命云々はなくなっていっちゃうんですね。

三浦　たしかにそうですね。

栗本　アトムじゃないけど『人間ども集まれ!』(104)というアダルト向け作品があって、そのあたりの手塚さんってほんとに凄みがあるんですよ。おそろしいほど冷徹に現実しか見ていない。でもそれだけじゃなくてそこになにか光があるという視点も感じるんだけど、アトムが守った子供をあっさり殺しちゃう。ほんとにすごいですね。私はとてもできない。これが手塚さんのほんとうの凄さなんですよ。誤解されているかた、多いようですけど。

三浦　ぼくは、手塚さんの次の世代の漫画から読み出しているので、手塚さんの作品は有名なものしか触れていないので、そのへんは読んでみたいですね。

栗本　でも『火の鳥』は違いますね。変な言い方ですけど、ちゃんと頭で考えて書いている作品だと思いますね。それ以前の原始的なエネルギーにあふれてて、たとえば人魚が反乱を起こす『エンゼルの丘』(105)なんて、あんなむかしに少女漫画でよくこんなことやったなって思いますね。本能のおもむくままに描いていたという。

小説は、私にとっていちばんかんたんな手段
——栗本

栗本　断罪の塔の地下のほうにいる、キャスカの赤ん坊を呑みこんでしまう卵みたいな、名前のない、あれ(106)が、いちばんかわいそうですよ。涙してしまうでしょ。

三浦　あれは、使徒の中の使徒とはなんだろうと考えあぐねたあげく、ああなったんです。誰にも認識されないというのがいちばん悲惨なことだと思い

士は自分の秘密を明らかにしようとする生みの親の博士を殺そうとし、それを防ごうとしたアトムは、青騎士の槍をまともに食らって壊れてしまう。

102「アトム復活」〈少年〉1966年3月号〜5月号。『鉄腕アトム』のエピソードのひとつ。青騎士との戦いで壊れてしまったアトムは、お茶の水博士の手に負えず、天馬博士にゆだねられることになる。天馬博士はアトムを、人間を従わせ、世界の王となるようなロボットに改造する。アトムは復活するが、人間に対する思いやりを失っていた。

103「メラニン一族」〈少年〉1966年6月号〜8月号。『鉄腕アトム』のエピソードのひとつ。アトムは人間との生活に嫌気がさし、アフリカへ脱出する。アフリカの奥地には、人間を奴隷とし、人間への反乱をたくらむ黒人ロボット、メラニン一族がいた。アトムはメラニン一族に捕らえられるが、王子の母である人間に助けられ、人間に対する心をとりもどしてゆく。アトムの活躍で、メラニン一族の城は崩壊する。

104『人間ども集まれ!』〈週刊漫画サンデー〉1967年1月25日号〜1968年7月24日号。東南アジアの独裁国パイパニアへ送られた日本人男性、天下太平は脱走して捕まり、人工授精の実験台にされる。パイパニアでは人工授精によって兵士を大量生産しようとしていたのだ。しかし実験の結果、太平の精子は特殊なもので、彼の精子からは、男でも女でもない無性人間が産まれることがわかった。人間であって人間と認められない無性人間たちは、大量につ

まして。

栗本　ああ、なるほどねえ。かわいそうだなあ、と思いましたよ。私、閉所恐怖症なんで生き埋めってかなり怖いんですよ。地震で家が崩れて、すぐ潰れて死ぬならいいけど、家の下で何日か生きてるのってもうダメで、一生埋もれたままなんて、えーーーって感じですよ。

三浦　あのころ、『ベルセルク』のアニメやゲーム関係で知りあった平沢進(107)さんっていう音楽家のかたがいらっしゃいまして、このかたがとても変わった音楽をつくられるかたで、宗教音楽のようなテクノのような音楽なんですよ。そのかたと話していたときに、物事を象徴的に考えるとちゃんとまとまる、と言われたんです。じゃあ断罪の塔というものをいろいろな象徴として考えてみようと思って、まず塔というのは、男性的で支配的で、塔がそびえるということだけで、みんながイメージするものがあるんですね。それと卵だったら、新しいものを生みだすとか、あるいは埋もれていく、という言葉からくるなにか、といったものをうまく配置してドラマにならないかなと考えて、あの章ができあがったんです。

栗本　ずいぶん論理的に考えるんですね。

三浦　そうなんですよ。ぼくは、考えてつくっちゃうんですよ。無意識も入っているんでしょうけど、それを自然にできてしまうのが、永井先生とか、栗本先生かと。

栗本　豪ちゃんもそうなんですけど、ある意味、切れてるんですよ。

三浦　今、切れた作家って生まれてきますかね。切れてることを作家性につなげるというよりは、ほかの表現に行っちゃうんでしょうかね。物があったり、遊ぶ方法があったりすると、表現はみんなそっちへいっちゃうんでしょうね。漫画は基本的にめんどくさい作業なんで。

栗本　漫画って、仕事としての速度と表現としての速度がずれるんだと思う

くられ、いたずらに消費されていった。そんな状況に反逆するものが、無性人間の中から出てくるようになる。無性人間たちを使った戦争ショーが開催されるなか、ついに無性人間たちは団結して立ち上がる。人間とは何かと問う、風刺漫画。

105 『エンゼルの丘』
〈なかよし〉1960年1月号～1961年12月号。手塚治虫の少女漫画。人魚の住む島、エンゼル島の王女ルーナは、島の掟を破ったために海に流されてしまう。しかしそれはエンゼル島を奪おうとする別の人魚族の女王が祈禱師に化けて画策したことだった。ルーナは記憶を失っていたが、日本人青年、英二の助けを得て、エンゼル島へ戻り、姉のソレイユと協力して、祈禱師に反旗を翻し彼女を倒すが、地殻変動のためにエンゼル島は海に沈んでしまう。

106 名前のない、あれ
『ベルセルク』「断罪篇　生誕祭の章」に、聖アルビオン寺院の塔の下のゴミ溜で、物心ついたときからゴミを漁って暮らしてきた人間が登場する。その人物が暮らす穴には、ある時から死体が投げこまれるようになり、骸に埋もれてゆく。その断末魔の声に応えて出現したゴッド・ハンドが、この人物の願いを入れ、完璧な世界を生みだす使徒に転生させた。

107 平沢進（1954-）
音楽アーティスト。1979年、テクノポップバンド「P-MODEL」を結成してデビュー。その活動は、テレビドキュメンタリーの音楽、OVAのサウンドトラック、小説のイメージアルバム、ゲームミュージックなど、多岐にわたる。199

んです。私はむかし漫画家志望で、高校生のときはずっと〈COM〉(108)に投稿してたんですよ。

三浦　そうだったんですか!?　初めて知りました。

栗本　でも絵の才能がぜんぜんなかったので、ダメだったんですが、そのとき思ったのが、物語をつくりたい速度と、それを絵にする速度が違いすぎるんです。

三浦　遅いですよ。漫画はほんとに。

栗本　その当時、漫画でいちばん長く描けたのが八枚だったんですよ。同じころいちばん長く書いた小説が百五十枚だったんですよ。

三浦　ぜんぜん違う(笑)。

栗本　断然こっちのほうが割りがいい、というか、書きたいことがある程度書けてしまうんですね百五十枚あると。八枚だと描ききれないんですね、ほんのワンショットって感じで。どうも向かないらしいということに気づきまして。

三浦　内向きにじっと座っているというのに耐性のあるタイプじゃないと、漫画はやはり基本的には向かないと思いますね。

栗本　豊田有恒(109)さんがむかし書いた短篇があって、イメージプロセッサみたいな機械が発明されるんです。それを使うと自分のイメージしたものが小説になって出てくるんですけど、イメージをそうとう明確なものにしないといけなくて、最終的には、明確なものにしようとするあまりイメージがぐちゃぐちゃになって破綻してしまうというものだった(110)んですけど、その機械、欲しいーって思いましたね。

三浦　小説家はみんな買いますね。

栗本　いやでも、ヴィジュアライズするのは断然漫画家のほうがうまいから、漫画家のほうに需要があるんじゃないですかね。

三浦　打ち合わせやってて、いちばん最初に思いついたときの想像力の爆発力ってすごいですね。たぶん栗本先生はそのまま原稿にされると思うんですけど、表わす手段が絵なんで、爆発力

7年には、原作者、三浦の強い要請にこたえ、『ベルセルク』のアニメ『剣風伝奇ベルセルク』の音楽を担当している。

108〈COM〉
虫プロ商事発行の漫画雑誌。手塚治虫の、プロの漫画家に描きたいものを描いてもらうことと、新人漫画家の育成という、二大構想のもと、1967年に創刊。手塚治虫『火の鳥』や石ノ森章太郎『サイボーグ009』などの連載と並んで、「ぐらこん」と呼ばれる月例新人賞が設けられ、多くの漫画家を送り出した。キャッチフレーズは「まんがエリートのためのまんが専門誌」である

109 豊田有恒(1938-)
作家。虫プロダクションで、鉄腕アトムのシナリオを手がけ、1962年、「火星で最後の……」で第2回SFコンテスト佳作受賞、1963年同篇が〈SFマガジン〉に掲載されてデビュー。代表作に『モンゴルの残光』『地球の汚名』などがある

110 破綻してしまうというものだった
豊田有恒のSF短篇「シナリオ製造します」で、売れないシナリオライターの主人公は、意識を具象化するという機械の実験をさせられる。しかしイメージがあちこち飛んでしまい、首尾一貫した物語をつくることができなかった。

を維持できないんですね。
栗本　でも絵を描くということはやっぱりすごいことですよ。私はSF三大コンテスト（111）にもイラストレーターとして応募して第一次であっさり玉砕した（笑）。
三浦　いろいろやってらっしゃいますね（笑）。
栗本　ほんッとにあっさり落ちましたけど、そのときの絵というのが、松本零士さん、丸写し。
三浦　そういうイメージしようというう力があるから、小説のほうにも、バーっと力が出るんじゃないんですか。
栗本　小説は、私にとって補助手段だったんですね。いちばんかんたんな手段で、もういくらでも出てきちゃって、終わらないので、これは別、としてました。それで一所懸命、絵を描いたり曲をつくったりしてたんですけど、最終的に降参して、やっぱりこれがいちばんはやいということで、小説になったんです。
三浦　表現したいというところが根本なんですね。
栗本　頭の中にあるものを出したいだけなので、書けないとほんと苦しいですね。
三浦　ぼくもやりたいことはいっぱいあるんですけど、死ぬまでにどれだけできるのかなあと思います。ほんと遅いですから。
栗本　でもイメージを喚起する起爆力がすごいですよね。小説って、受け手を選ぶところがあって、そのレセプターを持っていない人には何を書いてもぜんぜん伝わらないんです。
三浦　でも最近どうなんでしょうね。イメージを受け止めてくれる人ってどれくらいいるんでしょう。映画とかのイメージがすごすぎて、自分で想像しなくちゃならないところを人まかせにしているような気がするんですよ。
栗本　もっとちょうだいって口を開けているだけの、ほんとの受け手になってますよね。
三浦　知的好奇心というか、いろんなものに興味がないんでしょうね。

111 SF三大コンテスト
1961年、早川書房は、新人SF作家育成のためにハヤカワ・SFコンテストを創設し、数多くのSF作家を輩出した。通常は小説部門のみだが、1974年の第4回は、小説部門のほかにアート部門、漫画・劇画部門が設けられ、SF三大コンテストと呼ばれた。

栗本　自分から勉強しないとわからないようなことってしませんよね。でもやっぱり漫画って、目からバンって入るから、小説にはできないような力があると思うんですよ。だからそれさえも受け入れられなかったり、ちょっと複雑なことをやるとついてこれなかったりというのを聞くと、がっくりしますね。

三浦　まったく逆に、読み手としてはすごいんだけど、書き手としてはいまひとつ、という人もいますよね。

栗本　います。書き手としてダメなことはおいといて、読み手としていろいろと言う人が。四の五の言ってると、じゃあおまえ百冊とは言わないから一冊書いてみろよっていいたくなりますけど。

三浦　評論家の人は商売でやってるんでまだいいんですけど、一般の読者のなかにはすごいことという人もいますんで、なるべくネット掲示板とか見ないようにしてます。

栗本　私はいっさい見ないですよ。人の言い分にふりまわされて、自分のやりたいことと関係なくなってしまうつもりはもうないから。

三浦　インターネットも善し悪しですよね。

栗本　なんでも発言できる場所ができてしまったんですよね。

三浦　これはぼくのアシスタントの話なんですけど、いつのまにか自分が描く立場にいることをとりあえず置いといて、もらうほうになって、感じたり評論したりすることが発達していって、いつのまにか漫画や映画にすごくくわしくなっているんです。その情報はぼくには役に立つんですけど、なんか本末転倒になってるんじゃないかという気がするんです。

栗本　みんな消費者なんですね。それもたくさん消費するのがいいと思っているんですね。たくさん読んで、たとえばインターネットにたくさん出すんですけど、そういうのって新しいものを生みだすことはないように思いますね。消費者としての資質と、生産者と

『ベルセルク』全部並べてみたら

『ベルセルク』27巻

しての資質は、相反するものがあるのかもしれません。

三浦　物書きって、神のように祀られるんですけど、犬のごとく働いて消費者を喜ばせなければいけないっていうところがあるように思います。

　高二ぐらいまでは、ゲームもなかったし、ヒットしている映画でも全部見ようと思えば見られたんです。だからそんなにいろんな快楽に入れこむ余地がなかったんです。いまぼくが生まれてたら、たいへんな消費者にされてたかもしれませんね。

栗本　いろんなものを買って消費していると、次々に出てくるものを買うために働くだけになってしまうんじゃないかな。あれ買ってこれ買ってってやってたら、ぜんぜん間に合わないですよ。

三浦　ぼくも最近はお手上げで、買うには買うけど、置きっぱなしですもんね。

栗本　そういう中で、自分を維持するってたいへんなんですよ。

三浦　生で感じるところに自分を持っていかないと、そういった媒体だけだと限界がありますね。人とちゃんと会うとか。

栗本　人と会うのもたいへんなんですよね。

高校時代は〈花とゆめ〉読んでたんです
——三浦

三浦　今後の日本の小説や漫画はどうなっていくと思われますか。

栗本　小説はねじくれるだろうと思います。細分化するというか特定の層に受けて一般の人は知らないといったものがどんどん出てくると思います。

　漫画は荒くれていくような気がします。荒くれているものほど、一時でも一世を風靡できるんじゃないかと思います。でも最近は、青年漫画や少年漫画はそんなに読みませんが、少女漫画でさえ、ついていけないくなりつつあ

---

112 かわぐちかいじ（1948-）　漫画家。1968年「夜が明けたら」でデビュー。1987年『アクター』で第11回、1990年『沈黙の艦隊』で第14回講談社漫画賞受賞。

113 石原理　漫画家。〈b-Boy〉第3号掲載の「38度線」でメジャーデビュー。ボーイズラブからサイバーパンクまで、創作範囲は幅広い。

114 岩崎陽子　漫画家。〈プリンセスGOLD〉1987年5月25日号に「NGスタンバイ」が掲載されてデビュー。陰陽師に材を取った『王都妖奇譚』、新撰組を描いた『新撰組異録　無頼』などが人気。

115 『だめんず・うぉ～か～』　〈週刊SPA!〉連載中の倉田真由美の恋愛エッセイ漫画。著者自身や友人のプロ麻雀師、渡辺洋香をはじめ、ダメ男とつきあってしまった女性たちの恋愛遍歴を赤裸々に描く。

116 SF大賞　日本SF作家クラブ主催による、日本SF大賞のこと。1980年創設。クラブ員から選出された選考委員によって、対象年度内に発表されたSF作品の中から、小説、評論、漫画、イラスト、映像、音楽など、ジャンルやメディアにとらわれず、もっともすぐれたものが選ばれる。第1回受賞作は堀晃『太陽風交点』。

117 『覚悟のススメ』　〈週刊少年チャンピオン〉1994年13号～1996年18号。山口貴由の熱血SF漫画。第二次大戦中、世界制覇のために格闘技「零式防衛術」と、

って、ボーイズラブはますます夫婦喧嘩みたいに見えてきて。

三浦　そんなとこまで読んでいらっしゃったとは。

栗本　いや、でも最初に青年漫画から脱落したんです。青年漫画で読んでいるのは『ベルセルク』だけですよ。しばらく、かわぐちかいじ（112）さんとか頑張って読んでたんですけど、ふっと手に取らなくなるんです。あ、新刊出てる、で通り過ぎちゃう。

三浦　逆にお好きなものはどんなものなんですか。

栗本　ご存じじゃないと思いますが（笑）、石原理《さとる》（113）さんは今でも大好きです。岩崎陽子（114）さんとかも好きです。ボーイズラブばっかりだな。あ、『だめんず・うぉ〜か〜』（115）とかもけっこう読んでますよ（笑）。大笑いしながら。

三浦　ぼくは小説は《グイン・サーガ》だけですね。資料も読まなくちゃいけないから時間もないんですよね。

栗本　私は、ＳＦ大賞（116）の選考委員をはずれてから、小説を読むことがさらに減りましたね。この何年、あまりよみたくない。

三浦　ぼくがいまお薦めできる漫画は、『覚悟のススメ』（117）というかなり説明しづらい内容の漫画を描いていた山口貴由《たかゆき》（118）さんの『シグルイ』（119）と、藤田和日郎《かずひろ》（120）さんの『からくりサーカス』（121）でしょうか。藤田さんの漫画は、『うしおととら』（122）もそうなんですけど、少年漫画の王道を歩みながら、その裏にものすごい情念が隠されていて、一歩間違えるとマニア漫画になりそうなんだけど、それでメジャーを張っているという人なんですよ。それと『シグルイ』はまだ一巻しか出ていないので（123）ぜひ。

栗本　わかりました。読んでみます。

ああ、そうそう思い出した。私、河惣《かわそう》益巳《ますみ》（124）さん好きなんですよ。『火輪』（125）なんかのぶっとびかたが、三浦さんの作品と通うものがないではない感じが。

三浦　河惣さんだったら、『サラディ

戦略兵器「強化外骨格」がつくられたが、実戦に投入されることなく終戦。時代を経て、葉隠覚悟（はがくれかくご）の父、朧（おぼろ）は、これらの封印を解き、正義を守るために覚悟と覚悟の兄、散（はらら）のふたりに、伝授した。しかし散は、地球を守るためには人類を抹殺しなければならないと考え、人類を守ろうとする覚悟と戦うことになる。

118 山口貴由（１９６６-）
漫画家。小池一夫劇画村塾出身。１９８６年〈ＣＯＭＩＣ劇画村塾〉の「ＮＯ　ＴＯＵＣＨ」でデビュー。どの作品も、画風、物語ともに山口貴由ものとしか言いようのないオリジナリティと情念に彩られている。

119 『シグルイ』
〈チャンピオンＲＥＤ〉２００３年9月号〜。南條範夫『駿河城御前試合』を原作とする、山口貴由の時代劇漫画。江戸時代初頭寛永6年、天下の法度にそむいて駿河城内で行なわれた真剣御前試合に登場した、隻腕の剣士と盲目の剣士との異様な試合には、あまりにも残酷で奇怪な因縁があった。

120 藤田和日郎（１９６４-）
１９８８年「連絡船奇譚」で小学館新人コミック大賞佳作を受賞。１９８９年「うしおととら」がコミックグランプリで準グランプリを獲得、同作は１９９０年から〈週刊少年サンデー〉で連載開始。シンプルな力強さを持った作品は、まさに少年漫画の王道。

121 『からくりサーカス』
〈週刊少年サンデー〉１９９７年32号〜。藤田和

ナーサ』(126)好きですね。

栗本『サラディナーサ』もいいんだけど、『火輪』っていう超ぶっとび中国ファンタジーがあるんですけど、最後に世界の果てで女媧《じょか》(127)と会ってしまうという怪しい世界で、けっこう好きでしたね。先日この人の新しいのを読んで、あいかわらずだけどパワーあるなあと思ったんですよ。『ツーリング・エクスプレス特別編』ですけど。『ツーリング・エクスプレス』(128)もとっても好きで大笑いしながら読みました。愛してるなって感じです。

三浦　少女漫画って、最近はほんとうに読まなくなってしまって。

栗本『風と木の詩』(129)とか。

三浦　あれは大好きでした。高校時代は〈花とゆめ〉(130)読んでたんです。

栗本　そのころはなにがあったんですか。

三浦　いろいろありました。『ガラスの仮面』とか、男でも読めるような『ピグマリオ』(131)とか『紅い牙』(132)とかありましたね。『ピグマリオ』とか早すぎたと思いますね。もうちょい遅かったら、いまのファンタジー・ブームの一翼をになっていたかも。

ガッツとグリフィスは最終的に対決するのかな　——栗本

栗本　実は今日は、聞いちゃいけないなと思いながら、聞きたいことがいくつかあるんですよ(笑)。

三浦　ぼくもあるんですけど、聞くのはなー(笑)。

栗本　ひとつ聞いていい?

三浦　なんなりと。

栗本　ガッツとグリフィスは最終的に対決するのかな。でもそれって最終的な答よね。

三浦　それってグインの豹頭の下はどうなってるのとか、そういう質問と同じかも。

栗本　あともうひとつは、ゴッド・ハンドのひとりひとりと戦って倒してい

日郎の漫画。人を笑わせないと呼吸困難におちいって死んでしまうという奇病にかかった青年、加藤鳴海は、遺産相続問題で命を狙われる少年、才賀勝と、勝を守るためにからくり人形をあやつる謎の女性、しろがねと出会い、行動を共にするのだが、勝を狙う連中の絶え間ない攻撃にさらされることになる。

122『うしおととら』
〈週刊少年サンデー〉1990年6号～1996年45号。藤田和日郎の妖怪漫画。少年、蒼月潮は、代々伝わる土蔵の地下で、槍で壁に張りつけられた妖怪を発見する。潮はその槍を引き抜いて、妖怪を解放してしまう。虎に似た妖怪を潮は「とら」と名づけた。とらは潮に取り憑いて喰おうとし、潮はとらを槍で封じようと対立するが、いつしかふたりは力を合わせて妖怪を倒すようになっていく。

123 まだ一巻しか出ていないので
2004年7月に第2巻が刊行された。

124 河惣益巳(1959-)
1981年「ツーリング・エクスプレス」が〈別冊花とゆめ〉夏の号に掲載されてデビュー。

125『火輪』
〈花とゆめ〉1992年4号～1997年10号。河惣益巳のファンタジー漫画。東海竜王に養われていた人間の子供リー・アンは、人間に奪われた神剣・竜王剣を取り戻すべく、人間界の都に潜入する。古代中国を思わせる世界を舞台に繰り広げられる壮大な冒険が描かれる。

126『サラディナーサ』
〈花とゆめ〉1985年17号～1989年9号。

くのかな。行かないとしょうがないようにも思うんだけど。

三浦　これぐらいは言ってもいいと思うんですけど、『ベルセルク』の世界の構造で、いるかどうかわからないけど神があって、その下に幽界《かくりよ》(133)があって、そこから現実が派生するので、幽界の影響はかならず現実におよぶことになります。幽界でグリフィスが残した証拠というのが、水面に落ちる針というふうに表現しましたが、これが現実に派生して起こったことで、それを擁してくるのが、べムたちなんです。

　だから、現実の中では、霊的な存在は一段上の構造に属するものだから、手が出せないという設定なんです。手を出したければ自分も幽界に半分足を踏み入れないと影響をおよぼすことができません。そういう設定になっているんです。

栗本　髑髏の騎士(134)についても本当はうかがいたいんですけど。

三浦　時間やらなにやらすっ飛ばしている人なんですけど。

栗本　聞きたいけど、聞いたらやばいよね(笑)。

三浦　〈ヤングアニマル〉の編集部の人たちも、続きをすごく知りたいらしいんですけど、ぜんぜん聞いてきません。ただ、ゲーム(135)をつくる際に、ゲーム会社の人に情報を伝えなければならなくて、まだ形にならない状態のものをどんどんしゃべってしまったら、同席していた担当編集者がえらく落胆しまして(笑)。

栗本　私はリークしたくても、私自身わかんないからできないなあ。ところで今二十六巻ですけど、次はいつ出るんですか。

三浦　七月の下旬になります(136)。

栗本　早く出せ、とか言われないですか。

三浦　言われます。増ページしろとか、二本立てしろとか、外伝描けとか、三浦は休みすぎだとか(笑)、いろいろ言われます。

栗本　私も月刊にしろ、とよく言われます。たまにしてるのに。

河惣益巳の歴史冒険漫画。十六世紀後半、スペインは、国王フェリペ二世のもと、未曾有の繁栄を誇っていた。世界最強のスペイン艦隊の猛将フロンテーラ公爵の娘サラディナーサの波瀾に満ちた生涯を描く。

127 女媧
中国神話の創生神。天地をひたす大洪水の後、伏義と女媧の兄妹ふたりが残され、彼らが夫婦となり人類の始祖となったと伝えられる。その身は、伏義とともに竜体として描かれる。

128『ツーリング・エクスプレス』
1981年から1999年にかけて、〈花とゆめ〉と〈別冊花とゆめ〉に掲載された、河惣益巳のロマンチック・ハードボイルド・アクション漫画。ヨーロッパを舞台に、ICPOの新米刑事シャルル・オージェと、一流の殺し屋ディーン・リーガルとの運命的な出会いを描く。特別編は、2000年から2003年、〈別冊花とゆめ〉に発表された。

129『風と木の詩』
〈週刊少女コミック〉1976年10号〜1980年21号、〈プチフラワー〉1981年冬の号〜1984年6月号。竹宮恵子の学園少年愛漫画。19世紀末の南フランスを舞台に、男子校でくりひろげられる愛憎劇を描いた問題作。学園の生徒の多くは、悪魔的退廃的な魅力を持った生徒ジルベールに心乱されていた。そこへ、やさしくまっすぐな心を持ったセルジュが転校してきて、ジルベールの閉ざされた心を少しずつ開いていく。

130〈花とゆめ〉
白泉社発行の少女漫画雑誌。1974年創刊。

三浦　おれも描きたいです。

私が力つきても、物語は続いていきます ——栗本

三浦　いつのまにか長い物語になりましたが、ぼくの場合は、逆に、長期の予定を立てたらだめだったと思うんです。一歩一歩進んでいたら、いつのまにかここまで来ていたという感じです。最初っからこういうグロスのものだとは気づいていませんでした。ちゃんとやるとこれぐらいのものだったんだなというのが、後になってわかってきました。ここまで来ると、あとこれぐらいかな、というはなんとなくわかっているつもりなんですけど、これまで自分の立てた予測が当たったためしがなくて（笑）、かならずオーバーしていくんです。あと五年かなと思ってるんですけど、もうちょっと伸びるんじゃないでしょうか。

栗本　私は、早川書房からグインの話をもらったとき、しめた、と思ったんです。これでいくら書いてもいいんだと思いまして、そう思ったらすごく安心してしまったんです。これまでは五冊が限度とか十冊とか二十冊が限度とかいわれていたのに、いくら書いてもいいと思ったときの解放感がすごかったんです。百冊と言ったのは、私にとって無限大という意味で、実際に百冊という意味ではなかったんです。

三浦　ホントですか？

栗本　ホント。もう一、二、三……たくさん、という世界で（爆笑）。もうたくさんたくさんたくさん書いていきて、だんだん百冊が近づいてきたら、今度は百冊しか書いちゃいけないのかなあと思いはじめて、みなさん書いていいと言ってくださるので、すごくうれしい。でも今度は二百冊が近づいたら、またおんなじことを考えるでしょうね。

　終わりはないんですね。グインの世界はいろんな人が生き死にを繰り返しながら、ずっとつづいてるわけじゃな

131『ピグマリオ』〈花とゆめ〉1978年7号〜1990年20号。和田慎二（1950-）の冒険ファンタジー漫画。クルトルーン国の皇子クルトの苦難の旅を描く。クルトは、8歳の誕生日を前にして、母は、怪物メデューサによって石に変えられたことを知り、母をもとの姿にもどすため、メデューサを倒す旅に出発する。

132『紅い牙』〈別冊マーガレット〉1975年8月号〜1978年3月号、〈花とゆめ〉1981年1号〜1989年13号。柴田昌弘（1949-）の超能力SF漫画。狼に育てられ、古代人類の血を引く超能力少女、小松崎蘭と、悪の秘密結社タロンのエスパーたちとのすさまじいサイキック・バトルをアクション・シーン満載で描く。

133 幽界　神界と人間界の中間にある場所。「かくりょ」という読み方は三浦の造語。

134 髑髏の騎士　『ベルセルク』のキャラクター。重厚な鎧をまとい（馬も）、重要な場面にかならずと言っていい

9巻17P

いですか。時間を遡って原始時代だってたどれるし。だから、ずっとそこに目を向けていれば物語はいつまでも続くんですよ。それのどこからどこまでを切り取るかだけなんですよ。私が力つきたときになんらかの終わりはあるんでしょうけど、物語は続いていきます、というのが本来かな、と思います。私にとっては、自分がどこまで見ていられるか、自分の命がどこまで続くかという興味であって、私が見ていなくてもみんなそれぞれ生きて、話は続いていくんだろうなと思うんです。

三浦《グイン・サーガ》の派生物として、《グイン》の名を汚さないよう、がんばります。

栗本　なにをおっしゃいます。でもひとつだけ希望を言わせていただけるなら、もう少し続きを早くよませてくれー（笑）。

三浦　申し訳ございません（笑）。

栗本　って私、いつも人に言われているので、人に言うと、すごい気持ちがいいいな（笑）。

三浦　この前、「バーボンはウィスキーの派生物だ」って話を聞いたんです。がんばっていいバーボンになります（笑）。

栗本　でもブランデーもワインの派生物ですしね。

三浦　いろいろなもの、それぞれが場を見つけて成り立っているんですね。

栗本　とりあえず二十七巻を待っています。

三浦　がんばります。

栗本　二十七が出れば、二十八を待つだけではありますが。

三浦　終わりまで突っ走るだけです。

栗本　おたがいに。

三浦　お身体、ほんとに大切になさってください。

栗本　おたがいに。ありがとうございます。

三浦　ありがとうございました。

（4月8日／於ラ・リヴィエール）

ほど現われる、髑髏の顔をした戦士。ガッツとキャスカを「蝕」から救いだすなど、超常的な能力を持っており、その言動から、ガッツやグリフィスに関係した秘密を解く鍵を握っていると思われる。その正体は、かつて大陸全土を征し大帝国をなした伝説の皇帝ガイゼリックか？　彼は、戦闘のさい、髑髏を模した兜をしていたというのだが、直接の関係は不明。

135 ゲーム
2004年秋に発売が予定されている、PS2版『ベルセルク千年帝国の鷹篇　聖魔戦記の章』のこと。

136 七月の下旬
『ベルセルク』27巻は、2004年7月29日に刊行された。

〔漫画図版はすべて『ベルセルク』（白泉社）から引用しました〕

参考文献
《グイン・サーガ》『グイン・サーガ・ハンドブック1・2』早川書房／『ベルセルク』白泉社／『世界のSF文学総解説』自由国民社／『日本幻想作家名鑑』幻想文学出版局／『マンガ夜話VOL6・VOL11』キネマ旬報社／『The Encyclopedia of Science Fiction』St. Martin's Griffin／『世界大百科事典』平凡社／および、タイトルをあげた書籍、またそれに関連するインターネット・サイトを参考にさせていただきました。

※8ページより

▼特徴▲

神聖パロ王国宰相にして上級魔道師。灰色の聡明な目で、もしゃもしゃとした長髪の、痩せて小柄な男。

▼履歴▲

外見から受ける陰気な印象とは裏腹に、その言動にはどこか剽軽なところがあり、また魔道師らしく感情を押し殺した態度の裏には確固たる忠義心と深い愛情が隠れており、祖国であるパロの平和と、行き倒れかけていた彼を救ってくれた、のちの主君リーナスの幸福とが彼の最大の望みであった。

そんな彼の人生につねに大きな影響を及ぼし続けたのがアルド・ナリスという存在である。陪臣ながらもその才覚で頭角を現わした彼は、黒竜戦役ではナリスに重用され、その参謀役をつとめあげたが、その一方でひそかにナリスの暗殺をくわだてるなど、決してナリスの忠実な味方ではなく、パロの王族としての忠義はつくしながらも、ナリスの内にひそむ闇にも敏感に気づき、パロの平和を脅かしかねない存在として不信の念を抱いていた。

しかし、アムブラ騒乱の際にナリスを拷問から救うのが遅れ、不自由な身体としてしまったことに対して強い自責の念にかられた彼は、魔に魅入られるかのごとくにナリスの傀儡となり、その命令のままにアムブラ弾圧を遂行して学生たちの恨みを一身に集めるとともに、ひそかに思いを寄せていたリギアにも裏切り者と見なされ、さらにはナリスの推挙によって心ならずもパロの宰相の地位につけられたことにより、リーナスとの関係もおかしくなってしまった。

そうしたナリスへの憎悪や不信の念も、マルガに隠退したナリスと行動をともにし、ナリスの身内に潜む、見捨てられた子どものような孤独を知るにつれ、次第にナリスに対する深い愛情へと変化していった。やがて、ナリスと強い絆で結ばれた彼は、ついにナリスを助けて愛する祖国パロに対して反乱を起こすに至り、魔道師である彼の特技を活かして反乱の成功に力をつくしたが、ついにナリスをパロ聖王位につけることはかなわなかった。

ナリスの死後、たとえようもない喪失感に見舞われつつも、その持ち前の責任感からパロの復興に力を注ぎ続ける彼が、一日も早く最愛の人の死から立ち直ることを願ってやまない。

「有能な魔道師、計算高い官僚、そして愛する人のために、すべての苦悩を背負う人。」

第5位　159票

リンダ・アルディア・ジェイナ

Illustration 丹野 忍

▼特徴▲

神聖パロ王国王妃。暁の色の紫の瞳、輝くプラチナブロンドの髪の、ほっそりとした絶世の美女。

▼履歴▲

幼いころは、その清楚な見かけからは想像もつかない、勝ち気で活発な少女として知られ、対照的に気弱な性格の双児の弟レムスとともに、《パロの二粒の真珠》と呼ばれて皆に可愛がられた。誇り高いパロ聖王家の王女らしく、どのような逆境にあっても決して希望を失うことなく、ルードの森やノスフェラスでの冒険でも、つねに最後の勝利を信じて戦い続け、ついに祖国パロへの帰還を果たした。

グインに守られ、イシュトヴァーンと恋に落ちたノスフェラスでの冒険の日々は苦難に満ちてはいたものの、窮屈な宮廷を逃れて自由を満喫した幸せな日々でもあった。しかしクリスタルに帰還を果たしてからは、パロ聖王家始まって以来とも讃えられるその卓越した予知能力がかえって災いし、レムスの即位式で不吉な予言をして彼との関係が冷たくなり、またイシュトヴァーンとの恋のいきさつが、信頼し慕っていたナリスの嫉妬をかってしまうなどして、セム族の娘スニをただひとりの忠実な友として、憂いに満ちた日々を過ごすようになった。

「パロの王妃の美しい瞳に、いつか自身の運命の映るときがくるのだろうか？」

その後、運命神ヤーンに導かれたかのごときナリスとの結婚によって、本来の明るく活発な自分を取り戻し、再び幸せな日々が彼女に訪れたかに見えたが、その日々も拷問によるナリスの奇禍によりあっけなく終わることとなってしまった。

それでも絶望することなく、母のような慈愛と、妻らしい情熱を持って献身的にナリスの看病を続け、ナリスがついに反乱を決意したときには、ナリスの妻として誇り高く、彼とともに、あるいは動けぬ彼にかわってでも先頭に立って戦うことを宣言し、つねに前方を見据えた毅然としたその態度はかわることはなかった。

ナリスがこの世を去り、反乱が終結した現在、疲弊しきった祖国パロの新女王として、時として迷い、悩みつつも責務をまっとうしようとする彼女の成長ぶりには目を見張らされるものがある。また、物語のそこかしこに感じられるグインとの強い絆も、今後になにがしかの含みを感じさせており、その神秘的な予知能力とあいまって、あるいはグインの秘める謎に至る鍵を握る人物であるのかもしれない、と想像せずにはいられない。

第6位　153票

アル・ディーン（マリウス）

Illustration 丹野 忍

▼特徴▲

栗色の巻毛、黒茶色の瞳、ほがらかで愛嬌たっぷりな優しい顔立ちの吟遊詩人。

▼履歴▲

パロのアルシス王子と愛妾エリサのあいだに聖王家の王子として誕生したが、母の身分の低さから宮廷で軽んじられ、また自らも堅苦しい宮廷生活になじむことができず、ついに愛する歌と自由とを求めて、ただひとりの最愛の兄ナリスをも捨て、パロを出奔して吟遊詩人となった。繊細で同情心にあふれ、また人の心の働きにも敏感な彼にとっては、周囲の人を楽しませ元気づけ、自由と平和とを存分にことほぐことのできる吟遊詩人という職業は、《カルラアの申し子》とも称される天性の美声ともあいまって、まさに天職ともいうべきものであっただろう。

　夢見がちでロマンを追い求め、ひとつのことを思いつくとすぐにそれに熱中してしまう性格は、彼の前向きな行動力のみなもとであると同時に、周囲の人に多大な迷惑と負担をもたらす最大の欠点ともなっている。臆病で、また責任を負うことを極端に嫌い、なにかというとすぐに逃げ出す困った性癖の持ち主でもあるが、他人を傷つけることを嫌悪してもおり、シルヴィアを罠に陥れることを拒んで敢然とダリウスの拷問に耐えてみせた姿は、のちに彼と結ばれるオクタヴィアにも深い感銘を与えた。兄ナリスとの決定的な訣別の原因となったミアイル公子暗殺事件当時に彼をかくまってくれた〈煙とパイプ亭〉の一家には家族同然に扱われており、オクタヴィアとともにサイロンからその〈煙とパイプ亭〉へ向かった旅路こそが、愛と自由と平和と歌に包まれた、彼のもっとも幸せな時期であったかもしれない。

「放浪する詩人の魂が、
彼を新たな荒野へと誘う。」

　その後、グラチウスによってキタイに拉致され、グインに助けられて中原に帰ってきた際、中原情勢の悪化を理由にオクタヴィアと娘マリニアとともにサイロンの黒曜宮に移ったが、パロ宮廷の生活を嫌って出奔した彼にケイロニア宮廷での生活は耐えられるはずもなく、伝えられたナリスの死を口実としてそこを飛び出してしまったのも無理からぬことであっただろう。

　ほんのわずかな臆病のために、あと少しのところでナリスとの数年ぶりの再会のチャンスを永遠に逃してしまった彼は、その動揺もあってか、パロ宮廷の王子としてリンダを助けて生きていく決心をするものの、すでにそれにも嫌気がさして逃げ出そうとしているあたりは相変わらず、といったところである。

スカール

第7位　144票

Illustration 末弥 純

▼特徴▲

アルゴスの王子。黒々とした髪の毛と髭、濃い眉、漆黒の瞳と浅黒い肌の大柄な体をつねに黒ずくめの衣装で包んでおり、その風貌から〈黒太子〉と呼ばれている。

▼履歴▲

先王の愛妾であった母がグル族の娘であったこともあり、グル族を中心とする騎馬の民の間で絶大な人気を誇っているが、その人気が災いし、彼自身は王位にまったく興味をもっていないにもかかわらず、兄である現王スタックの疑心暗鬼を招き、かつては仲の良かった兄弟仲も最近ではすっかり険悪なものとなり、ついにはアルゴスからの追放を宣言されるに至ってしまった。

草原の騎馬民族の血を引く男らしく、草原流の正義と信義を絶対のものとし、義理と情に熱く、ひとたび愛したものに対しては徹底して守り通す信念を持っている。最愛の妻リー・ファを殺害したイシュトヴァーンに対してどのような大義があろうとも妥協を拒み、妻の仇としてひたすらに憎悪を燃やし続けずにはいられないその姿は、彼の最大の欠点であると同時に、最大の美学であるとも言えるだろう。戦いの指揮官としては無謀とも見える奇策を好む天才的なところがあり、第二次黒竜戦役の際に天山ウィレン越えを成功させてアムネリス軍を打ち破り、また突如ノスフェラス入りしてグル・ヌーと星船の秘密をロカンドラスから授けられるにいたるなど、その行動は神出鬼没で他の予測を許さない。

グル・ヌーの瘴気が原因で体調を崩し、一時は命が危ぶまれるほどに衰弱したものの、グラチウスの施術により体調を回復した彼は、レムス－ナリス内乱ではイシュトヴァーン軍を急襲して、一騎討ちでイシュトヴァーンを打ち負かすなど、本来のたくましい強さを完璧に取り戻した。

ナリスが世を去り、グインが記憶を失っているいまでは、星船やその超科学の秘密の一端を知るただひとりの人物として、その重要性が増しているように思われる。物語中もっとも野性味あふれる男くささの体現ともいうべき彼の強靭さが、これからもできるかぎり長く保たれるよう、ただこれに関してはグラチウスの魔道の威力に期待せざるをえない。

「草原を駆ける黒い風は、明日どこを吹いているのだろう。」

第8位　68票

カメロン

Illustration 末弥 純

▼**特徴**▲

ゴーラ王国の公爵にして初代宰相。すらりとした長身の鋼のような体で、黒髪、鋼鉄のような黒い瞳に、黒い口髭をたくわえた精悍な顔立ちの瀟洒な人。

▼**履歴**▲

ヴァラキアの海軍提督として長年活躍し、その海の男らしい剛毅で一本気な性格で部下たちから慕われ、ヴァラキア国内のみならず海外の要人からも信頼を集めていた。プライベートでは独身主義を貫きとおし、家族というものを持たずにきた彼であったが、唯一、息子のように愛し、自らの後継者にしたいと切望していたのがヴァラキアの不良少年であったイシュトヴァーンであり、その愛情の深さは、イシュトヴァーンがモンゴール救国の英雄としてモンゴール宮廷に現われたと知るや否や、それまでの地位をすべてなげうって、そのもとにかけつけたことが雄弁に物語っている。父親のごとくイシュトヴァーンのかたわらにあって見守り、その野望の実現のために自らのすべてを捧げる決意をした彼であったが、それは彼の苦難の日々の始まりでもあった。

イシュトヴァーンの精神に育ちつつある暗い影に気づいた彼は、その原因を軍師アリストートスにありと看破し、熾烈な暗闘を繰り広げた結果、ついにアリストートスの排除に成功した。しかし、イシュトヴァーンがすでに歩みはじめていた殺戮と裏切りの道をはばむことはできず、元来無用な殺戮を好まず、信義を重んじる彼は、イシュトヴァーンへの変わらぬ愛情と、その行為に対する嫌悪とのあいだで葛藤し、その未来に絶望的な憂いを抱くようになった。それでもなお、イシュトヴァーン弾劾裁判のおりには必死の弁論を繰り広げるなど、彼の愛する息子ともいうべき存在を守るために全力をつくす彼であったが、彼ののぞむイシュトヴァーン像とその実像とのギャップは開く一方で、さしもの彼の愛情にもやや冷たい影が差してきたことは否めない。そのような彼の変化はイシュトヴァーンも敏感に感じているようで、かつては実の父子よりも強い絆で結ばれているかのように見えた二人のあいだに亀裂がかなりはっきりと見えてきたように思われる。

現在、その関係の修復につとめる彼が、果たして望みどおりにイシュトヴァーンを救うことができるのか、それともどちらかの破滅というかたちで二人の関係が終わりを告げてしまうのか、今後も緊張をはらんだ展開が予想される。

「残虐な王に仕える正義の人、その矛盾に苦しむ日々。」

第9位　67票

オクタヴィア・ケイロニアス

Illustration 末弥 純

▼**特徴**▲

ケイロニアの皇女。すらりとした長身、色白の肌、月の光を集めたかのような銀髪に、冷たく冴えた青い瞳の美女。

▼**履歴**▲

現在でこそ、マリウスとの間に授かった愛娘マリニアと父アキレウスとともに皇女として幸福な毎日を過ごす彼女であるが、その生い立ちにはつねに悲しい影がつきまとっていた。アキレウスと、その誘拐された愛妾ユリア・ユーフェミアの娘として人知れず生まれた彼女は、幼い日に目の前で母を陵辱され、斬殺されるという凄惨な経験を通して心に深い傷を負ってしまう。そのために復讐の鬼と化し、人間不信の鎧を身にまとうようになった彼女は、成長してひそかにダリウス皇弟と接触し、男性にふんして皇太子を僭称し、ケイロニア皇帝位を簒奪するという陰謀を企てるに至った。男性として生き、研鑽を積んで優れた剣士となっていた彼女の陰謀は着実に進行し、いよいよその成就が目の前に迫ったかに見えた。

しかし、その闇の陰謀から瀬戸際で彼女を光の世界へ引き戻したのが、グインとともにサイロンを訪れていたマリウスであった。

知りあった当初はマリウスを軟弱者とさげすんでいたものの、その秘められた芯の強さに、しだいに心の冷たい殻を溶かされていった彼女は、マリウスが出奔したパロの王子であるという告白に心動かされ、また父の、母に対する愛情の深さを知るにいたり、ついにケイロニア宮廷への復讐心を捨て、女性としてマリウスと結ばれ、愛に生きる決意をした。

「暗い過去にめげず、果敢に生きる美しき皇女。」

サイロンを離れ、マリウスとともにトーラスの〈煙とパイプ亭〉で暮らすようになった彼女は、ゴダロ一家の愛情に包まれ、グラチウスにさらわれて行方不明になった夫の身を案じつつも、誕生した娘マリニアとともに、生まれてはじめて家族の暖かみの中で幸福な生活を送っていた。しかし中原情勢の悪化にともない、自らの出自がゴダロ一家やマリニアに災厄をもたらすことになるかもしれない、と危機感を抱き、夫を救出して彼女のもとを訪れたグインの求めに応じ、二度と戻らぬと誓っていたケイロニア宮廷に戻る決意をした。それはのちにマリウスとの別れという悲劇ももたらしたが、皇女としての、また母としての責任に目覚めた彼女に後悔の思いはみじんも存在しないようである。

その美貌と果断な性格、愛情の深さでケイロニア宮廷の人気をすぐに獲得し、妹シルヴィアの悪評もあって、ひそかに彼女をアキレウスの後継者に推す声も多い。娘マリニアとともに、ケイロニアの未来に、間違いなく大きな影響を与える存在である。

グラチウス
第10位　45票
Illustration 末弥 純

▼特徴▲

ドールの最高祭司にして世界三大魔道師のひとりに数えられる黒魔道師。八百歳を越える長寿を誇り、痩せてひからびたミイラのような白髪の老人。

▼履歴▲

世界生成の秘密を解き明かし、黄金律の支配する世界を、暗黒律の支配する闇の世界へと変貌させ、自らそれへ君臨するという野望を持ち、魔道十二条に背いてドール教団を設立した。しかしながら現在では自身で作った教団を抜けているとも言われ、むしろ、ヤンダル・ゾッグの脅威に対抗すべくキタイの黒魔道師や土地神たちと設立した《暗黒魔道師連合》のほうに力を注いでいるようである。その魔力は他にくらべるもののないほどに強力で、パロ魔道師ギルドに所属する全魔道師の力をあわせても及ばないとされる。

己の野望を成就させるためにグインのもつ謎と無尽蔵のエネルギーに注目し、彼を屈服させて自分のしもべとするべく、ゾンビーの軍隊を作り上げて襲わせ、《生涯の檻》の罠に閉じこめ、シルヴィアを誘拐して性と麻薬に溺れさせたりするなどと、非道のかぎりをつくしているが、その行動とは裏腹に、言動にはどことなく剽軽でいたずら好きな稚気あふれるところがあり、なんとも憎めぬ飄々とした愛嬌の持ち主でもある。口を開けばなにかと自慢話をして周囲を辟易させる性癖があるが、それは黒魔道の第一人者としてのプライドの反映でもあるらしく、ヤンダル・ゾッグやアモンの出現に対しても、それが世界を変貌させ滅亡に導くということよりも、彼の自称する地上最大の魔道師としての地位を危うくしかねないことに脅威を感じているらしいところに、ある種の可愛らしささえ感じてしまう。

最近では、ヴァレリウスを、救出した見返りとしてアグリッパのもとへ赴かせたり、ハゾスやリンダのもとに現われてグインの消息を伝えたりと、すっかり物語の狂言回し的な役割が板についてきた。アモンとヤンダル・ゾッグの脅威が一時的にせよ中原から去ったいま、彼の野望がどのように動き出すのか、それが中原情勢にどのような影響を与えるのか予断を許さないが、今後も一の手下の淫魔ユリウスとのコンビで、物語のジョーカー的な存在として楽しませてくれることだけは間違いなさそうである。

「暗黒よりの使者、最大最凶の黒魔道師の陰謀が、中原の未来を変える?」

第11位　30票
トール

▼特徴▲
ケイロニアの黒竜将軍。長年の傭兵生活で鍛え上げた体、金髪、青い目の武辺一辺倒の男。

▼履歴▲
アトキア出身の傭兵であった彼は、黒竜騎士団第三中隊の一員として、同じく傭兵となったグインと出会って以来、つねにグインの親友にして一の側近としてそばにあり、グインが地位をあげてゆくのとともに自らも地位をあげてゆき、ついには大ケイロニアの黒竜将軍の座にまでのぼりつめた。対等な傭兵仲間としてつきあいが始まったこともあってか、グインが王となったいまも彼に対する態度は気さくな部分を残しており、それがグインにとっても喜ばしいこととなっているようである。かつてはグインに対して冗談混じりに、自分のことを将軍位だけにはつけてくれるななどと話していたものの、いざ黒竜将軍となってみると、ケイロニア最強の黒竜騎士団を堂々と率いてクリスタル遠征で活躍し、クリスタル解放後には駐留軍の総司令官として指揮にあたるなど、将軍としての能力も相当に高いことを世に知らしめた。今後もハゾスと並ぶグインの親友、側近として、ケイロニアの武のかなめとして活躍していくであろう。

第12位　29票
ハゾス・アンタイオス

▼特徴▲
ケイロニアのランゴバルド侯にして切れ者の呼び声高い宰相。明るい青灰色の聡明な目を持つ端正な二枚目。

▼履歴▲
まだ一介の傭兵にすぎなかったグインとはじめてあった際に、その物腰の中に天性の統治者の質を敏感に感じた彼は、身分の差を気に留めるそぶりも

なく、グインのケイロニアにおける無二の親友となった。そのケイロニア人の美徳をすべて体現したとも言うべき性格は誠実そのもので忠誠心と愛情にあふれており、若いながらも数少ないケイロニアの文官としてその内政の一切をたばね、アキレウス帝ならびに十二選帝侯の絶大な信頼を得ている。その名声は他国までも高く響いており、疲弊し困窮しきったパロを束ねるリンダとヴァレリウスからも内政に関する相談を受けるほど、その人望はあつい。現在、記憶を失ってノスフェラスにいるグインのもとへ赴くべく準備中の彼が、グインとどのような再会を果たすのか、そしてその記憶を取り戻すことができるのか、彼の手腕とグインとの絆の深さに寄せられる期待は大きい。

レムス・アル・ジェヌス・アルドロス

▼特徴▲

パロの現国王。白に近いような輝く銀髪と紫の瞳の持ち主で、秀麗で端正な顔立ちだが、ひどく痩せて狷介な印象を与える。

▼履歴▲

幼いころは双子の姉リンダとともに〈パロの二粒の真珠〉と呼ばれ、勝ち気な姉に比べて気弱さばかりが目立つ優しい少年であったが、ノスフェラスで魔道師カル＝モルの怨霊に憑依されて以後、気弱さが影を潜めると同時に、その精神を巨大な闇が次第にむしばむようになった。アルミナとの結婚によって一時穏やかさを取り戻したかに見えた彼であったが、キタイ王ヤンダル・ゾッグや、自らの長男として誕生した怪物アモンに精神を支配され、クリスタル・パレスを魔の宮殿と化してしまった。グインによるクリスタル解放後、アモンの呪縛から解き放たれた彼は、己のなしたことに後悔と反省をみせるものの時すでに遅く、白亜の塔に監禁され、パロ聖王位をも剥奪されようとしている。ほんの少しの心の弱さのために、大きな代償を払うことになってしまった彼に対しては、いくばくかの同情を禁じえない。

第14位 26票

リギア

▼特徴▲

神聖パロ王国の聖騎士伯。黒髪、黒い瞳の成熟した体を持つ美女。

▼履歴▲

ルナン侯の一人娘として生まれ、ナリスの乳姉弟として育った彼女は、ナ

リスに絶対の忠誠を誓っており、彼のためとあれば時として卑しい男たちにその身を投げ出すことも厭わない。パロ宮廷にあっては奔放な女性としても知られ、恋多き女性のひとりとしても数えられるが、それは彼女がつねにナリスの側にあって仕えることができるように、ひとつの恋に真剣になることを自分に許していないことからきているようである。現在は黒太子スカールと深い恋愛関係にあり、パロ宮廷への嫌悪感と、ナリスの仕掛けた数々の陰謀に振り回され続けた倦怠感と疎外感から、何度となくパロを去って草原のスカールのもとへ行こうとするが、結局はナリスへの愛情をたちきることができず、いまだその思いを遂げられずにいる。ナリスが世を去った現在、彼女はその呪縛から解き放たれることができるのだろうか。

第15位　21票
オロ

▼特徴▲

モンゴールの騎士。ゴダロとオリーの長男。青い目を持つ長身のかなりの剣の使い手。

▼履歴▲

勇敢で正義感にあふれ、グインがスタフォロス城の虜囚となってガブールの大白猿と戦わされた際には、城主ヴァーノン伯の怒りもかえりみず、剣を投げ与えてそれを助け、またその直後のセム族の襲撃の際にも、グインほどの戦士が閉じこめられたまま命を落とすのはしのびないとして駆けつけてグインを助けたものの、自らはセムの斧を背中に受けて倒れ、グインに両親への伝言をたくして息を引き取った。数年ののち、その遺言がグインによってトーラスで〈煙とパイプ亭〉をいとなむ彼の両親に伝えられたシーンは、すべての人の涙を誘う名シーンのひとつに数えられるだろう。ほんのわずかな登場ながら、この長大な物語の開幕にあたって決して忘れることのできない重要な役割を果たした人物である。

ヨナ・ハンゼ

▼特徴▲

ヴァラキア出身の天才学者にして神聖パロ王国軍参謀長。長い黒髪、理知的な茶灰色の目、青白く痩せた端正な顔立ち。

▼履歴▲

敬虔なミロク教徒として育ち、十二歳の時にイシュトヴァーンの助けでパロのリヤ大臣に保護され、オー・タン・フェイ塾や王立学問所で学んで頭角を現わし、王立学問所始まって以来の天才として史上最年少の助教授ともなった。その専門は幅広く、魔道学、歴史学、神学、考古学など多岐に渡っており、そのたぐいまれな知性をナリスに買われて親友カラヴィアのランとともに中心となって古代機械の研究にあたった。レムス－ナリス内乱で神聖パロ王国軍の参謀となり、その冷静沈着な判断力と豊富な兵学の知識を駆使して活躍し、ナリスの死後はナリスの遺志とグインの命にしたがい、グインとアモンを転送したのちに古代機械を停止させた。現在は静かな学究生活に戻ることを望んでいるが、パロの窮状がなかなかそれを許さないようである。

第17位　20票　シルヴィア・ケイロニアス

▼特徴▲

ケイロニアの王妃にして皇女。金褐色の髪、くるみ色の瞳の痩せた小さな女性。

▼履歴▲

大ケイロニア皇帝家の唯一の後継者としての責任の重さに耐えきれず、その鬱屈した思いが周囲に対するわがままな行動として噴出し、その評判はいいものであるとはとても言えなかったが、そんな彼女の中にひそむ、愛されることを欲して泣き叫ぶ子どもの姿を正しく見出して愛の手を差し伸べたのがグインであった。グインとの交情の中にささやかな幸福を感じはじめていた彼女だったが、ユリウスに誘拐されてからの性と麻薬の快楽の日々によって、その人格が半ば破壊されてしまった。救出後、グインとの結婚生活によって一時は回復への道を歩みはじめたかに見えたが、王としての激務に追われるグインとのすれ違いが大きくなるにつれて彼女の不満が蓄積し、ついにはグインの不在中の身分卑しい男との浮気という愚行に走ってしまった。愛されたいと泣き叫ぶ少女の孤独な魂は、これからケイロニアに、また中原にどのような波乱をもたらしてゆくのであろうか。

第18位　11票　ユリウス

▼特徴▲

グラチウスの一の手下。普段はぬめるような肌に輝く黒髪、アーモンドの黒い瞳、ふっくらとした真紅の唇の淫靡な印象の美男子であるが、その正体は翼のような巨大な耳と金色の目、男性器を思わせる尻尾をもつ、古代に滅亡したカローンの淫魔族の生き残りである。

▼履歴▲

シルヴィアを誘拐したダンス教師エウリュピデスとして物語に登場した当初は、淫蕩で非情な極悪人の印象が強かったが、物語が進むに連れて下品で剽軽な本性を現わし、突如人前に現われて卑猥な言動を見せつけては、周囲の人々を辟易させている。グラチウスの命を受けて、そこかしこの場面で登場し、いらぬちょっかいを出して逆にしっぺ返しをくらい、体をずたずたにされて死にかけては持ち前の生命力で復活し、懲りずにまたもやちょっかいを繰り返すという、なんとも迷惑な性癖の持ち主でもある。今後も物語の道化師的な存在として、グラチウスとの師弟コンビでその本領を発揮し続けることだろう。

第19位　8票　アムネリス・ヴラド・モンゴール

▼特徴▲

ゴーラ王妃にしてモンゴール大公。大柄で豊かな体つきに豪華な金髪、緑の瞳の美女。

▼履歴▲

幼いころから少女ながらに武人としての教育を受け、《氷の公女》の異名をとる右府将軍として軍を率いた。当時は冷徹で非情な印象のあった彼女であったが、ノスフェラス遠征に失敗し、パロでナリスと恋に落ちてからは、情熱に身を焦がす感情的な女性へと変化を遂げた。しかし、ナリスには、婚礼の席の策略により裏切られ、のちに彼女を助けてモンゴールを再興させ、彼女の夫となったイシュトヴァーンとの関係も、残酷なかたちで終わりを告げ、その男運はお世辞にもよいと言えるものではなかった。イシュトヴァーンに再びモンゴールを滅ぼされ、イシュタールの塔に監禁された彼女は、夫への憎悪を、ひたすらに燃やし、長男ドリアンを自力で出産すると同時に自らの命を絶った。すべての情熱をこめた恋の相手に裏切られ続けた不幸な短い生涯を終えた彼女だが、いまはヤヌスのみもとで、少しでも安らかにあってほしいと願うばかりである。

リー・ファ

▼特徴▲

草原の騎馬民族グル族族長の娘にして、スカールの内縁の妻。すらりと背の高い小鳩のような体つき、長い黒髪、猫のように切れ上がった強い光の黒い瞳をした野性の匂いが漂う、しなやかで敏捷な美少女。

▼履歴▲

グル族の次期族長として育てられた彼女は、十四歳でスカールに見初められて恋に落ち、その愛妾となった。彼女のスカールに対する愛情はひたむきで一途であり、つねにスカールとともにあることを望み、騎馬民族の娘らしい行動力をもってウィレン越えの冒険やノスフェラス探索行にも当たり前のように同行した。ノスフェラスでスカールが体調を崩した際も、健気に彼を助け、励ましてともに故郷を目指していたが、赤い街道の盗賊イシュトヴァーンの襲撃を受けた際に身を挺してスカールを守り、十九歳の若さで絶命した。草原の花のような可憐な容姿と、草原の風のような澄んだ心が、物語にさわやかな香りをもたらしてくれる、忘れがたい少女であった。

ロカンドラス

▼特徴▲

ノスフェラスに住む世界の三大魔道師の一人で、清浄にして枯淡なる《北の賢者》の異名をとる魔道師。温顔で強い光を放つ目を持ち、骸骨同様に痩せて小柄ながらも神々しさを感じさせる老人。

▼**履歴**▲

白魔道師に分類されるが、アレクサンドロスの魔道十二条に反発してパロを去ったともいわれ、魔道師ギルドには属さず、ただひとり大宇宙の生成と滅びと黄金律について観相することをもっぱらとする。一千歳を越えるといわれる長寿を誇っていたが、先ごろ入寂し、霊魂のみの存在となった。グル・ヌーとその底に眠る星船に強い関心をいだき、ただ一人グル・ヌーに平気で分け入ることのできる人物として長年研究を行ない、その謎の一端を解き明かした彼は、ノスフェラスを訪れたスカールやグインを星船に導き、自分の知りえた秘密を彼らに伝えている。生涯をかけて、星船とグル・ヌーの探求に没頭した彼だが、星船の飛翔とグル・ヌーの消滅を、霊魂となったいま、どのような思いで受け止めているのだろうか。

第22位　7票
マルコ

▼**特徴**▲

イシュトヴァーンの親衛隊長で、目下の第一の側近。やや細身の鍛えた体、浅黒い肌、やや面長で、黒髪、鋭い黒い目のなかなかの美男子だが、三十歳の声を聞いたいまもまだ独身である。

▼**履歴**▲

ヴァラキア海軍の一員として十二歳の時から甲板走りとしてオルニウス号に乗船し、徐々に頭角を現わして副長をつとめるまでになった。礼儀正しく冷静で忠実で、心の底からカメロンに私淑しており、カメロンがヴァラキアを出てモンゴールに伺候するのに同行して、その私設軍隊《ドライドン騎士団》の第一団長となった。紅玉宮の陰謀の際に、ひそかにカメロンの命を受けて白騎士団の一員として、イシュトヴァーン直属の部下となった。その信頼を得て、側近として抜擢され、マルガでのナリスとの秘密会談にも同行するなど、イシュトヴァーンの重要な相談役ともいうべき存在となった。カメロンとイシュトヴァーンの二人に剣を捧げ、両者に二心なき忠義をもって仕えている彼こそが、二人の関係に現われはじめた緊張をもっとも敏感に察し、懸念している人物であろう。

第23位　6票
アリストートス

▼特徴▲

イシュトヴァーンの野望において大きな役割を果たした軍師。小さくねじれた体で背中にこぶを持ち、片目のつぶれたひきがえるのような醜男。

▼履歴▲

パロの寒村モルダニアに私生児として生まれ、村人から厭われて、モルダニアを出奔する。その後、サイロンの郊外でイシュトヴァーンと運命的な出会いを果たした際に、彼をゴーラの玉座につけると約束し、独学で身につけた軍事などの知識を駆使して、ついには彼をモンゴールの右府将軍の座にまで押し上げることに成功した。しかしながら、その不気味な容貌と残虐な性向、イシュトヴァーンに向けるゆがんだ愛情がもとで次第にイシュトヴァーンから疎まれるようになってしまう。

紅玉宮でのクーデターを首謀者のひとりとして成功させたものの、盗賊たちの虐殺、リーロ少年の暗殺、カメロンを脅迫するためにイシュトヴァーンに毒を盛ったことなどがイシュトヴァーンの知るところとなり、秘密裁判の席で彼の手にかかって処刑された。死後も怨霊となって、モンゴールの宰相サイデンに取りつき、裁判でイシュトヴァーンの旧悪をあばいてみせるなど、その妄執はとどまるところを知らない。今後もさまざまなかたちでイシュトヴァーンの運命に影を落とし続ける存在となっていくのは間違いない。

イェライイシャ

▼特徴▲

グインの最大の味方のひとりである、一千年を生きた偉大な白魔道師。三大魔道師に次ぐ伝説の魔道師で《ドールに追われる男》の異名をとる。すらりとした長身、長く白い髪と髭と眉を持つ、慈愛に満ちた老人。

▼履歴▲

そもそもはドールの徒として黒魔道を極め、ドール教団創設者のひとりに数えられたが、六百年ほど前、名もなき白魔道師との戦いをきっかけにドール教団に背き、教団とドールとに単身追われる身となった。その後、グラチ

ウスに五百五十年にわたり監禁されていたところをグインに救出され、以来グインの忠実な友となった。ルードの森に堅牢な結界を置いて身をひそめていたが、ヴァレリウスの求めに応じて、ともにアグリッパの結界を訪れたのをきっかけとして、神聖パロ王国への助力を決意し、ナリスに伴死の術を施して危機から救うなど、ヤンダル・ゾッグとの戦いに力を注いだ。『七人の魔道師』の冒険でもグインを助けてヤンダル・ゾッグらの野望をうちくだいており、善なる魔道師の中でももっとも頼りとなるひとりであると言えよう。

ゴダロ

▼特徴▲

モンゴール、トーラス、アレナ通りの〈煙とパイプ亭〉の老主人。

▼履歴▲

かつては恰幅がよかったが、黒竜戦役のおりにクム兵に火のついた薪で顔を殴られて失明してからは、年を取ったこともあって鶴のように痩せてしまった。実直で人間好きで、店の親父を天職と心得ている働き者で、人を信じると迷わず、ミアイル暗殺の容疑者と知りながらディーンをかくまって逃がしてやったこともある。曲がったことが大嫌いで、息子たちにもそれを厳しくしつけ、オロとダンという二人の実直な好青年を育て上げた。運命を運命として受け入れつつもそれに負けることなく、神への感謝も忘れない敬虔な一面も持つ。突然に〈煙とパイプ亭〉を訪れたグインからの伝言の中で、オロがその最期の言葉のなかで彼を「よい人間だ」と誇らしげに評していたのを聞いて流した涙が印象的であった。

スニ

▼特徴▲

リンダの侍女をつとめるセム族の娘。身長一タールほどの小さな毛深い体に尻尾を持ち、黒い髪、緑色にもクルミ色にもみえる丸い目をしている。

▼履歴▲

スタフォロス城の牢獄でリンダと同

室になり、そのおりにトルクの攻撃からリンダに助けられ、以来リンダに心からの忠誠を誓う最大の親友となった。最初はセム語しか話すことができなかったが、ノスフェラスからリンダとともにパロへ帰還し、彼女の侍女としてつとめるにつれて、かなり流暢にパロス語を話すようになった。祖父の大族長ロトーの死に、遠くパロで感応するという、セム族特有の一種の超能力も持っているらしい。その健気さと忠実さと愛嬌で人々の微笑を誘う、まさに物語中のマスコット的存在である。

第27位　5票　アストリアス

▼特徴▲

モンゴールの子爵。面長で秀麗な浅黒い顔、短い黒髪、黒い目の持ち主。

▼履歴▲

幼いころからトーラス宮廷きっての教師に剣を習ってめきめきと上達を見せ、成長してからはその勇猛さで全ゴーラにその名をひびかせ、《ゴーラの赤い獅子》との異名をとっていた。ヴラド大公のお気に入りで、アムネリス率いるノスフェラス遠征隊では赤騎士団中隊長を務めた。アムネリスに一方的に熱烈に憧れており、アムネリスとナリスの婚礼を阻止しようとしてモンゴールを出奔し、替え玉と知らずにナリスを殺害して捕らえられたが、その後何者かに牢獄から連れ去られ、行方不明になった。物語への登場は絶えて久しいが、イシュトヴァーンに似ていると言われるその面差しが、アムネリスがイシュトヴァーンに対して疑惑を抱く一因となるなど、物語における存在感は失われていない。いまでもどこかで生きているのか、物語への再登場はあるのか、注目しておきたい。

第28位　4票　オリー

▼特徴▲

モンゴール、トーラス、アレナ通りの〈煙とパイプ亭〉を夫のゴダロ、息子のダンとともに切り盛りしている老おかみ。

▼履歴▲

小柄でいかにも人のよさそうなしわ深い顔の働き者で、老けこんではきたもののまだ元気一杯で毎日を過ごしている。ダンの嫁のアリスとの関係も良好で、嫁姑問題などは気配すらないようである。おしゃべりで優しく根っからの世話好きで、人にものを食べさせるのが生き甲斐という、まさに居酒屋のおかみになるために生まれてきたような人物。その料理の腕には定評があり、特に若いころから天才だと言われる肉まんじゅうは、カメロンやグインをもうならせるほどの絶妙の美味しさだという。なんとかしてその肉まんじゅうを一度食べてみたいと願う人も多いのではないだろうか。

ディモス

▼特徴▲

ケイロニアのワルスタット侯。すらりとした色白の長身、明るい美しい青い瞳、輝かしい金髪の持ち主で、《太陽侯》と呼ばれるケイロニアきっての美男子。

▼履歴▲

その容貌とは裏腹に、甘い言葉を女性にかけたり優しく恋を語ったりということは苦手な朴念仁で、ただ一途に妻のアクテとその子どもたちを愛している家庭人でもある。才人揃いのケイロニア宮廷にあっては目立つような才気の持ち主ではないが、ワルスタットでは英明な領主として尊敬を集めている。真面目で実直であることにかけては定評があるいっぽうで少々デリカシーにかける発言が目立つのが欠点で、時として親友のハゾスをはらはらさせるような一面も持つ。グインのパロ遠征にワルスタット選帝侯騎士団を率いて同行し、クリスタル解放後は救済本部長としてその復興に大きな力を発揮した。夫にするならこのタイプ、と思わせるあたりが人気の秘密かもしれない。

第30位　3票

アグリッパ

▼特徴▲

世界で最大最強の魔力を誇るカナンの大魔道師。現在では記録が失われたハルコンで三千年前に誕生し、以来ひたすら自らの魔力の研鑽に努め、ただ「大導師」といえばすべてこの人のことであるとして尊敬を集めている。

▼履歴▲

はるか過去にノスフェラスに引き移ったが、地上におくことはできないほどのエネルギーをそなえた究極の精神生命へと進化を遂げたため、さらに地上を離れて、ある惑星に引きこもり、《調整者》の仲間に加えられるという野望を持ちつつ、観相と大宇宙の運命の考察をもっぱらとして、長い時を過ごしている。白魔道と黒魔道とが分かれて成立する以前からの大魔道師であるため、そのどちらにも属さないが、黒魔道のことは魔道の邪道をゆくものとしてさげすんでいるらしい。彼の結界を訪れたヴァレリウスとイェライシャに対して、何百年ぶりに結界を開いて招き入れ、彼の観相の一部について語ったのは記憶に新しい。彼自身も興味があるというグインに関して、果たして彼が干渉してくる日があるのかどうか注目される。

フロリー

▼特徴▲

アムネリスがかつてもっとも可愛がっていたモンゴールの侍女。黒髪、茶色の目の小柄でほっそりとした、マリニアの花のような可憐な美少女。

▼履歴▲

ミロク教を信仰していたようで、その教徒らしく愛情にあふれ、常に献身的でおとなしくひかえめな働き者であった。うぶで内気でやや男性恐怖症気味であったにもかかわらず、天性の愛嬌やかわいらしい色気を備えており、男性からの人気は高かった。トーラス出身だがほとんど身寄りはなく、ごく幼いころからアムネリスの侍女としてそばにあがり、以来つねにアムネリスとともにあった。アムネリスの恋の相手となったイシュトヴァーンに、彼女もまた恋して悩んでいた時、ある嵐の夜に思いがけず彼と結ばれ、請われてともにモンゴールを出奔する決意をする。しかし、待っていたがイシュトヴァーンは現われず、絶望した彼女はそのまま人知れず失踪した。湖で入水自殺したとも言われるが、願わくばそれが間違いであってほしいと思わずにはいられない。

第32位　2票
アキレウス・ケイロニウス

▼特徴▲

ケイロニアの公平無私、英明果断の皇帝として尊崇されている名君で《獅子心皇帝》と呼ばれる。鋼鉄色の目を持つ剛毅できっぱりとした顔立ちで、五十代に入ってなお頑健な体を誇っているが、近ごろはだいぶ白髪が目立つようになってきた。

▼履歴▲

規律には極めて厳しいとされながらも、その判断は決して杓子定規ではなく、非常に深いふところで物事を裁くとともに、時には稚気あふれる人柄ものぞかせてケイロニアの人々からの尊敬と敬愛を集めている。マライアと政略結婚し、愛娘シルヴィアをもうけたものの、マライアとダリウスの嫉妬心から殺害された愛妾ユリア・ユーフェミアにいまでも一途な愛情を捧げている。グインのケイロニア王即位後は光ヶ丘の星稜宮に移り、オクタヴィアと溺愛するマリニアとともに半隠居生活を送っており、かわいい孫にめろめろなおじいちゃんぶりが周囲の暖かい微笑を誘っている。

イド

▼特徴▲

半透明の、ブヨブヨとただれたおぞましいアメーバ。

▼履歴▲

それほど攻撃的ではないが、餌とみるとそれをべったりと覆いつくし、強い力で骨まで押し潰し、意識を失った獲物を生きながらゆっくりと消化する。刃物で切り裂くことはできないが、火には弱く、またアンモニア臭の強いアリカの実の汁を嫌う性質を利用され、セムのツバイ族に飼いならされている。ノスフェラスの戦いではさまざまな場面で、戦いや人々の運命を左右する重要な役割を果たした。星船の飛び立った影響から気候の変わったノスフェラスで、その象徴ともいうべき彼らの生態も変貌を遂げてゆくのであろうか。

ウーラ

▼特徴▲

ノスフェラスの灰色狼王。砂漠の前狼王ロボとガルムの娘シラのあいだに生まれた聡明な狼犬。

▼履歴▲

ロボのあとをついで狼たちを束ねているが、ガルムの血が入っているため、ロボのように常にノスフェラスで狼王として生きてゆくことはゆるされておらず、普段はドールの黄泉の近くにいてセトーの森を守っている。魔物の血が混じっているため、念波で人と話すことができるが、灰色狼としての立場を守るため滅多にそれを使うことはない。さまざまなものに変身する能力があり、グインのシルヴィア探索行に、

大鴉のザザとともに同行して、その優れた能力でグインを大いに助けて活躍した。グインの魔界での戦いでは今後も登場と活躍が期待される、物語中随一の忠犬である。

ガウス

▼特徴▲

モンゴールの騎士で、グイン旗本特殊親衛隊《竜の歯部隊》隊長にして准将。小柄で、明るく青く鋭い目の持ち主。

▼履歴▲

《竜の歯部隊》一千人の中から、グインがこれと見こんで部隊をあずけた切れ者でもある。グインに心酔し、絶対の忠誠を誓っており、クリスタル攻防戦ののちにグインが古代機械で転送されて行方不明になった際も、グインが残した「ルアーの忍耐」の一言を信じて、ただひたすらにグインの帰還を待っている忠義の男である。

ゴダロ一家

▼特徴▲

モンゴール、トーラスのアレナ通りで〈煙とパイプ亭〉をいとなむ一家。

▼履歴▲

ゴダロ、オリーの気のいい老夫婦と、次男の片足のダンとアリスの夫婦が仲良く暮らしている。スタフォロスで戦死した長男のオロも含めて、みな実直で働き者で思いやりにあふれる一家で、貴族中心の物語の中で庶民の素朴な優

しさとたくましさの象徴のような存在になっている。庶民とはいいながらも、ゴダロとオリーはディーンを義理の息子と呼び、一時期はオクタヴィアやマリニアとともに暮らし、オロはスタフォロスでグインの命の恩人となり、トーラスにいたころのカメロンには店を大の贔屓にされ、ふと気づけば中原の三大国の首脳と強力な関係をもつ存在になっているが、本人たちはいたって謙虚で、思い上がるそぶりなどかけらもないようである。

ドードー

▼特徴▲

賢者カーとともにノスフェラスのラゴン族を率いる勇者。巨人族として知られるラゴンの中でもひときわたくましく、剛毛につつまれた三タール近い巨体を誇る。

▼履歴▲

ノスフェラスの戦いに勝利したのち、

グインの中原行きを阻もうとして彼と闘うも敗れ、潔くグインの行動を認めるとともに、彼の終生の心の友となった。星船からカイザー転移によってノスフェラスに帰還し、すべての記憶を失ったグインを助け、保護している。魁偉な風貌の蛮族ながら、すぐれたリーダーシップを備えた名君のひとりに数えられるだろう。

〔文・八巻大樹〕

キャラクター人気投票について

今回のキャラクター人気投票は、2003年10月刊行の92巻『復活の朝』と、同年12月刊行の外伝18巻『消えた女官——マルガ離宮殺人事件』に入れましたアンケートハガキで、ご投票いただいたものを集計いたしました。

総数3584通の応募をいただきました。多数の方々のご協力、まことにありがとうございます。

業務の都合上、2004年4月末日までに弊社に到着したハガキで集計を行ないました。これ以降のハガキについては集計には入っておりませんが、ほかのハガキと同様、貴重なご意見として、今後の出版の参考にさせていただきます。

なお、獲得数1票のキャラクターについては、数が多いため、割愛させていただきました。ご了承ください。

GUIN SAGA Official Navigation Book

探究《グイン・サーガ》1

戦争から読み解く

田中勝義＋早川書房編集部

Illustration 加藤直之／天野喜孝／末弥 純／丹野 忍

グイン・サーガは戦いの物語である。物語の発端は、新興国による大国への侵略であり、さらにその復讐戦が起こり、それがまた新たな戦いの火種を生んでゆく。国と国との思惑が交錯し、人と人との愛憎がぶつかりあい、戦いは熄むことがない。

人はなぜこれほどまでに相争わねばならないのか。グイン・サーガに描かれた、主な戦いの物語を、三人の主要登場人物の行動をたどりながら検証してみよう。

戦争の経過

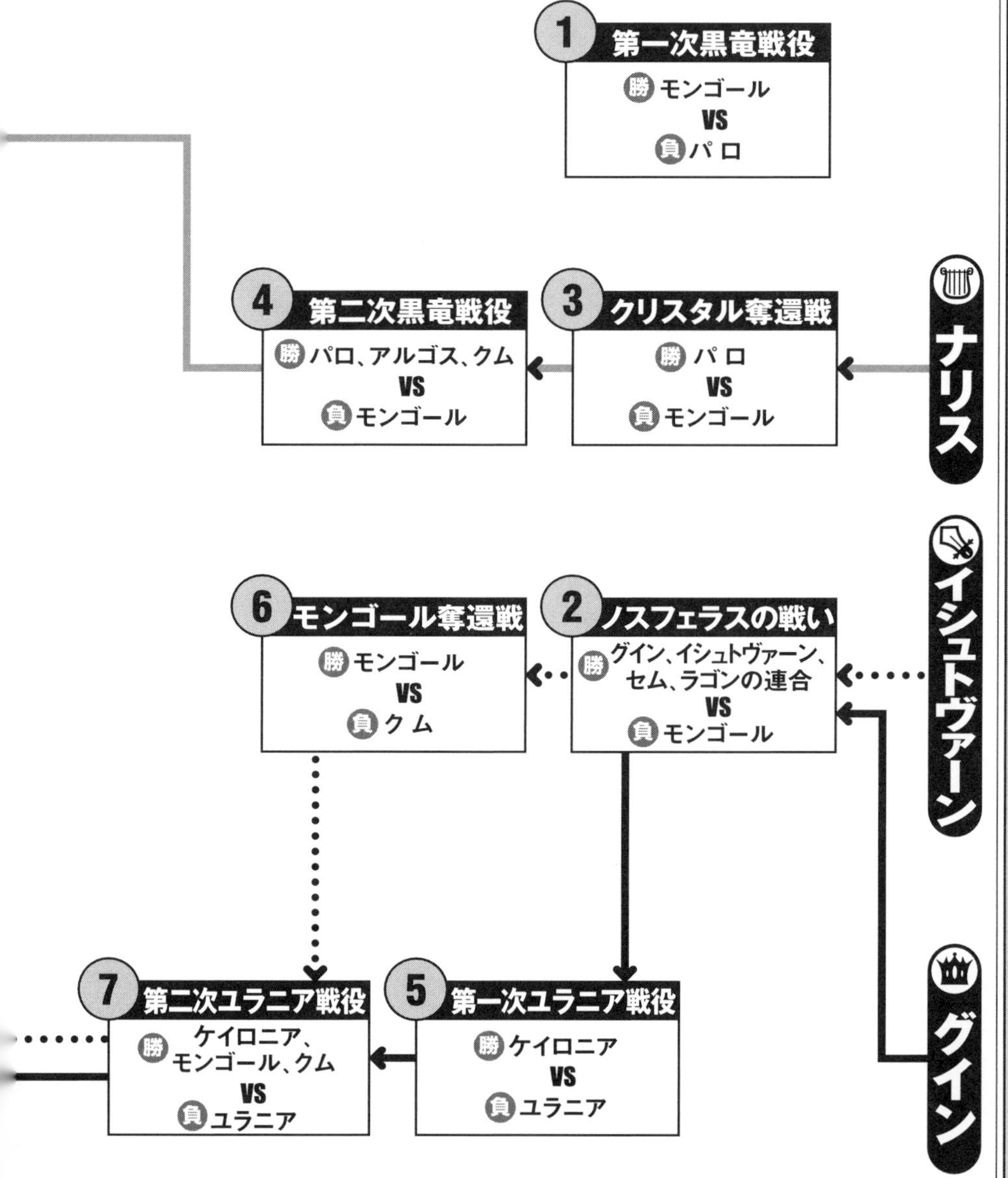

1 第一次黒竜戦役
勝 モンゴール
VS
負 パロ
3 クリスタル奪還戦
勝 パロ
VS
負 モンゴール
4 第二次黒竜戦役
勝 パロ、アルゴス、クム
VS
負 モンゴール
ナリス
2 ノスフェラスの戦い
勝 グイン、イシュトヴァーン、セム、ラゴンの連合
VS
負 モンゴール
6 モンゴール奪還戦
勝 モンゴール
VS
負 クム
イシュトヴァーン
5 第一次ユラニア戦役
勝 ケイロニア
VS
負 ユラニア
7 第二次ユラニア戦役
勝 ケイロニア、モンゴール、クム
VS
負 ユラニア
グイン

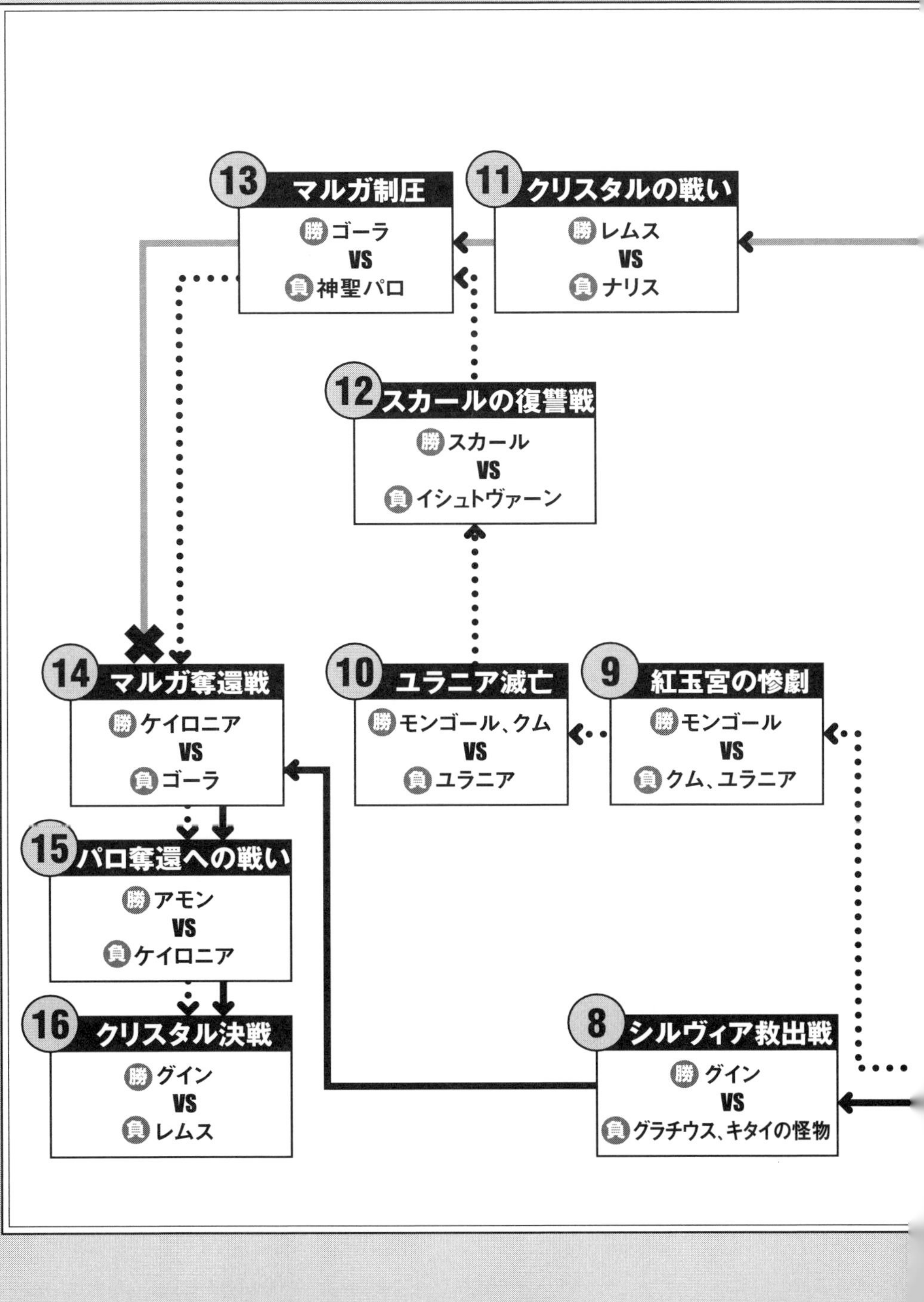
13 マルガ制圧
勝 ゴーラ
VS
負 神聖パロ
11 クリスタルの戦い
勝 レムス
VS
負 ナリス
12 スカールの復讐戦
勝 スカール
VS
負 イシュトヴァーン
14 マルガ奪還戦
勝 ケイロニア
VS
負 ゴーラ
10 ユラニア滅亡
勝 モンゴール、クム
VS
負 ユラニア
9 紅玉宮の惨劇
勝 モンゴール
VS
負 クム、ユラニア
15 パロ奪還への戦い
勝 アモン
VS
負 ケイロニア
16 クリスタル決戦
勝 グイン
VS
負 レムス
8 シルヴィア救出戦
勝 グイン
VS
負 グラチウス、キタイの怪物

1 第一次黒竜戦役

概略

中原と呼ばれる大陸の中で、三千年という歴史に支えられ一番の繁栄と栄華を誇っていたパロは、ある日突然辺境の新興国モンゴールより奇襲をうける。不意をつかれたパロは、国王と王妃を失い、一部の者たちは逃げのびたが、貴族の多くが殺害され、あるいは捕虜となり、首都クリスタルは一夜にして陥落した。のちにこれは東方の魔道師ヤンダル・ゾッグの陰謀であったことが明らかになる。

解説

《グイン・サーガ》正篇において、黒竜戦役はリアルタイムで描かれていない。物語は、モンゴールの奇襲を、ルードの森に逃れたパロの双子が、そこでグインと出会うところから幕を開ける。モンゴール、ヴラド大公が、大国パロを陥れることによって中原支配をもくろんでいたことは疑うべくもないが、特筆すべきは、この戦いによって、のちに、中原に大きな影響力を持ち、おたがいに重要な関係を成すことになる、パロの双子とグインが出会ったことであろう。この戦いが起こらなかったら、大国の王位継承者と、出自不明のけだものの頭をした男がまみえることはなかったかもしれない。

ナリス［パロのクリスタル公］
古代機械で双子リンダとレムスを逃がし、その秘密を守るために負傷し、行方知れずとなる。

イシュトヴァーン［紅の傭兵］
モンゴールに傭兵として雇われ、辺境のスタフォロス城に配属されている。

2 ノスフェラスの戦い

概略

パロに古くから伝わる古代機械によって、レムス王子、リンダ王女の二人はモンゴールの辺境ルードの森に飛ばされる。そこで二人は豹頭の超戦士グインに出会う。しかし一行はモンゴール軍に捕らえられスタフォロス城に連行される。城の中で紅の傭兵イシュトヴァーンと出会い、一行はセム族の襲撃の混乱に乗じてスタフォロス城を脱出する。辺境ノスフェラスに逃げこんだグイン一行は小猿人セム族の協力を得てモンゴール軍と戦う。グインの指示に従い善戦するセム軍だったが、イシュトヴァーンの活躍によるカロイの谷での勝利もむなしく、しだいに戦況は不利になっていた。全滅を覚悟したその時、グインが巨人のラゴン族を率いて現われ、モンゴール軍を撃破したのであった。

解説

グインの超戦士ぶりが遺憾なく発揮された戦いといえる。体型も小さく戦闘訓練もできていない未開の原住種族セムをよく統率し、また戦況を読んで、もうひとつの原住種族、巨人族のラゴンをタイミングよく戦いに引っぱり出し、ついには、公女アムネリス率いる強大なモンゴール軍を打ち破った手際は、のちのグインの数々の戦いとくらべてもいささかの遜色もない。グインを慕う原住種族との別れに際して、グインは、また戻ってくると彼らに告げる。そしてこの言葉は、予想もしなかった形で現実となるのだが、このときの彼はそれを知るよしもない。

モンゴール軍に号令するアムネリス将軍

グイン〔豹頭の戦士〕

パロの双子を助け、ノスフェラスで原住種族セムとラゴンと共闘してモンゴール軍を破る。

ナリス〔パロのクリスタル公〕

マルガで療養中。パロ再興のため、クリスタル潜入を画策。

イシュトヴァーン〔紅の傭兵〕

スタフォロス城がセム族に襲われた混乱に乗じて、グインたちとノスフェラスへ脱出。ノスフェラスの戦いのさなか、モンゴール兵を殺しており、これがのちに背任行為としてあばかれることになる。

3 クリスタル奪還戦

概略

パロの内部でもモンゴールに対する反撃の炎が燃え上がりだした。アムブラの学生たちを中心としたクリスタル市民の反乱をきっかけとし、途中よりナリス率いる聖騎士団によってモンゴール軍は撤退、クリスタルはパロの手に戻

ナリスとアムネリスの結婚

った。

解説

パロはモンゴールに占領されはしたが、三千年の闇の歴史を持つ大国が、そんな状態に甘んじているわけもなく、ナリスは、ひそかにパロ再興をもくろむ。しかしそれはモンゴールの知るところとなり、ナリスはアムネリスと結婚させられることになるが、ナリスはこれを利用して自身の暗殺劇を演出、姿を隠し、さらに陰謀をめぐらせ、反乱軍を組織し、ついにクリスタルを取り戻した。

お国再興のためには何事も顧みることのないクリスタル大公アルド・ナリスの冷酷なまでの知略が、勝利をもたらしたといえよう。敵方の公女とはいえ女性を絶望のどん底にたたきこんだり、弟アル・ディーンに幼い子供の暗殺を命じたり、と稀代の策士たるナリスの暗黒的魅力が発揮された。

グイン［豹頭の戦士］

イシュトヴァーン、リンダ、レムスとともにノスフェラスを脱出するが、船が嵐に遭い「紅蓮の島」漂着。アグラーヤの船に助けられ、沿海州へ。そしてアルゴス到着。奪還戦に臨むレムスと別れ、北へ向かう。

ナリス［パロのクリスタル公］

アムネリスを陥れた自身の暗殺劇をはじめ、モンゴール公子の暗殺を指示し、計略によって占領軍将軍にモンゴールを裏切らせ、パロの学生の反乱を扇動するなど、八面六臂の大活躍。

イシュトヴァーン［紅の傭兵］

グインらと行動をともにし、アルゴスへ。リンダに三年後迎えにいくと約束して別れ、沿海州を目指して東へ。

4 第二次黒竜戦役

概略

敗走するモンゴール軍を追うパロ‐アルゴス連合軍。そしてクムの参戦によりモンゴール軍は大敗し、アムネリスは囚われの身となる。そのままツーリード、ハイファも落城し、ついにモンゴールの首都トーラスも敵軍の手に渡る。

解説

トーラスにもどったアムネリスは、死んだはずのナリスが反乱軍を率いていることを知り、絶望を怒りに変え、ナリスを討つべく出陣するが、ウィレンを越えてきたアルゴス軍の襲撃を受ける。厳寒の山脈ウィレンを大軍で越えるという大胆で困難な作戦を考えついたのは、草原の黒太子スカール。しかしそれさえもナリスにとっては予測の範囲内だったらしく、彼の明察ぶりは空恐ろしいほどである。

敗色濃いモンゴール軍をさらに、ヴラド大公の死去という、悲報が襲った。ひたすら撤退するアムネリスだが、トーラスへたどりつく前に、クムに捕らえられてしまう。パロ連合軍はモンゴールの要衝を落としながら進撃、ついにトーラスを陥落させ、モンゴールは滅亡した。クム、ユラニアを抑えて中原に覇をとなえた新興のモンゴールであったが、公国内の離反もあって、その壊滅は、まさに急転直下という言葉がふさわしい。運命に翻弄されるアムネリスの苦難の道はまだ終わらない。

クリスタルに入城するナリスとリギア

グイン［豹頭の戦士］

放浪中、行き倒れとなったマリウスを助け、死の都ゾルーディアへ。そこでイシュトヴァーンに再会、三人は、北の最果ての地ヨツンヘイムでの冒険を経て、ケイロニアへ。

ナリス［パロのクリスタル公］

撤退するモンゴール軍を追討、アルゴス、クムの協力を得て、モンゴールを破り、ついにパロを再興へと導いた。

イシュトヴァーン［紅の傭兵］

沿海州アグラーヤの港町ヴァーレンでくすぶっていたところへ、モンゴールの密偵から密書を託されるが、モンゴールには行かずパロへ向かい、奪還直後のクリスタルでナリスと対面、密書を届けた功績でナリスに召し抱えられる。しかしナリスから、リンダを妻にするというのを聞かされたことから脱走。グイン、マリウスと合流。

5 第一次ユラニア戦役

概略

ユラニアと結託したマライア皇后の裏切りに端を発し、ケイロニア軍はグインを大将としてユラニアに進軍する。国境地帯のサルデスで戦端を開くがその後膠着状態におちいる。グインは状況を打破するため一万の兵を率いてユラニア国内に深く攻めこむ。そしてグインはアルセイスにてオー・ラン将軍と会談したあとゴーラ皇帝サウルのすむバルヴィナを訪れる。バルヴィナでユラニア軍と戦火を交えるが、クム公使の仲裁によりグインはアルセイスでオル・カン大公と会談し、国境侵犯の意思なしとの言質を取り、戦役を収めた。グインは、その功績により黒竜将軍に任ぜられる。

解説

長い放浪を終え、ケイロニアの騎士団に入ったグインは、大帝の暗殺計画を知り、ハゾスと図って、ひと芝居うち、ハゾスと大帝が暗殺されたように見せかけて、真犯人、マライア皇后を告発、彼女と通じていたユラニアに宣戦布告する。その後の戦況は［概略］にあるとおりだが、一介の傭兵にすぎなかったグインが、たちまちのうちにケイロニア軍の将軍となってゆき、長く複雑な戦いを手際よくさばくのには目を見張らされる。軍籍を離れるなど、あまりに大胆な行動が越権行為と見なされ、一時は禁足の身となりはするが、皇帝はグインの真意を見抜いていた。外見ではなくその実力で人を計るという気風がケイロニアにはあるとはいえ、グインが自分の夢のお告げに従って仕官したこと、そしてやがてケイロニア王となることを考えあわせると、大いなる運命の導きを思わずにはいられない。

同時期に、グインとともにケイロニアを訪れたマリウスは、皇后を母の仇と狙うイリスことオクタヴィアと知りあって恋に落ち、ともに旅立っている。

またグインとシルヴィアのロマンスも、このころに萌芽

ケイロニアの騎士団に入ったグイン

が見られる。

グイン［ケイロニアの黒竜騎士団千竜長］
ケイロニアで、ダルシウス将軍の傭兵として黒竜騎士団に入団。豹頭という異形が興趣をかってか、宮廷に伺候しハゾスという友人を得る。ふたりはアキレウス大帝暗殺計画に巻きこまれ、これを防ぐ。ユラニア戦役後、出現したグラチウスによって己の秘密をかいま見ることになる。

ナリス［パロの宰相］
レムスがパロ国王として戴冠し、宰相としてこれを補佐することになるが、レムスとの軋轢が生じはじめる。

イシュトヴァーン［紅の傭兵］
自身が王となるためにグインの力を借りようとするが、グインの協力は得られず、訣別。サイロンを出ようとしたさいに、のちに軍師となる占い師アリストートスと出会い、彼から、王となる決め手はモンゴールにあると告げられる。
赤い街道の盗賊という盗賊団の首領を殺して新首領となり、街道を荒らしていたが、ノスフェラス帰りのスカール一行を襲い、スカールの妻のリー・ファァを殺してしまう。

概略
王になるという野望のため、イシュトヴァーンとアリストートスはアムネリスを助け出す。そして彼らのもとに小マルス伯などの残党が集結し、モンゴール軍が再編成される。トーラスへ攻めこんだアムネリス軍は、アリオン軍の援軍、寝返ったと思われていたメンティウスによるクム軍総司令官ロブ・サンの殺害などによって、トーラスを取り戻す。そののちクム軍とイシュトヴァーン軍がオーダインでぶつかり合い、タルガスでイシュトヴァーン軍はクム軍を全滅させる。

解説
イシュトヴァーンの軍師アリのもくろみがみごとに実現していった戦いである。
王になりたいというイシュトヴァーンの望みが実現する可能性は、モンゴールにしかなかった。モンゴールをめぐるクムとユラニアの対立を利用してアムネリスに近づき、モンゴール再興に協力することで、アムネリスを抱きこみ、ゆくゆくはゴーラの王に、というのがアリの筋書きだった。
それに従って、イシュトヴァーンは、アムネリスをクムの虜囚から解放し、モンゴール再興軍を組織、アムネリスをモンゴール大公として推し立てて進軍、ついにトーラスを陥落させ、クムの圧政に苦しんでいたモンゴールの民衆の

アムネリスを大公とするモンゴール再興軍

大きな支持を得た。

この戦いにおける、イシュトヴァーンの鬼神のごとき戦いぶりには、三年後の再会を約しながら別人のもとへ嫁いでしまうリンダへの想いを断ち切るかのような、哀しみが見える。王への野心と愛する人への想いとのせめぎ合いからくる心痛、そしてアリの謀略が、イシュトヴァーンをさらに血塗られた道へとみちびいていくことになる。

グイン〔ケイロニアの黒竜将軍〕

黒竜騎士団団長、黒竜将軍に就任。シルヴィアとの恋が徐々に深まる。

ナリス〔パロの宰相〕

イシュトヴァーンに襲われたスカールをパロで養生させ、ノスフェラスで見たことを語らせようとするが、スカールに拒否され、聞くことはできなかった。

リンダをめぐってアウレリアス伯爵と決闘し、わざと傷を負うが、そのさい、リンダに訪れた神託は、彼と結婚すべしというものだった。

イシュトヴァーン〔赤い街道の盗賊〕

クムの大公の妾となっていたアムネリスを救出し、モンゴール再興に力を貸す。王になるための戦いが始まった。

7 第二次ユラニア戦役

概略

シルヴィア王女が拉致された。ケイロニアの必死の捜索にもかかわらず行方は杳《よう》として知れなかった。そこへ皇弟ダリウスより皇位要求の手紙がとどき、そしてこの事件の陰にユラニアが潜んでいることが判明する。皇帝アキレウスの命を受け、グインは黒竜騎士団を率いてユラニアをめざす。イシュトヴァーン軍もまたタルー軍と合流の上、ケイロニアに味方を決定、カレーヌでグイン軍と合流。連合軍でエルザイムを襲撃、陥落させる。ダリウス、服毒死。バルヴィナ炎上。グイン、オー・ランと和平を結ぶも、イシュトヴァーン軍、ネリイ軍と交戦、アルセイス炎上。グインはシルヴィア救出のため、イェライシャの魔道により一人冒険の旅に出る。

イェライシャを助けるグイン

解説

シルヴィアが色事師ユリウスにかどわかされるという大事件に、動揺を隠せないグインだが、第一次ユラニア戦役の原因となった皇帝暗殺未遂事件のさいに逃亡したダリウスがユラニアから糸を引いたものだとわかり、即、宣戦布告。アキレウス帝の勅命により、シルヴィアと婚約、さらに帰国のあかつきにはケイロニア王に任じられることになる。

ケイロニアの宣戦布告を知った、クムとモンゴールは、この機会にユラニアを叩いておこうと、イシュトヴァーンを総司令官とするクム－モンゴール連合軍を組織して参戦してきた。グインとイシュトヴァーンは、再会を喜び合う。

グインは、ダリウス軍を破り、シルヴィアの誘拐は、ダリウスが、グインへ復讐するために行なったものだと知る。シルヴィアの行方をたずねたグインに対し、ダリウスは、自身の死をもって応えた。しかしグラチウスによって封印されていたイェライシャの助けを借りて、シルヴィアの居場所を知り、グラチウスの罠が待ち受ける死の国へ単身乗りこむ。
大冒険となる、グインによるシルヴィア探索行の発端となった事件である。グインの想いを知りながら、美貌の青年エウリュピデス（ユリウス）に、あっさりたらしこまれてしまうシルヴィアには失望を禁じえないし、どうしてグインはこのようなわがまま娘のために命を賭けるのか、たいへん悩ましいところである。このカップルの前途多難ぶりを暗示しているようだ。

グイン［ケイロニアの黒竜将軍］
ただひたすら、シルヴィアを救出することを第一として行動する。その結果、戦役の最中に行方知れずになったように見える。

ナリス［パロの宰相］
リンダと結婚。盛大な結婚披露宴が行なわれるが、各国からの出席者のなかにグインの姿はなかった。

イシュトヴァーン［モンゴールの右府将軍］
おたがいにその心の内を明かしはしなかったが、ナリスとリンダの結婚の報に、アムネリスともども、それぞれかつて愛した人を想って激しく動揺する。自信を喪失しかけるが、ヴァラキアから駆けつけたカメロンから、剣の誓いを受け、安定を取り戻す。
将来のゴーラ統一の布石として、グインに味方してユラニアに攻めこみ、アルセイスを火の海にする。

8 シルヴィア救出戦

概略
シルヴィアを探してグインは東方の謎の国キタイにたどり着く。いくつかの冒険の末、シルヴィアを拉致したのは、グインの力を利用せんとした三大魔道師の一人、黒魔道師グラチウスであることが判明する。首都ホータンでキタイの新興勢力である青鱶団の若きリーダー、リー・リン・レンと出会う。彼の協力を得て、その後さかさまの塔でシルヴィアと同様に囚われていたマリウスを救出。鬼面の塔で四層の危機をくぐり抜け、ついにシルヴィアを救出する。

解説
シルヴィアを連れ帰るまでの苛酷なグインの冒険行。正確には戦争ではないが、グラチウスとグインという対立構造があることと、このあとの展開に大きなかかわりがあることを考慮してここに加えたものである。
グインが徐々に、この世なのかあの世なのかわからない世界に分け入っていく導入部から、昼と夜の間、生と死の間、人と魔の間といったあやうい感覚につらぬかれ、全篇、

鬼面の塔第三層は水の惑星だった

魔性のものの存在を受け入れてしまうような不思議な雰囲気に満ちた幻想譚であり、また、シルヴィア誘拐の真相が明らかになると同時に、一連の戦いによって、ヤンダル・ゾッグが支配する謎の国キタイの様子が語られ、さらに、グインの来歴を知る手がかりに触れられている点でも、たいへん興味深いエピソードとなっている。

グイン［ケイロニアの黒竜将軍］

大鴉のザザに案内されて「黄昏の国」へ。かじやの小人スナフキンから剣を受け取る。ザザ、狼王ウーラとともに浮遊する幽霊都市ゾルーディアへ。グラチウスの支配を解き、死者の町に引導を渡し、キタイの中でも魔都と呼ばれる伝説の都市フェラーラへ入るが、グラチウスによりホータンに送られてしまう。そこで青鱶団と知りあう。さかさまの塔からマリウスを救出、鬼面の塔の関門をくぐり抜け、鬼面神ライ＝オンを倒し、シルヴィアを救出。暗殺教団と呼ばれる望星教団が、ヤンダル・ゾッグと対立しているという実態を知り、教団と青鱶団との同盟を取り持ったあと、シルヴィア、マリウスをともなってホータンを去る。

ナリス［パロのクリスタル大公］

レムスにより、反逆の汚名を着せられ監禁される。拷問がもとで、右脚を切断しなければならなくなる。釈放されるが、宰相を辞任、後任にヴァレリウスを指名。

イシュトヴァーン〔モンゴールの右府将軍〕
グインに置いていかれたと感じ、自暴自棄になるが、みなしごの少年リーロに出会い、その心根に癒される。しかしアリがリーロを殺害、ふたたび絶望におちいる。トーラスに帰り、アムネリスとの婚約を発表する。

9 紅玉宮の惨劇

概略

戦乱を政治的に解決するため、クム三兄弟、ユラニア三姉妹それぞれの合同結婚式が行なわれることになったが、アリのたくらみによりそれは惨劇となる。タルーとネリイは兄弟姉妹のほか、式に参列した主立った重臣たちを皆殺しにした。クムのタリオ大公は怒り、ユラニアに軍を進める。イシュトヴァーンはタルーの要請を受け、クム軍を迎え撃つべく、手勢の騎士団とユラニア軍を引き連れてクム国境へ進軍する。数で勝るクム軍だったが、巧みな戦法で善戦するイシュトヴァーン軍に振り回され、次第に損耗していった。劣勢を挽回しようとするタリオ大公だったがイシュトヴァーンの援軍に現われたカメロンに討たれてしまう。そのまま勢いをつけたイシュトヴァーン軍は一気にクムの首都ルーアンに向け進軍。クムに降服勧告し、十五日の停戦を提案する。

ユラニア大公を宣言するネリイ

解説

戦争というよりはクーデター。

アリが政治的手腕を発揮し、クムとユラニアを和解させ、ゴーラ三国の平安をもたらすかに見えた合同結婚式だったが、宴は一転して惨劇の場に変わる。アリが、クムのタルーとユラニアのネリイをそそのかして、自身の兄弟姉妹とおもだった重臣を惨殺させたのだ。ネリイはその場でユラニア大公への即位を宣言する。

あまりに強い権力への妄執のため、稀代未聞の極悪人アリにつけいられ、餓鬼道に落ちていく人間の醜さが見せつけられる事件である。

タルーの弟タリクはこの惨劇を生き延びており、じつはこれもアリの仕業で、タリクを人質として利用するつもりだった。
　アリの暗黒面は全開、人間の弱いところを的確につく根性の悪さは、寒気がするほどで、このほかにもさまざまな忌まわしい事件を起こしている。
　またクムに与えた十五日間の猶予の間にイシュトヴァーンは、マルガのナリスを訪ね、無防備とも思える自身の望みと、まるで愛の告白のような、ナリスへの心情を吐露しており、王になる道を進みながらもますます孤独と不安をつのらせているイシュトヴァーンの不安定な様子が見える。

グイン［ケイロニアの黒竜将軍］
　キタイでシルヴィア探索行。

ナリス［パロのクリスタル大公］
　マルガにて静養中。ふいにやってきたイシュトヴァーンと会見し、イシュトヴァーンから、ともに野望に命をかける運命共同体になってくれと頼まれる。

イシュトヴァーン［モンゴールの右府将軍］
　アリの計略どおり動いているかに見えたが、独断でマルガに潜入、ナリスに思いのたけをぶつける。

10 ユラニア滅亡

概略

　イシュトヴァーンはクムの新大公にタリクを傀儡として擁立する。そしてゴーラ統一のため、タルー‐ネリイ軍への攻撃を決定。数で勝るユラニア軍に奇襲で対抗するクム‐モンゴール連合軍。そしてイシュトヴァーンの鬼神のごとき活躍にネリイは討ち果たされ、ユラニアは滅亡した。

解説

　暗躍したアリはついに処刑され、イシュトヴァーンは、アリの計画とは逆にクムに味方し、ユラニアと戦うことにする。アリへの嫌悪から方針を転換してしまうイシュトヴァーンを、カメロンは不安を感じながらも支えてゆく。あまりに無節操な転換に対してあがる裏切りの誹《そし》りも、イシュトヴァーンは、ものともしない。
　戦場とはいえ、自分の野望のために他人をかえりみない所業は、アリに通じるところでもある。イシュトヴァーンは、己の黒い心と同じものをアリのなかに見て、彼を嫌悪していたのかもしれない。
　カメロンの不安は的中し、ゴーラを統一して一大帝国を

アリストートスを処刑しようとするイシュトヴァーン

打ち立てようとするイシュトヴァーンの強引な動きは、近隣諸国を刺激し、ケイロニアは国境地域に軍を動かし、牽制する姿勢を見せはじめる。ケイロニアは、トーラスにいるはずのオクタヴィアの救出と、淫魔ユリウスが告げたグインの帰還を迎えるための作戦だった。また、マルガではナリスが、ヤンダル・ゾッグの傀儡と成り果てたレムスを討つ決心を固め、中原全体に戦雲が色濃く垂れこめる事態に至る。

グイン［ケイロニアの黒竜将軍］
　キタイでシルヴィア探索行。

ナリス［パロのクリスタル大公］
　イシュトヴァーンに魔除けのペンダントを授ける。魔道師アルノーを通じて、アリが処刑されたことを知る。
　レムスへの反逆の意思を明らかにし、スカールに助力を求める。旅芸人にまぎれて訪ねてきたスカールから、かつては拒否された、ノスフェラスで見たものについての話を聞き、興奮する。しかし謀反への助力は、イシュトヴァーンとの同盟を明らかにしたとたん拒絶される。

イシュトヴァーン［モンゴールの右府将軍］
　アリの命を受けた魔道師オーノに暗殺されかかるが、ナリスのペンダントとヴァレリウスに守られる。オーノからアリの悪行の数々を知る。アリを軍事裁判にかけ、みずから処刑する。

トーラスへの帰還勧告も無視して、戦場の真っ只中に飛びこみ獅子奮迅の活躍を見せ、ウルダ決戦でネリイの首をあげた。

11 クリスタルの戦い

概略

パロの国王となったレムスだったが、ヤンダル・ゾッグに心の隙を突かれその魂を操られてしまう。それを察知し、レムスに反旗を翻したナリスだったが、力で勝るレムス軍とヤンダル・ゾッグ操る竜頭兵に苦戦を強いられ、カリナエ、ランズベール塔、ジェニュアとじりじりと撤退する。そしてルーナの森の戦いのさなか、ナリス崩御の報せが響き、戦いは休戦となる。しかしそれは敵を欺くための佯死《ようし》だった。ヴァレリウスの活躍によりマルガに到着したナリスは、そこで神聖パロ王国の誕生と神聖パロ王の即位を宣言する。

解説

ついにナリスが決起した。見かけはレムス王への反逆だが、真相は、ヤンダル・ゾッグの中原支配の野望を阻止するための戦いである。だが、レムスによる、反逆者ナリス追討命令や、ヤンダル・ゾッグの魔道による、《竜の門》と呼ばれる竜頭人身の怪物兵や、死者を蘇らせたゾンビー兵のために、反乱軍は追い詰められてゆく。

いっぽうヴァレリウスは、幽閉されたリンダを救いに行き、逆に捕らえられてしまうが、グラチウスに助けられ、伝説の大導師アグリッパを探索することになる。アグリッパが今回の事件に倚担していないか確かめるためだった。イェライシャの力を借りて、ノスフェラスに入口を持つ異星の結界で対面したアグリッパは、顔が巨大な山脈ほどもある、まさに生ける神秘であった。

アグリッパが無関係であることを確かめたヴァレリウスは戦いに復帰し、イェライシャの助力を得て、ナリスを死

戦いに憔悴しゆくナリス

んだかに見せかける。しかしこの報が伝わるや、救援にきたスカールは怒り、ナリスとの訣別を宣言、グインとイシュトヴァーンはパロへ出兵、マリウスはケイロニアを出奔するなど、めまぐるしい動きを生んだ。

また、囚われの身となっていたリンダは、魔に侵されたクリスタル・パレスの深奥で、王子アモンの無気味な姿を目撃している。

中原の歴史の大きな転換点となった重要な戦いである。これまで牽制しあってきた大国、パロ、ケイロニア、ゴーラが、それぞれ新王を得て、ヤンダル・ゾッグを排除するために連合して戦う契機となった。しかしそれはまた、大きな悲劇へとつながるものでもあった。

グイン〔ケイロニア王〕

シルヴィアとマリウスをともない、ノスフェラスを越えてモンゴールに入る。トーラスで〈煙とパイプ亭〉を訪れ、主人のゴダロに息子オロの死の様子を伝えた。ケイロニアからの迎えの部隊と合流して、サイロンへ帰還。シルヴィアと結婚してケイロニア王となる。

ナリス〔神聖パロ王〕

ヴァレリウスと謀って自分の暗殺未遂事件を演出、意識不明になってクリスタルへ搬送され、謀反に賛同するものを集めて、反乱決行の謀議を練る。しかし謀反の動きを察知され、ヤンダル・ゾッグの魔手の前に敗走を重ねざるをえず、自死を偽って休戦に持ちこみマルガへ落ちのびる。その地で、正統なるパロの王アルド・ナリス一世を宣言し、新政府を樹立する。

イシュトヴァーン〔ゴーラ王〕

ユラニアを統治。予言者から、ゴーラ王になり中原を平定する、その徴がいずれ空に現われると告げられる。アムネリスと再会し、懐妊を告げられ、動揺する。

予言者が告げた日、空に現われた巨大なサウル皇帝の顔から、ゴーラ王に指名される。アムネリスに将軍職を返上し、ゴーラ王国初代王を宣した。

しかし、スタフォロス城での背任、出自の偽り、アムネリスの侍女との不倫などが、アリの亡霊によってあばかれて逆上、ゴーラ軍を率いてモンゴールを制圧、アムネリスをアムネリア塔に幽閉、重臣たちを大粛清し、新首都イシュタールを建設。

12 スカールの復讐戦

概略

劣勢のナリス軍を救援すべくパロに向かうイシュトヴァーン軍だったが、謎の軍団に振り回され各地を転戦する。

イシュトヴァーンとスカールの一騎打ち

そこへスカール軍が現われイシュトヴァーン軍に奇襲をかける。スカールとイシュトヴァーンの一騎打ちが行なわれ、イシュトヴァーンは敗れる。ひとり戦列を離脱した彼のところへヤンダル・ゾッグが現われ、後催眠をかけられてしまう。

解説

ナリスのもとへ向かおうとするイシュトヴァーンだったが、ユラニア戦のさいの彼の裏切りを恨みに思うタルーの襲撃を受ける。タルーが率いる死者の軍勢にとまどいながらもタルーを捕獲。拷問の末に、イシュトヴァーンみずからが切り捨てた。

出兵したのに使者をよこさないナリスの真意を確かめるため、マルガへ使者を出した夜、スカール軍の奇襲を受ける。イシュトヴァーンを妻の仇と狙うスカールとの一騎討ちの末、劣勢となったイシュトヴァーンはスカールの前から逃げ出してしまう。

イシュトヴァーンがかつての所業のツケを払わねばならなくなった戦いが、連続して起こったことになる。イシュトヴァーンはひどくうちのめされ、ヤンダル・ゾッグの、精神介入を許してしまい、それが次の悲劇を生む。

グイン〔ケイロニア王〕

パロに向け出兵。ナリスから、そしてレムスからあいついで使者あり。レムスと対面、出現したヤンダル・ゾッグにパロからの撤退を要求される。レムスに、クリスタル・パレス行きを要求。古代機械を操作して、リンダを救出した。

ナリス［神聖パロ王］

マルガにて、レムスを王位簒奪者として弾劾、レムスからは国賊として討伐の布告を出される。

イシュトヴァーン［ゴーラ王］

パロへ向け出兵。しかし連絡をくれないナリスへの不信、連続する過酷な戦いによる疲弊から、ヤンダル・ゾッグの手先に堕ちてしまう。

13 マルガ制圧

概略

ヤンダル・ゾッグの後催眠によってイシュトはマルガを襲撃する。マルガは制圧され、ナリスは降伏を宣言する。

解説

イシュトヴァーンは、自分に関心を示してくれないナリスへの愛憎に揺れる心をヤンダル・ゾッグに操られ、マルガへ攻めこむ。ゴーラ兵のなかには急な転換に戸惑う者もいたようだが、命令は実行され、マルガは陥落、ナリスはイシュトヴァーンの捕虜となる。

その後、グインとリンダによる、イシュトヴァーンとの和平交渉が持たれ、そのさい、イシュトヴァーンがもらした「古代機械」という言葉から、彼がヤンダル・ゾッグの暗示を受けていることがわかる。

グイン［ケイロニア王］

救出したリンダをともなってマルガへ。途中、サラミスまで迎えにきたヴァレリウスにリンダを託し、後続の軍との合流を待つためサラミスに留まる。

ナリス［神聖パロ王］

先の佯死の計略の後遺症で、視力が極端に衰えている。リンダと再会し、もう一度サラミスに行ってグインを連れてくるように言う。リギアからイシュトヴァーン軍が迫っていることを知らされ、避難を勧められるが、拒絶。イシュトヴァーンの手に落ちる。

イシュトヴァーン［ゴーラ王］

ナリス支援の方針を転換して、マルガを急襲。町に火をかけ、兵士、人民を惨殺。降伏したナリスをイシュタールに連れ帰ろうとする。

14 マルガ奪還戦

ナリスの死

概略

ひと足遅くマルガにたどり着いたグインとイシュトヴァーンとの和平交渉は決裂し、ケイロニア軍とゴーラ軍との間で戦闘が開始される。幾度かの戦いのあと、ついにグインとイシュトの一騎打ちが行なわれ、両軍は停戦する。ヴァレリウスによりイシュトヴァーンの催眠は解かれ、和平交渉が進められる。そして、グインと会談したナリスは古代機械のパスワードをグインに伝え、永遠の眠りにつく。

解説

グインとイシュトヴァーンの対決、グインとナリスの対面、そしてナリスの死という、運命の糸車が大きく回った、歴史の一大局面がここにある。

マルガに立てこもるイシュトヴァーンは、糧食の不足など不利な状況にありながらも、なにがなんでもナリスをイシュタールに連れ帰ると主張したため、交渉は決裂、戦闘となり、グインに敗れる。

通常、マルガでの虐殺、ナリスに対する仕打ちなどを考えれば、敗戦の将として処刑をまぬかれないところだが、グインの各方面への説得で、パロ、ケイロニア、ゴーラの共闘が実現することになる。

パロのために非道なことにも手を染めてきた、冷徹聡明美貌の王、ナリスの死は、その波瀾に満ちた人生に比して、安らかなものだった。グインと初の対面を果たし、宇宙の神秘を、ノスフェラスへの思いを語り、ヤンダル・ゾッグに古代機械をわたさないための自爆のパスワードを告げ、眠るように逝った。パロ奪還の志なかばにしての死であった。

この頃、幽閉されていたアムネリスは、王子ドリアンを出産したのち、イシュトヴァーンを恨みながら自害する。勇壮に戦場を駆けた女将軍の颯爽とした姿と裏腹に、愛した男にことごとく裏切られつづけた悲しい人生でもあった。

グイン［ケイロニア王］

神聖パロへの同盟を明らかにし、イシュトヴァーンと対決。ナリスから、死の直前に、古代機械について重要な情報を伝えられる。

ナリス［神聖パロ王］

イシュトヴァーンの虜囚の身。グインによって、解放されるが、過酷な状況に耐えられず、グインと会見して死去。

イシュトヴァーン［ゴーラ王］

グインとの対決に破れ、ヴァレリウスによって、ヤンダル・ゾッグの暗示が解かれるも、まだナリスを連れていくと主張し、ヴァレリウスの憤激を買う。

15 パロ奪還への戦い

概略

パロを奪還するため進軍するグイン軍につぎつぎと謎の怪異が襲いかかり、グイン軍は翻弄される。

解説

ナリスの遺志を継いで、パロを奪還し、古代機械を破壊するため、グインは、ケイロニア－ゴーラの連合軍を率いて、クリスタルへ向け出発した。しかし魔王子アモンによる暗黒魔道によって兵たちは恐怖におののいて同士討ちをはじめるなど、大きな被害をこうむるが、ヴァレリウス、グラチウスなど魔道師団の協力によって、クリスタルに到達する。

グイン［ケイロニア王］

パロへ向け、進軍。アモンによって《夢の回廊》という術にはめられ、そこでサイロンに残してきた妻、シルヴィアの姿を見、自分に対してあまりにヒステリックに泣き叫ぶ愚劣さに思わずスナフキンの剣で切ってしまい、しばし混乱に陥る。

ナリス［神聖パロ王］

葬儀が行なわれる。

イシュトヴァーン［ゴーラ王］

パロ奪還戦に参加。しかしその直前リンダに復縁を迫り拒否される。グインから、後催眠が解けていないふりをして、先にクリスタル入りをするように言われる。

16 クリスタル決戦

概略

アルカンドロス広場でクリスタル解放に沸く人々

ついにクリスタルに乗りこんだグインは、ヤンダル・ゾッグの代わりにレムスを支配する魔王子アモンと直接対決し、アモンとともに古代機械でどこかに転送されてしまう。アモンの呪縛から逃れたパロは復興への道を歩み始める。

解説

ヤンダル・ゾッグとの頂上決戦になるはずが、ヤンダル・ゾッグが、キタイでリー・リン・レンが起こした内乱の収拾のためにクリスタルを留守にしていたことから、アモンとの対決のみとなった。グインの冷静な対処でアモンは消滅、クリスタル解放に人々は沸くが、そこに最大の功労者であるグインの姿はなかった。

グイン〔ケイロニア王〕

クリスタル・パレス突入、戦闘を繰り返しながら水晶宮でレムスと対面。アモンが出現し、古代機械を操作することを要求。たくみな弁舌でアモンを古代機械のなかにいれ、自分もいっしょに転送された。と同時に、ナリスから聞いたパスワードで、ヨナに古代機械を封印させる。

イシュトヴァーン〔ゴーラ王〕

パロ奪還戦に参加。パロ解放後は、イシュタールに帰還。

気になるセリフ集 戦争篇

ノスフェラスの戦い

「立ち上がれ、ラゴンたち——立ちあがれ、ノスフェラスの民よ！　俺の頼みにこたえて槍と斧とをとってくれ！　こうしている間にも、ノスフェラスは、正当な権利など何ひとつもたぬものどものひづめに踏みあらされているのだ！」

ラゴンの参戦をうながすグインの演説。

（第5巻『辺境の王者』第二話第一章）

＊

「モンゴールの人殺し。わたしの父さまと母さまを殺し、スニを殺し、わたしとレムスも殺すのね。いつまで、ヤヌスの裁きから目をくらませていられるのか、試してみるがいい。お前の顔は死んでも忘れないわ」

モンゴールに捕らえられたリンダが、スニに重傷を負わせたアストリアスに向かって。

（第5巻『辺境の王者』第三話第四章）

クリスタル奪還戦

「毒は適量をつかえば薬になる、とはアレクサンドロスも云っていることだよ。たしかに十手先、二十手先を読む人間には、私はいてはならぬ人間だろう。しかし、私が十一手先、二十一手先を見とおしておれば、あいてには、どうすることもできないさ」

「死の婚礼」の暗殺劇のあと、ルナンに言ったナリスの言葉。

（第10巻『死の婚礼』第四話第四章）

第二次黒竜戦役

「おれを買って下さい。——このおれを、あなたの剣として」

モンゴールの密書を持ってパロを訪れたイシュトヴァーンが、アルド・ナリスの前で言った言葉。

（第14巻『復讐の女神』第三話第三章）

＊

（恋もまよいも弱さもすべては砕けちるがよい。私はモンゴールの女王アムネリス……）

クムの虜囚となったアムネリスが、自分を鼓舞した独白。

（第16巻『パロへの帰還』第二話第三章）

第一次ユラニア戦役

「ケイロニアもと千竜長ランドックのグインなるもの、そのいたしよう不届き千万につき、ここに——ケイロニア黒竜騎士団団長、黒竜将軍に任じ、竜騎兵一万の指揮統率を命じる。これはケイロニア皇帝アキレウス・ケイロニウスの名において決定せしことである！」

帰国したグインへ処罰を言い渡したアキレウスの言葉。
（第30巻『サイロンの豹頭将軍』第四話第三章）

モンゴール奪還戦

「俺を誰だと思う。イシュトヴァーン——ヴァラキアのイシュトヴァーン、《紅の傭兵》だぞ！ この俺がついている限り、敗けいくさなんてはめになることがあると思うのか——俺には軍神ルアーがついてるんだ！」

トーラスを奪還し、入城したさいのイシュトヴァーンの言葉。
（第33巻『モンゴールの復活』第一話第二章）

第二次ユラニア戦役

「俺が平和主義だ、などということにいまごろ気がついたというのか？ 俺はたびたび言明しているはずだが——俺はいくさは嫌いだ、あってはならぬと思っている。ひとのいのちをとるのも嫌いだし、犯罪というものはすべてなくなるべきだと思っている——それも圧政によってではなく、人々の平和と幸福が満たされていることによって犯罪がこの世から消滅してほしいと思っているのだ、ということを」

アルセイス入りを目前にして、グインがトールに語った言葉。
（第44巻『炎のアルセイス』第一話第三章）

ユラニア滅亡

（わらわは、この男が、何かユラニアに不吉をもたらす、そういう気がしてならなんだ……凶兆——そう、凶兆だ……わらわは、はじめて会ったそのときから、いつかこういう日が——この男はどうしても好かぬ、いやな感じがしてならぬ、そんな気がしてならなかったのだ……）

イシュトヴァーン軍との戦いが不利に展開する中で、ネリイはイシュトヴァーンの印象を思い出していた。
（第62巻『ユラニア最後の日』第三話第一章）

スカールの復讐戦

「きさまに限り、武士道など俺は認めん！」

イシュトヴァーンと一騎討ちした際のスカールの言葉。
（第83巻『嵐の獅子たち』第三話第三章）

クリスタルの戦い

「いよいよ、はじまりだ。——御心配なさらないで下さい。私は決して、あなたをただの謀反人になど、させやしませんから」

反乱の日を決定した直後、ヴァレリウスがナリスの手を握って言った言葉。
（第70巻『豹頭王の誕生』第三話第四章）

＊

「案ずるな、パロの人々よ——私がいる。私がここにいる。私がこれからキタイの手先となった国王にかわり、パロの守護神となるぞ！　私はただちにいくさの体制に入る。パロの自由と独立をとりもどすためのいくさだ。ともに戦ってくれるものは、これよりただちに武器の支給をうけ、市民義勇軍としてわが軍に参加せよ。そうでないものは、同胞を支援するためにアルカンドロス広場へ急げ！　急げ、パロの人々よ——危機はいままさにここにあるぞ！」

ランズベール広場に集まった群衆へのナリスのアジテーション。

（第72巻『パロの苦悶』第四話第四章）

マルガ制圧

「私はあなたを拒否してなどいない。——あなたは、私を信じていなかったのだね？　私の——あなたに対して誓ったことばを——私のあなたへの——信頼を」

マルガに攻め込んだイシュトヴァーンに裏切ったとなじられてのナリスの言葉。

（第85巻『蜃気楼の彼方』第一話第一章）

マルガ奪還戦

「ゴーラの鎧は、ケイロニアのと違って、襟もとが立っておらぬからな。なぜ、かぶとをかぶらぬ。首はひとつしかないのだぞ、イシュトヴァーン」

一騎討ちで、グインが、イシュトヴァーンの首を剣ではさみ、地面にくぎ付けにしてこう言った。

（第86巻『運命の糸車』第四話第三章）

＊

「ゴーラのことも、決めなくてはならないのでしたね……でも、申し訳ないが……もう、限界に……きてしまったようだ。ちょっと、眠るよ……グイン……すべて……あなたのよいように——それにリンダを——リンダは、きっと——」

ナリス最期の言葉。

（第87巻『ヤーンの時の時』第三話第四章）

クリスタル決戦

「俺は、たったいまから、この機械を壊す。——方法は、ナリスどのが俺にだけ伝えてくれた。すまぬな。だまされたお前が悪いのだと思ってくれ。アモン」

古代機械の操縦席に着いたグインがアモン向かって。

（第91巻『魔宮の攻防』第四話第四章）

＊

「——長かったな。戦さは終わりだ。——少なくとも、パロではもう——戦うあいてがいねえ。くにへ帰ろう」

イシュトヴァーンは、パロ遠征の終わりを部下たちに告げた。

（第92巻『復活の朝』第三話第四章）

GUIN SAGA Official Navigation Book

探究《グイン・サーガ》2

恋愛から読み解く

柏崎玲央奈　Illustration 加藤直之／末弥 純

　まるで、さまざまな色の糸が複雑な絵を織りなす、タペストリーのよう。グイン・サーガの魅力は、個性的なキャラクターたちが、さまざまな場面、さまざまな状況で、出会いと別れを繰り返し、複雑な人間ドラマを展開してゆくところにあります。なかでも恋愛を抜きにして、この作品を語ることはできません。

　キャラクターたちの恋愛、結婚はどのようなものだったのでしょう？　また、これからどうなっていくのでしょう？

　メインとなるカップルを中心にその恋模様を見てゆきましょう。

主要人物相関図

図中数字（①～⑥）は本文参照
人物の囲みは 男性 女性

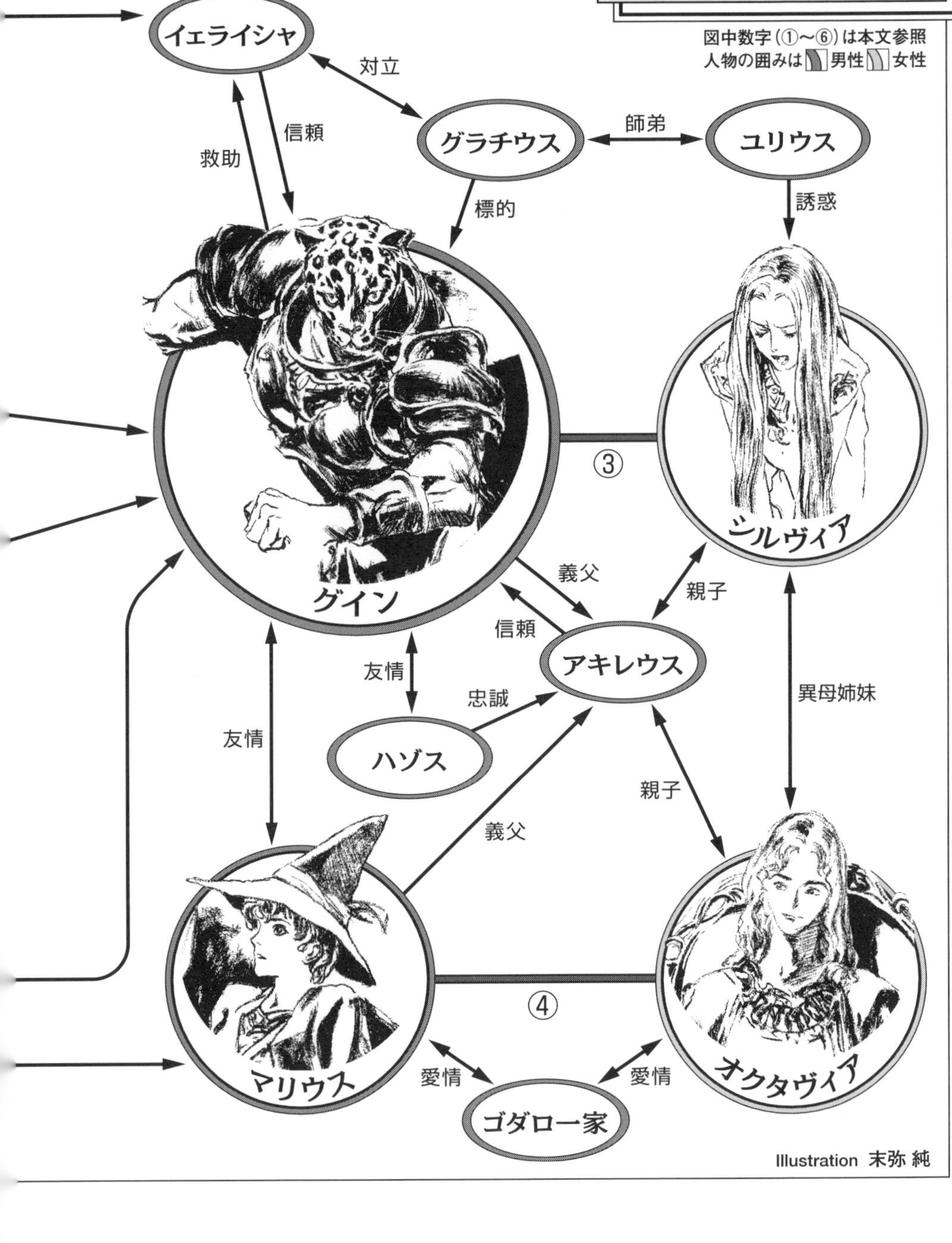

Illustration 末弥 純

信頼
スカール
マルコ
尊敬
カメロン
仇
忠誠
愛情
対立
恋人
アリストートス
執着
不倫
友情
フロリー
イシュトヴァーン
信頼
忠誠
⑤
①
期待?
信頼
リンダ
敬慕
アムネリス
双子
②
⑥
リギア
レムス
乳姉弟
従兄弟
信頼
好意
忠誠
異母兄弟
ヴァレリウス
信頼
ナリス

①イシュトヴァーンとリンダの場合

海賊上がりの敵国の傭兵が、囚われのお姫様を救い出し、ふたりは身分違いの恋に落ちる……まるでおとぎ話のような素敵なシチュエーション。このふたりの恋がすべての始まりだったと言っても過言ではないでしょう。

イシュトヴァーンは、沿海州ヴァラキアのチチア遊郭の遊女イーヴァを母に、父なし子として生まれました。彼は生まれたとき、右手に白く丸い玉石を握っており、それを見た産婆であり魔女であるフェイ婆は、彼が将来〈光の公女〉と出会い、その公女が彼を王座につけ、彼に王国と闇とを与えるだろうと予言します。この予言こそが、彼の人生を波瀾万丈なものにするきっかけであり、また本来自由人である彼を縛る言霊《ことだま》ともなるのです。その後、母と姉を流行病で失いますが、チチア遊郭の娼婦たちやその周辺の下町の人びとに目をかけられながら、たくましくすくすくと育っていきます。

一方、リンダはパロのアルドロス三世とターニア王妃との間に、レムスと双子の姉弟として誕生しました。血族結婚を繰り返してきた「パロの青い血」を持つ生粋の王族です。「一人はパロの偉大な王となり、一人は偉大な予言者となる」と予言されたとおり、リンダは王家の血を引くもの特有の予知者、予言者としての能力が高く、普段から鋭い感覚を持っています。すみれ色の大きな瞳にプラチナ・ブロンドの巻き毛、肌は白く輝き、その美しさはレムスとともに「パロの二粒の真珠」と称えられてきました。

新興国モンゴールの奇襲により、一夜にして陥落したパロから、王家に伝わる謎の古代機械を使って、レムスとリンダは脱出します。しかし、行き着いたのは敵のまっただ中、ノスフェラスにほど近いルードの森の中でした。絶体絶命のリンダとレムスの前に現われ、ふたりを助けたのは、グインという己の名と「アウラ」ほかいくつかの言葉しか覚えていない豹頭の戦士でした。

イシュトヴァーンは、男色家で有名なヴァラキア公弟オリー・トレヴァーンに狙われ、ヴァラキアを出奔。その後海賊稼業などをしながら、海でさまざまな冒険をします。しかし、冒険の果てに仲間たちを失った彼は、海を捨てゴーラ三大公国に入ります。彼は、そこでもさまざまな騒動を起こし、逃げるためにモンゴールの傭兵になり、ノスフェラスとの境を守るスタフォロス城に配備されたのです。

リンダとレムス、グインの三人が捕らえられスタフォロス城の牢に入れられたとき、イシュトヴァーンは、城を預かる伯爵に喧嘩をふっかけ、モンゴールの都トーラスに戻ろうとしたところが、伯爵の怒りを買い、同じく牢に入れられたところでした。イシュトヴァーンは、レムスをだましてひとり城を脱出したあと、ちゃっかり三人と手を組みます。

純潔の象徴のようなリンダと、九歳で男と十三歳で自分の母親のような年の女と初体験をすませたという、すれっからしの彼とは、身分の違いももちろんありますが、性格も大きく違い、出会った当初は犬猿の仲だったのも当然のことかもしれません。

四人は辺境の地で、次から次へと襲いかかる困難を、それぞれの知恵と勇気と力で乗り越えていきます。そんな中、憎まれ口をたたき合いながらも、互いに惹かれていくリンダとイシュトヴァーン。頼りにしていたグインが海に落ち、海賊船から逃れたどりついた無人島の洞窟で、リンダとイシュトヴァーンは互いの気持ちを告白しあい、イシュトヴァーンは最初で最後の剣をリンダに捧げるのです。

リンダのことを最初はふつうのわがままな姫だろうと高をくくっていたイシュトヴァーンですが、リンダは、どんな状況にあっても誇り高く、また十四歳にして与える愛を持っていました。イシュトヴァーンの孤独な魂は、その愛に敏感に反応したのです。リンダには、従兄弟の「ナリス兄さま」という許嫁がいましたが、それは到底恋と呼べるようなものではありませんでした。宮廷には絶対いないタイプであり、この逃避行で本来の明るくのびのびとした精神を発揮しているイシュトヴァーンに惹かれるのも無理は

イシュトヴァーンをめぐる男たち

九歳で男と初体験をすませたと豪語するイシュトヴァーンだが、実際はそれほど興味があるわけではなく、逆に迫られるケースが多い。少年イシュトヴァーンに読み書きを教えていた四つ年下の少年ヨナをヴァラキア公弟オリー・トレヴァーンから助けたものの、今度は逆に自分が迫られた。軍師アリストートスは病的なほど、イシュトヴァーンに執着していた。でもゴーラ王にまで押し上げたその手腕はたいしたものかも。

いまでこそ、ゴーラの殺人王だが、本来は明るく素直な性格のため、仲間も多かった。父のように慕うカメロンとその右腕のマルコは、現在イシュトヴァーンが心を許せる数少ない存在だ。かまわれることの方が多いイシュトヴァーンだが、少年たちの面倒を見ることもある。ヴァラキアの少年ヨナには儲けたお金を全部やってパロへの留学に送り出してやる……なんて気前のいいところを見せた。残念ながら、ナリスと古代機械の秘密を共有するヨナは、次に会ったときには敵同士になってしまった。またミロク教徒の少年リーロもかわいがったが、嫉妬したアリストートスに殺されてしまった。ただ、これらの少年たちもイシュトヴァーンに対しては、まるで年上であるかのように振る舞っていた。

ありません。ただ、イシュトヴァーンの心の中には「光の公女」の予言がつねにありました。イシュトヴァーンは、リンダを予言の「光の公女」だと思い込み、それが恋心を後押ししたことも確かです。しかし、本気で恋をしたイシュトヴァーンは、逆にリンダと結ばれるために予言を実現すること――本当に王になることを目指すようになるのです。イシュトヴァーン二十歳、リンダ十四歳の幼い恋でしたが、運命を分ける恋でもあったのです。

　四人はパロの同盟国である草原の国アルゴスに無事にたどりつきます。宮廷生活に慣れないイシュトヴァーンは、アルゴスでの扱いに、はやくも窮屈さを感じ始めます。草原で蜃気楼を見ながら、イシュトヴァーンはパロにはゆかず、自分の力で王になり、三年後にリンダを迎えに来ることを誓います。レムスがアルゴスで兵を上げ、パロを目指すとき、グインとイシュトヴァーンはまた別の旅に出るのでした。

② ナリスとアムネリスの場合

　イシュトヴァーンとリンダたちがアルゴスへ向かうために苦戦しているころ、第一次黒竜戦役でパロを制圧したモンゴール軍は、モンゴール支配下のクリスタルに潜入したアルド・ナリスを捕らえます。よい機会とばかりに、モンゴール大公ヴラドは、娘のアムネリスにナリスとの政略結婚を命じます。

アムネリスの心を確かめるナリス

　ナリスは、パロのいまいちさえない王子アルシスとラーナ大公妃の長男として生まれました。リンダとレムスの従兄弟であり、王位継承者としては第三位にあたりますが、美しい上に知性も秀でており、第一継承者である弱虫なレムスではなく、ナリスが王になるべきではないかと思う者も多数おり、それがまたレムスのコンプレックスに拍車をかけています。ナリスは、父母双方からいとわれ、父母の腕に一度も抱かれることのないまま、ルナン侯にひきとられ、ルナン侯の娘リギアとともにマルガ離宮で育てられることになります。ルナン侯はナリスを我が子のように育てますが、彼の心の中の孤独という名の化け物は着々と育ってゆきます。さらに、父の唯一愛した妾の子である異母弟アル・ディーン、のちのマリウスがやはり両親を亡くしてマルガにやってきます。自分を愛してくれなかった父に愛された弟の存在は、ナリスの心に愛と憎しみの両方の気持ちをかき立てるのです。

モンゴール制圧下のパロで、ナリスは陰湿な謀略家としての手腕を存分に発揮します。モンゴール大公の世継ぎであるミアイルを暗殺させ、モンゴールに揺さぶりをかけるなど、パロ奪還に向けて着々と準備を進めるのです。そんなナリスが、この政略結婚を利用しないわけがありません。

一方、アムネリスは、一代でモンゴール公国を打ち立てたヴラド・モンゴールの長女です。美人が少ないと言われるモンゴールにあって、豪華な金髪の髪とモンゴール人らしい毅然とした美しい顔立ちをしています。しかし、彼女は幼いころから鎧兜を着せられ、ウマと剣とを教え込まれて育ちます。跡継ぎである弟ミアイルが、病弱でおとなしいこともあり、ますますアムネリスは自分を鍛えてゆきます。十五歳のときには初陣を果たし、公女将軍、氷の公女と呼ばれ、中原にその名をはせてゆきます。第一次黒竜戦役では総司令官をつとめ、ノスフェラスに出兵しグインと戦いました。そんなふうに育てられた彼女は、モンゴールのことを第一と考え、ナリスとの結婚も国のためと割り切り、父の言葉に従います。

しかし、夜のびろうどのような髪、女のように赤いくちびる、細く繊細な鼻梁、深い湖のように黒く、悩ましく冷たい、人を吸いこむような瞳……美の体現そのものであるナリスを目の前にし、さらにナリスに、政略結婚だけれども出会ってあなたに恋をしたと告げられたアムネリスは、ナリスに本当に恋をしてしまいます。古代機械という、パロ最大の秘密を見せられながらの愛の告白に、戦士として育てられ、「恋」だの「愛」だのに縁がなかったアムネリスは、まんまと騙されてしまったのです。このナリスの計略が、本質的には、思い詰めたら一途に恋をしてしまうというアムネリスの女の部分を呼び覚まし、これからの彼女の運命を変えてしまいます。

ナリスは自らの策略で、まさに婚礼のそのときに暗殺されたように装って、身を隠し、反乱軍によるパロ奪還に成功します。騙されたと知ったアムネリスは復讐の鬼と化してパロへ侵攻し、第二次黒竜戦役が勃発。しかし、パロ、アルゴス、クムの連合軍により撃破され、ヴラド大公の病死も重なり、新興国モンゴールは滅亡してしまいます。アムネリスは、クムのタリオ大公に囚われ、彼の妾となります。しかし、ガッツのある彼女のこと、侍女のフロリーと励まし合いながら、解放されるときをあきらめてはいませんでした。そこに救い手として現われるのがイシュトヴァーンだったのです。

③グインとシルヴィアの場合

恋に免疫がないという意味では似たものどうしの、この不思議なカップルが誕生したのは、ケイロニアの皇女シルヴィアのまったくのあてつけによるものでした。シルヴィアの十九歳の誕生日祝いを兼ねたアキレウス皇帝即位三〇年記念の大典の舞踏会は、事実上の婿選びの場となるはずでした。シルヴィアは、その最初のダンスを、ケイロニアの都サイロンの下町で偶然出会った吟遊詩人のマリウスと踊り、みなを出し抜いてやろうと画策していました。しかし、マリウスを拉致することに失敗したことを知ったシルヴィアは、やけになり、当時獣と呼んで嫌っていたはずの豹頭をしたグインの手を取り、ケイロニア・ワルツを踊ったのです。

グインは、パロの聖双生児を無事に送り届けたあと、自分の出生の謎を求めて、三大魔道師のひとり北の賢者と称されるロカンドラスを探して北へ旅していました。旅の途中、夢の啓示を受け、腕一本を頼みにケイロニアの傭兵になります。質実剛健なケイロニアの気質は、グインの性格ともぴたりと合い、グインは不思議なぐらいこの国で安らいだ気持ちになります。

サイロンへ戻りたくないというシルヴィアを説得するグイン

シルヴィアは、クム大公の異母姉であるマライア皇后を母とし、アキレウス皇帝のひとり娘として生まれます。年をとってから生まれた子であるシルヴィアは父アキレウスに可愛がられ、わがままに育ちます。ケイロニアは直系が世継ぎとなるので、シルヴィアの婿はケイロニア皇帝となります。シルヴィアが年頃になったこともあり、婿取りをめぐってさまざまな騒動が持ち上がります。ひとつは帝位を狙う皇弟ダリウスの企みであり、もうひとつは皇后マライアの夫であるアキレウス皇帝の暗殺計画です。政略結婚だったため、夫に愛されなかったマライアは、自分の出身であるクムをも裏切り、ユラニアと手を結んで、皇帝の暗殺を謀るのです。それらの陰謀をグインは巧みにさばいてゆきます。シルヴィアは、実母が実父の暗殺を企てるものの失敗して自害してしまう……という、なかなか複雑な傷を心に負ったわけですが、そのわがままぶりから、あまりまわりから同情してもらえません。シルヴィアのわがままも、グインの目には、素直な可愛さに見え、何でもしてあげたいという保護欲をかきたてられるようです。「自分」のことを知らず、まったくの異形であることにコンプレックスを覚えているグインにとって、恵まれた生活を送ってきたシルヴィアのくったくのない素直さは、自分にない愛すべき資質なのでしょう。シルヴィアに忠誠を誓い、身も世もなく甘やかしてくれる人物は、いまやグインだけと言っても過言ではありません。ケイロニアの人気者であるグインを独り占めし、ほかの人びとの注目を集めることは、シルヴィアにとって、いままで経験したことのない快感だったことでしょう。また、無意識のうちに、グインを気に入っている父の気持ちに沿おうとするところもあったのではないでしょうか。グインもシルヴィアも、情熱とはほど遠い、寄り添うような感情から結びついたのです。グインはのちにリンダやオクタヴィアなどから「それは愛ではない」と諭される始末です。

それは、グインが拉致されたシルヴィアを助けた冒険のあともあまり変わりありません。まだ幼くただふつうの恋をしたいと願っていたシルヴィアは、グインだけではやはりもの足りなかったのか、舞踏教師エウリュピデスに誘惑されてしまいます。エウリュピデスの正体は、グインの謎に迫りその力を手に入れたいとつけねらう魔道師グラチウスの相棒である淫魔のユリウスだったのです。まだ処女で初心《うぶ》なシルヴィアは、ユリウスの手練手管の前にはひとたまりもありません。あっさり籠絡され、拉致されてしまいます。グインは、単身キタイへ赴き、シルヴィアと、巻きこまれて捕らえられてしまったマリウスを助け出します。帰りの道中、死んでしまいたいと嘆くシルヴィアをなだめながら、無事ケイロニアに戻り、アキレウスとの約束どおりシルヴィアと結婚します。結婚してしばらくは、ふたりは幸せなときを送ります。新婚初夜に「おれは豹頭で——」「あたしのことけがれていると思っているの?」を繰り返す押し問答はほほえましい限りです。しかし、キタイのヤンダル・ゾッグに狙われた中原の情勢はのっぴきなら

豹頭王の花嫁は誰だ?

最終巻のタイトル『豹頭王の花嫁』。それはいったい誰のことなのか。改心したシルヴィアなのか。みんなが声をそろえてこっちの方がお似合いだというオクタヴィアなのか。はたまた辺境で剣を捧げたリンダなのか。もしかして、はるばる星を越えてやってきたアウラなのか。まさか、大穴マリニアなのか。あなたは誰と予想するだろうか?

ぬ状態だし、正直なところグインは恋愛にはあまり興味がありませんから、新婚三カ月だというのにシルヴィアはほとんど放っておかれていました。さらに突如パロへの出兵が決まり、シルヴィアはグインをケイロニアの王座が欲しかっただけなのと非難します。しかし、自分のわがままだけでは事態が変えられないことを知ると、手当たり次第にそこらへんの男をひきずりこんで寝てやると、喧嘩を売ります。そこを熱心に引きとめればいいものの、やはり朴念仁なグインのこと、かまわないと言ってしまいます。寛容もほどがすぎれば無関心です。また、パロの魔王子アモンの計略によって、シルヴィアに引き合わされたグインは、夢かうつつかわからない状態だったとはいえ、シルヴィアをスナフキンの剣で斬りつけてしまいます。シルヴィアはグインが旅立ってから酒浸りだったため、やはり夢かうつつかわからない状態でしたが、斬りつけられたショックのあまり、売り言葉どおりに浮気を実行してしまうのです。グインはといえば、パロの魔王子アモンとの戦いの果てに、古代機械によってパロから忽然とどこかへ姿を消してしまい、いつ戻るかもわかりません。

ふたりはこの後、夫婦としてより強い結びつきを得ることができるのでしょうか？　前途はまだまだ多難なようです。

④マリウスとオクタヴィアの場合

グインとシルヴィアのカップルが誕生したときに、もうひとつのカップルが生まれました。やや緊張状態にある隣国の王位継承者どうしというロイヤルカップルですが、ふたりとも、複雑な運命のうちに、国も王位継承権も捨ててしまいます。ひとり娘も授かり、今回取り上げたカップルのなかでは、もっとも家族としての幸せを味わったことのあるカップルといえるでしょう。ただ、本人たちがいくら継承権を捨てたと言っても、生まれたひとり娘は、パロの王子とケイロニアの皇女を両親に持つ存在であるという事実まではなくなりません。やはり中原の政治情勢にとってはやっかいなカップルといえるでしょう。

オクタヴィアは、ケイロニア皇帝アキレウスの愛人であったユリア・ユーフェミアの娘です。ユリアは嫉妬に狂ったマライア皇后により、妊娠中でありながら、誘拐されてしまいます。出産後、ケイロニア皇弟ダリウスによって救出されますが、オクタヴィアが五歳のときに、自分になびかないことに腹を立てたダリウスの刺客によって母ユリアは強姦、惨殺されてしまいます。ただ復讐という目的だけを胸に、オクタヴィアはイリスという名の男性となって、再びダリウスの前に姿を現します。

一方、マリウスは、パロのアルシス王子とアムブラの学問所の教師エリアスの娘デビ・エリサとの間に生まれました。ナリスの異母兄弟に当たる、歴とした王位継承者です。父の正妃ラーナに疎まれたため、日陰の身となりますが、五歳になってからは母とともに父に引き取られ、ナリスとは違い、両親の愛を受けて育ちます。しかし、彼が八歳のときに両親が亡くなり、ルナン侯に引き取られ、ナリス、リギアと一緒にマルガの離宮とカリナエの宮殿を往復して育つことになります。ナリスに心酔し命ずるままに動いていたマリウスですが、偶然、吟遊詩人としてモンゴールの世継ぎであるミアイル公子と知り合い、仲良くなります。敵国の公子を暗殺できるまたとない機会だったのですが、マリウスは、誰からも顧みられないミアイル公子の立場を自分と重ねてみているところもあり、おとなしく素直で可愛いミアイルを好きになってしまいます。しかし、ナリスの放った魔道師ロルカによってミアイルは暗殺され、マリウスのせいにされてしまいます。この事件により、マリウスは、ナリスの元へは二度と戻らない決意を固め、吟遊詩人として再出発し、ノスフェラスから戻ってきたグイン、イシュトヴァーンと行動をともにします。イシュトヴァーンとは犬猿の仲でしたが、グインには心底惹かれ、グインのサーガを残したいと、グインについてまわります。

このカップルの出会いの舞台は、グインが夢の啓示を受け、たどりついたケイロニアの都サイロンでした。下町タリッドにお忍びで遊びに来ていたシルヴィアが襲われているところに、偶然マリウスは居合わせ、彼女の兄と名乗る美貌の青年イリスに助けられることになります。そのとき、マリウスは婿取りを間近に控えたシルヴィアに気に入られてしまい、彼女を巡る陰謀に巻き込まれ、たびたびイリス

愛の結晶たち

グイン・サーガに登場するジュニアたちはいまのところ三名。

マリウスとオクタヴィアの娘マリニアは、愛嬌があって可愛らしいが、人見知りせずむやみに驚かない剛胆な性格……と思われていたが、生まれつき耳が聞こえなかった。ケイロニアの皇位継承権を持つ。

パロ国王レムスとアルミナ王妃の息子アモンは2カ月で少年の姿にまで成長する。その正体は「宇宙の種子」と呼ばれる、ただひたすら自分を増殖することだけを目的とする存在だった。父はヤンダル・ゾッグに取り憑かれ、母は正気ではなくなっている。

モンゴール大公アムネリスを母に、ゴーラ王イシュトヴァーンを父に持つドリアンは「ドールの子」という意味で母が名付けた。母は出産直後に自害し、父には頼むから殺してくれと言われてしまう。将来が非常に心配な子だ。

に助けられることになります。最初は、毒舌のイリスにめげないマリウス……といったコンビですが、拷問にあっても頑固なまでに弱きものを守ろうとするマリウスに、イリスは思わず口づけをしてしまいます。おそらく、生まれや育ちの似ているふたりは自然と惹かれあったのでしょう。イリスは、いままで母の復讐を遂げることだけを胸に、力だけを信じて生きてきました。しかし、音楽や物語の力を信じており、暴力は嫌いだけれども芯は強いマリウスに出会い、自分の生き方を振り返ります。マリウスも、銀色がかった流れるような金髪に、憂愁のかげりを帯びた青い瞳を持つ美しい男性イリスに、やはり美貌の兄ナリスを思い出し、心ひかれてゆきます。拷問で気絶したときに夢の中でナリスの孤独な心を知り、ミアイル暗殺事件で負った心の傷を修復していきます。女好きでもあるマリウスは、男であるイリスを好きになってしまったと悩んでいたのですが、好きなものは好きだと、イリスに告げます。マリウスの明るく率直な告白に、イリスの氷のような心も解け、もとの女性であるオクタヴィアに戻るのです。

ふたりはグインに別れを告げ、吟遊詩人のマリウスとその妻タヴィアとして、中原のきな臭い地域を避けながら旅をします。幸せなことに、オクタヴィアは妊娠し、よるべないふたりはマリウスが父母と慕う〈煙とパイプ亭〉のゴダロとオリー夫妻を頼ります。そこでしばらく落ち着くつもりのふたりでしたが、ゴダロの息子ダンからイシュトヴァーンの軍師アリストートスの恐るべき秘密を聞かされ、グインに知らせようと、マリウスは身重の妻を置いてひとり旅立ちます。さらにシルヴィア同様グラチウスに捕らえられ、拷問をうけることになります。しかし、彼は自らの歌の力でしっかりと正気を保ち、グインに救出され、シルヴィアとともに無事に〈煙とパイプ亭〉に帰りつきます。

マリウス、オクタヴィア、カメロン、グインという〈煙とパイプ亭〉での不思議な邂逅を果たしたのち、中原の不安定な情勢に、グインはオクタヴィアにケイロニアに帰ることを薦めます。パロの王子であることは隠してケイロニアの貴族ササイドン伯爵として入り婿したマリウスですが、余儀なく、またも王族となったことに嫌気がさしていた上に、さらに質実剛健を旨とするケイロニア気質とはまるで性格が合わず、いたたまれない日々を過ごしていました。そんな状態でしたから、ナリスの訃報を受け取ると、妻子を置いてまたもや旅立ってしまいます。ナリスが予想したとおり、逃げ続ける人生を送るマリウスです。またしても出て行ったマリウスにオクタヴィアはあきれます。その怒りは、人生のもっとも大変な時期――妊娠中にも自分を置いて出て行ってしまったことにまでさかのぼり、父アキレウス大帝に愚痴をこぼしています。妻の実家に居づらい夫というのは、ふつうの夫婦にもよくあることと言えば、そうなのですが……。

いま、パロで従兄弟としてリンダを支えるマリウスは、重大な分かれ道に立たされています。パロのアル・ディーンとして王家に係わるか、ケイロニアのササイドン伯爵として親子三人で平凡に暮らすか、吟遊詩人マリウスとしてすべてを捨てて逃げてしまうか……。娘マリニアは、すでにケイロニアの皇位継承権を持っています。さらにパロとケイロニアを結ぶ存在であることも公にされるのでしょうか？　いま中原の大きな鍵を握る、もっとも重要な家族です。

⑤イシュトヴァーンとアムネリスの場合

一時期の情熱で結婚してしまったけれども、本当は全然性格が合わなかった……というパターンの夫婦です。現代では離婚するところですが、政治的な関係からそれは考えられません。性格だけではなく、目指すところも互いに異なるふたりが、離婚することもできないとなると、その果てに待っているのは破滅や悲劇でしかありませんでした。アムネリスは、イシュトヴァーンに夢中になりましたが、やはりモンゴール大公という立場を捨て去ることはできず、イシュトヴァーンのゴーラ王になるという野望に、真正面からぶつかってしまったのです。

アムネリスは、ナリスに騙されモンゴールは壊滅し、クム大公の妾となります。ナリスへの復讐だけを胸になんとか生きることをやめないでいる状態でした。しかし、憎しみは愛情の裏返し。いまだにナリスを忘れられない証拠でもありました。

イシュトヴァーンは、リンダと別れたあと、モンゴールへの密書を手に入れ、それを持ってパロへ赴きます。迎えたのは誰あろう、リンダが語っていた、従兄弟であり許嫁であるナリスでした。イシュトヴァーンは、話に聞くよりも美しく切れるナリスに魅了されてしまいます。やはり孤独に飢えているナリスは自分の元を去っていった弟マリウスの代わりであるかのように、イシュトヴァーンをそばにおき、リンダとイシュトヴァーンの関係をまだ知らないナリスは、自分のリンダへの恋心を明かすのです。とうていナリスにはかなわないと知ったイシュトヴァーンは、ナリスの元を去るほかありませんでした。ナリスとの出会いは、イシュトヴァーンに焦りをもたらします。早く王になりたいと焦る彼は、グインに協力を願い出ますが、すでにケイロニアの傭兵となっていたグインはそれを断ります。イシュトヴァーンは、半ばやけになり、イシュトヴァーンに異常な執着を示す軍師アリストートスと手を組み、赤い盗賊の首領となります。王への第一歩を踏み出すため、クムのアムネリア宮に捕らえられているアムネリスを助け、モンゴール再興を目指します。

　王になりたいというイシュトヴァーンと、いまはとにかくクム大公の手から逃れたいと願うアムネリスの利害は一致しました。利害が一致している間は、ふたりともとてもよいパートナーなのです。アリストートスの策略は見事成功し、アムネリスは新生モンゴールの大公となります。大公として堂々と振る舞うアムネリスを見て、イシュトヴァーンは、リンダではなく、彼女こそが予言の〈光の公女〉であることを覚ります。イシュトヴァーンは運命の人である、アムネリスと恋に落ちます。またそのとき、ナリスとリンダの結婚という、ふたりともにとって衝撃的なできごとがあり、ふたりの情熱はより一層燃え上がるのです。

　しかし、やはり慣れない宮廷の生活、アリストートスの妄執、自分を愛してほしいと押しつけがちなアムネリス………そして、なにより王になりたいという野望と、自由でありたいという気持ちがつねに葛藤しているイシュトヴァーンは、次第に精神的に追いつめられていきます。そんなとき、かつてヴァラキア公の右腕であり、イシュトヴァーンの恩人でもあるカメロンがイシュトヴァーンの元を訪れます。イシュトヴァーンのただならぬ様子を見たカメロンは、彼の元にとどまり、力になることを決意します。カメロンやカメロンの右腕のマルコはイシュトヴァーンの気を引き

アムネリスの想いと逆に、イシュトヴァーンの心は冷めはじめる

立てますが、解決にはなりませんでした。アムネリスが懐妊しますが、それはイシュトヴァーンをさらに追いつめるものでしかありませんでした。妊娠を告げられたイシュトヴァーンは、その束縛の強さに吐いてしまいます。そして、それがもしリンダの子だったら……と夢想するのでした。

　もともと相性もよくなく、一時の熱情だけで成り立っていたふたりはどんどんすれ違ってゆきます。ひとりの女として愛されたいというアムネリスですが、やはり子どもの頃からの教育の成果でしょうか、恋する女性である部分よりも、モンゴール大公としての自覚の方が大きく、すべてをイシュトヴァーンにゆだねるわけにはいかなかったのです。もちろん、イシュトヴァーン自身も野望と自由の間で揺れている存在ですし、やはりイシュトヴァーンの胸には、

いまだにリンダへの想いがありました。暴力も振るわれ、アムネリスの、イシュトヴァーンを信じたいと思う気持ちはどんどん無くなっていってしまいます。

そんなときに、決定的な出来事が起こります。イシュトヴァーンは、モンゴールの裏切り者の傭兵であったことが、そのときの戦いでイシュトヴァーンによって傷を受けたフェルドリック卿によって告発されます。パロの聖双生児を助けたノスフェラスでの戦いで、マルス伯爵率いる青騎士隊を全滅させた事件です。これは実行したのは、イシュトヴァーンですが、グインが提案した計略でした。裁判は、アリストートスの亡霊が現われてめちゃくちゃになり、イシュトヴァーンはモンゴール制圧という強攻策を取らざるを得なくなります。アムネリスはおなかの中にいる子どもとともに幽閉されます。そんなイシュトヴァーンに対し、アムネリスが取った復讐は、王子ドリアンを産み落とした直後に、短剣で自害することでした。その効果は絶大で、もともと両親の愛を知らず、子孫を残すことに強迫観念を覚えていたイシュトヴァーンは、ドリアンとの最初の対面で、思わずわが息子を払い落としてしまいました。

光の公女アムネリスは、最後まで女として愛されたいという望みを抱き続けたまま失意のうちに亡くなり、愛を知らないイシュトヴァーンにゴーラの殺人王という地位と、「ドールの子」という意味の名を持つ子を与えたのでした。

イシュトヴァーンをめぐる女たち

もともと陽気で素直で人なつっこい性格のイシュトヴァーンは、女にも男にもモテモテ。リンダ、アムネリス以外にも女性関係が多数登場。でも、係わった女性はあまり幸せになっていないような……。

せっかくかくまって逃してくれた酒場のミリアは、モンゴールのスパイ容疑で殺されてしまう。アムネリスの侍女フロリーと恋仲になり、一緒に逃げようと誓うも、イシュトヴァーンはすっぽかして、フロリーは失踪してしまう。

いまは、裏切りを告発したためイシュトヴァーンに殺されたフェルドリック卿の娘アリサをからかって遊ぶのが、イシュトヴァーンの唯一のやすらぎ。復讐さえもしてはならない教義のミロク教徒の娘だ。

⑥ナリスとリンダの場合

パロの「青い血」を守るための、決められた結婚……のはずでした。リンダはイシュトヴァーンと恋に落ち、イシュトヴァーンはナリスに魅了されるもののリンダもあきらめきれず、ナリスはリンダにそれほど期待しているようには見えないけれど内心は……そんな不思議な三角関係でしたが、リンダはサリアの神託を受け、リンダの愛がナリスの孤独を埋める、グイン・サーガ一幸せなカップルになります。

両親の愛をまったく知らずに育ったナリスは、心に深い孤独を抱えていました。彼の容姿や才能に魅了されて人びとは集まりますが、それは彼の孤独を深めるものでしかありません。ナリスは、ほかの誰にも目を向けずただ自分だけを愛してくれる人間を切実に求めていたのです。そのため、ナリスは、さまざまなことを仕掛けて、それでも自分のもとから去らないか、自分を裏切らないか、をつねに試してきました。ナリスには、乳姉弟《ちきょうだい》でじつの姉弟のようにして育ったリギア、異母弟であるアル・ディーン（マリウス）がいましたが、確かに最終的にリギアはスカールと恋仲になり、アル・ディーンはナリスのもとを去ってしまいます。そして、花開く日までと思い、大切にしてきたリンダは、古代機械で逃れた先で、イシュトヴァーンに出会い恋に落ちてしまいます。ナリスの孤独は深まるばかりでした。

リンダは、レムスの即位式の折りに不吉な予言をして以来、予知の力がまるでなくなってしまったかのようでした。イシュトヴァーンとの恋に囚われ、リンダの心は蜃気楼の中で閉じてしまっていたのです。また、宮廷暮らしも楽しいものではなく、ノスフェラスからリンダを慕ってついてきたセム族の娘スニを相手にため息をつく毎日です。弟レムスもすっかり頑なな性格に変わってしまいましたし、許嫁のナリスも以前のような優しいナリス兄さまではありません。またナリスにはフェリシアという、ナリスの父とリンダの父がその美しさに恋に落ち、諍《いさか》いの元になったと言われる愛人がいるのです。

身体の不自由なナリスと、夫を守る決意を秘めたリンダ

頼るもののない状態で、リンダはアウレリアス聖騎士伯とカラヴィアのアドリアン子爵のふたりに求婚されます。ナリスに、イシュトヴァーンが結婚するという情報を告げられ泣いていたリンダを見て誤解した求婚者のひとりアウレリアス伯は、ナリスに決闘を申し込みます。非常に繊細でいかにも貴族的な容姿をしているナリスですが、じつはレイピアの名手でもあります。ナリスはわざと致命傷にな

らない程度に勝負に負けます。それにより、摂政か宰相のどちらかの役職を退き、自分の本当に得たい知識のために時間を割くことができるようになるからというのです。これを後日告白されたリギアは、自分の命を粗末にするような行為にさすがにあきれます。

ナリスが傷つけられた場面を目にして、リンダは倒れ、レムスの即位式以来なかった、予言を行ないます。この事件をきっかけとしてまるで夢から覚めたように、以前のような予知能力が戻ってきたのです。そして、サリアの神託を受け、リンダはナリスのもとを訪れ、自分たちが結ばれる運命にあることを告げるのです。目をかけていたイシュトヴァーンが許嫁のリンダの思い人であることを知って裏切られた気持ちになり、またレムスの即位式以来リンダに予言がなかったこともナリスの心にわだかまりを残していました。しかし、すべてはリンダの一心な愛の前に解けてゆきます。

こうして、まさにおしどり夫婦、グイン・サーガ一愛に満ちたカップルが誕生します。しかし、一度身についたナリスの退廃的な思想はなかなか変わりません。ナリスの孤独が本当に満たされたのは、一時期はナリスの暗殺を考えていた魔道師ヴァレリウスが、ナリスの同志になってからでした。

王立学問所所長カル＝ファンに拷問を受けて、片足を切断しなければならない状態になってからは、中原の平和のために、その知性を武器に戦います。キタイのヤンダル・ゾッグにとりつかれたレムスに対して反旗をあげ神聖パロを打ち立てます。リンダは、もちろん、実の弟と敵対することも厭わず、ナリスの味方になります。ナリスが息をひきとるそのときまで、リンダはナリスを愛し抜くのです。

リンダ、ナリス、イシュトヴァーン、三人の恋の結末は、ナリスの死をもって終焉を迎えます。ヤンダル・ゾッグの後催眠に操られていたとはいえ、イシュトヴァーンが拉致したことが原因で、リンダは最愛の夫ナリスを亡くしてしまったのです。ナリスの亡骸を前に、イシュトヴァーンはリンダに迫りますが、リンダはもう死んでしまった恋なのだと、イシュトヴァーンに本当に別れを告げるのでした。

セックスレス・カップル？

現代の日本でも話題のセックスレス。ナリス×リンダのカップルは、リンダに知識がなく、またナリスも拷問による機能不全のため、リンダは純潔のままである。それによって、予知能力も保たれている。

グイン×シルヴィアのカップルも、中原の平和のために夫が留守がち。それに加えてグインはあまり興味がないようだ。新婚初夜はシルヴィアの方からグインに迫っていた。シルヴィアが浮気をするのも仕方がないのか？

気になるセリフ集 恋愛篇

イシュトヴァーン

「おれは生まれて二十年、おれ自身のほかの誰にもこの剣を捧げたことはない」

リンダ、レムス、スニたちと海賊船からボートで脱出し、島の洞窟で夜明けを迎えたとき、リンダとのやりとりで。（第8巻『クリスタルの陰謀』第二話第一章）

＊

「三年したら、そのときはまだすぐにってわけにはゆかないかもしれないが、そのときには、さいごにいつ迎えにゆくか、はっきり約束し、誰もの認める婚約者として国へ帰るよ。そのつぎに会うときは――おまえは、おれの王妃だ、リンダ」

リンダと、アルゴスの草原で、蜃気楼を見ながら。（第11巻『草原の風雲児』第一話第三章）

＊

「俺は――王になりたい」

クムに囚われていたアムネリスを助けるさい、彼女に持ちかけた取引で。（第27巻『光の公女』第四話第二章）

＊

（結局、恋と――結婚とは、一生をともに暮らし、運命をわかちあう、ということは……違うんだ……）

アムネリスに子供ができたと告げられ、さまざまに思いをめぐらせて。（第64巻『ゴーラの僭王』第三話第一章）

＊

リンダ

「生と死はひとつなのよ」

ナリスを夫とするというサリアの神託を受け、ナリスを訪ねて。（第34巻『愛の嵐』第四話第三章）

＊

「可愛いの」

「ナリスが可愛くて、可愛くてたまらないの」

ナリスとの婚約後、ヤヌスの塔の地下の古代機械を前にして、年老いたらこれで旅立ちたいというナリスに。（第37巻『クリスタルの婚礼』第一話第四章）

＊

「……私たちの恋も同じよ。……それはあの蜃気楼の草原に、死んで横たわっているの……もう、かえってこない。一度死んだものは、もうかえってこないんだわ。ひとも……恋心も」

ナリスの死後、やってきたイシュトヴァーンに。（第88巻『星の葬送』第四話第三章）

ナリス

「そうだ。あなたはまことに光の公女だ」

婚約者のアムネリスを訪ねて。

（第7巻『望郷の聖双生児』第二話第二章）

＊

「私は――孤独な怪物だ。誰も……うわべの私のとりすましたすがたに心をだまされるばかものさえ――私にあるていど以上に近づけば、私の真のすがた、怪物の真のみにくい恐しいすがたをいつかかいまみて逃げてゆく」

サリアの神託を受けたリンダに恐怖を感じながら。

（第34巻『愛の嵐』第四話第二章）

＊

「私のものにおなり。サリアの花嫁――生まれおちたときから、人びとがさだめ、神々がさだめていたとおり――きみは、アルド・ナリスの花嫁になるのだ。もう決してはなさない」

サリアの神託を受けたリンダに口づけして。

（第34巻『愛の嵐』第四話第四章）

＊

「私たちはしょっちゅう互いをむやみとほめたたえあっている――おかしな夫婦だろうか？」

マルガの自室にリンダを呼び、レムスへの謀反を決めたと告げる前に。

（第65巻『鷹とイリス』第三話第一章）

＊

アムネリス

「私、知らなかった。こんな……こんな思いだとは、夢にも知らなかった」

侍女のフロリーに、ナリスに恋してしまったことを告白。

（第7巻『望郷の聖双生児』第二話第四章）

＊

「私は、怖い。フロリー、私、あの男ゆえに、ほろびるかもしれない予感がするわ」

クムで、イシュトヴァーンに会ったあと、侍女のフロリーに。

（第27巻『光の公女』第四話第三章）

＊

「抱いて。イシュトヴァーン、抱いて！――私の愚かさも、私の過去も、私の追憶も、すべてを忘れさせる劫火で私を焼き尽くしてしまって！」

ナリスとリンダの結婚を聞き、動揺するアムネリスとイシュトヴァーン。イシュトヴァーンがアムネリスの居間を訪ねてきたさいに。

（第37巻『クリスタルの婚礼』第四話第三章）

グイン

「どうも、この――女人の御機嫌をとり結ぶなどということより、戦場に出て一騎で一個大隊を相手に切り結んだり、それとも一万の軍隊を切回したりするほうがよほど楽のように思われるな」

シルヴィアを愛しているのだろうとハゾスに聞かれたのに答えて。　（第40巻『アムネリアの罠』第一話第一章）

＊

「あなたが望むのなら、俺にも地位への未練などもないし、あなたより大切なものなどない。いつなりと、あなたの望むとおりにしたい、シルヴィア姫」

シルヴィアを救出後、ケイロニアへ向かう途中、彼女の手を取って。　（第68巻『豹頭将軍の帰還』第二話第二章）

＊

「お前を残してなどゆかぬ。みんな、お前のために戦いにゆくのだ、リンダ。——お前がやすらかに暮らせるパロを取り戻してやるためにゆくのだぞ。俺も、イシュトヴァーンも」

ナリスが亡くなって嘆くリンダにやさしく。　（第88巻『星の葬送』第二話第二章）

シルヴィア

「私がそうして平凡な幸福な一生をおくりたいと望むのは、そんなにいけないこと?」

舞踏会が行なわれている外の庭園のベンチで、グインとしんみり話しこんでいるとき。　（第40巻『アムネリアの罠』第一話第三章）

＊

「——ねえ、あなたのその豹頭……キスするときは、どうするの……?」

グインに救出されたあと、ケイロニアへ向かう途中で。　（第68巻『豹頭将軍の帰還』第二話第二章）

マリウス

「人間が、人間を好きになるのに、男も女もないだろ?」

イリス（オクタヴィア）がマリウスに別れを告げにきたとき。　（第22巻『運命の一日』第一話第三章）

＊

「もう本当にいまのぼくは他の誰にもなりたくないくらい幸福な、吟遊詩人のマリウス、もうじきお父さんになるマリウスなんだ」

身ごもったオクタヴィアと〈煙とパイプ〉亭にて。　（第38巻『虹の道』第四話第三章）

オクタヴィア

「私が——女でも、やっぱり愛しているといってくれる——?」

ケイロニアの大典のあと、風が丘で待つマリウスのもとへ駆けつけて。　（第23巻『風のゆくえ』第二話第一章）

GUIN SAGA Official Navigation Book

《グイン・サーガ外伝》

鏡の国の戦士

第1話　蛟が池

栗本 薫　Illustration 丹野 忍

豹頭王の眠りを侵す、あやしい影の正体は？
幻惑の国で、グインの新たな冒険が始まる。

1

眠りにつくまでは、確かに、ごく尋常に、日毎おのれの疲れたからだを横たえるしとねに、ぐったりと疲れはてたたくましいからだを横たえたはずであった。何も、異常の気配もなかったし、あやしき風が吹きすさぶ夜でもなかった。遠くに人外の怪鳥《けちょう》の切り裂くような啼き声のかすかに聞こえてくるようすもなく、しじまもいつもより生々しく、重たい、あたかもそれ自体闇の生あるものででもあるかのようにまとわりついて来る気配もなかった。

それゆえ、ことさらに悪夢に魘《うな》されることもなく、彼はその目をとじ、そしてあっという間に眠りにおちた筈である。彼の眠りは、つねの日にはいつもすこやかで、ことに寝入りばなは、深く眠る。もっとも、ちょっとでもあやしき気配がすれば、たとえどのような深い眠りの底からでも、ただちに彼の鍛えられた戦士の目はかっと見開かれたに違いないのだが――

「誰だ」

押し殺したような声を、誰かが発するのを、彼は確かに聞いたと思った。そして、それがおのれの声であると知ってひそかに驚いた。

「そこにいるのは――誰だ！」

（誰。そこにいるのは誰）

なにものかが――

まるで木霊のように、彼の言葉を、だがまるでねじまげられたことばをしかかえすことの出来ぬという呪われた木霊の精ユーライのようにかえしてきた。そのときまでには彼は完全に目がさめて、枕元において寝ていた愛用の大剣をひきずりよせていた。

「誰だ。名を名乗れ」

（誰なの？　誰かいるの？）

まるで、からかっているかのように、おうむ返しのいらえが戻ってくる。彼はいまや、上体をおこしてまっすぐ前の闇をにらみつけていた。これまで確かにおのれのよく知っている、おのれの臥床であると信じていたあたりは、なんだか突然に、見も知らぬ闇の深淵に姿を変えてしまったかのようだった。

「ここは何処だ」

思わず、彼は問うた。ただちに、ユーライの木霊が返ってきた。

（ここは何処。ここは何処。ここは何処）

「ほざくな――聞いているのは俺だ。姿をあらわせ」

（貴方は誰？　誰なの？）

もやもやと、闇の鏡像のなかに、白いかげろうが立った。それは、つと、おぼろげな幽霊の像をむすび、そして、やがて、白いはかなげな貌、漆黒の髪にふちどられた白い小さな貌をもつ、妖しいすがたになった。このような場合でなければ、まごうかたなき幽霊としか見えなかっただろう。いや、このような場合であれば、幽霊であるのが当然、と思われたから、何もいっそ、あやしむ理由もなかったのだ。たなごころにおさまるほどに小さな端麗な顔の、瞳のいろは見えなかった。その目はぴったりととざされていたのだ。

「俺の名はグイン」

彼は荒々しく言った。

「豹頭の戦士などとひとは呼ぶ。俺の異形に驚かぬとすれば、お前はすでに俺を知っているのだ。さあ、俺は名乗ったぞ。お前も名乗れ」

「カリュー」

ちいさな、うつくしいふるえをおびた声がささやいた。

「猫目のカリューだの、美童のカリューだのとひとはいうけれど、ぼくは自分では、自分がどのような貌をしているのか知らない。あなたが異形かどうかもぼくにはわからない。だってぼくは目を閉じているのだもの。目を開いてはならぬ、決してひとのいるところで目を開いてはならぬという母親の命令にしたがって、ぼくは人前に出るときには目かくしをつけ、ひとのおらぬところでは目をとざしている。——だから、ぼくには貴方の気配しかわからない。そこにいるの? そして、貴方はどんなふうに異形なの?」

「俺は、いまいったとおりだ。俺は豹頭なのだ」

不思議なほど、驚きを感じることもなく、グインは云った。なにやら、すべてがかつてどこかで知っていた——このようになるだろうといつか、あらかじめ知らされていたことであったような気持が、なぜするのか、彼はむしろそれが不思議だった。

「豹頭?——それは、あの南方にすまい、ひとをとってくらうという、あの黄色くて黒い点々のある美しい毛皮をもつという不思議な肉食獣のこと? 貴方はその豹と人間とのあいのこなの?」

「そういうわけではない、ただ俺は豹頭をもってこの世に生まれてきたのだ。あのようにふと意識をとりもどしたことを、この世に生まれたというのだったらな」

グインは云った。そして、しびれたような心持で身をおこすと、そのからだはまるで金縛りがするすると足元にとけてほどけて落ちたかのように自由になった。

「お前はいったい何処から俺にむかって語りかけているのだ、カリュー」

グインは云った。まだ、その手には大剣をしかと掴んだままだ。

「それはぼくのほうが聞きたいよ、豹頭のグイン。貴方がいるのはいったい何処？　そして、貴方は何処からぼくにむかってそうしてその不思議な声をかけているの？」

「知らぬ、俺はただ、つと夜半に目覚めたにすぎぬ」

「へえ」

　猫目のカリューの声が、わずかに意地悪そうな響きをおびた。

「それは奇遇だなあ。ぼくも同じだよ」

「何だと」

「ぼくも、夜半に目ざめて、ふと鏡を見たところ——そう、夜半に目覚めて誰もいなかったときくらい、ぼくだって目を開くことは許されているからね。というよりも、誰もぼくがそこで目を開いているとは知るものはいない。だから、ぼくは思わず目を開いたのだ。そうしたら、目の前に鏡があって——そしてその中に何か人影のようなものが見えた。だからぼくはあわてて目をとざしたんだ。目を開いているところを知られると、ぼくは目をえぐりだされた上、八つ裂きの死刑にされてしまうかもしれないと母上にずっといわれていたんだから」

「それはまたどういう母親だ。おのれの息子を、目を開くなと言いつけて育てた上、目を開いたらその目をえぐりだして、八つ裂きの死刑にするなどとおどすというのは」

　奇妙な義憤めいたものにかられて、グインは叫んだ。カリューは軽い笑い声をたてた。

「でもそれはぼくが《邪眼》だからしかたないんだって。ぼくは呪われた子どもなのだそうだ。だから、ぼくが生かしておいてもらえるだけでも、感謝しなくてはいけないと母上はいつもぼくに云ってきかせる。きっとそうなのだろうな、ぼくは、たぶん見知らぬきょうだいがいるのだけれど、そのきょうだいとも、ついぞ出会ったことはない——きょうだいのほうはぼくほど運はよくなかったようだから」

「お前のことばはいちいち謎めいている」

　グインはつぶやくようにいった。

「お前は、いったい、どこから喋っているのだ。そして、お前は、そもそも何処の国の何者なのだ。お前のいるところと、俺のいるところはもしかしたら、まったく違うところなのか？　そしてこれは何かの魔道で、たまたまそのまったく違うものがつながってしまった、というようなことなのか？」

「さあ、ぼくにはわからないよ、豹頭のグイン」

　カリューはまた低く笑った。

「だって、ぼくは夜半に目ざめて鏡を見ただけで、あなたがいったいどこからあらわれて、どうやってぼくに声をかけているのかも、もうわからないのだもの。ほらすっかり、こうして目を閉じてしまったから。でも、目を閉じるのは嫌いじゃない。目をとじると、目を開いていては見ることのできない、それはそれはたくさんのものが見えるんだよ。だからぼくは母上に云われたからだけじゃなく、半分は自分から望んでこの目に目隠しをするんだ。本当に見えるものだけを見ることが出来るように」

「ここでいま、お前と哲学問答などをしているいとまはない」

むっつりとグインは答えた。

「それよりも、俺の問いに答えろ。お前の国とは何処で、そしてお前は何者だ？　お前の母親というのは何処にいて、そして何という名前だ」

「母様は……母上はきっと貴方のことは知らない。そして貴方も母上のことは知らない。だって母上は、男が嫌いなんだから」

「……………」

「まして豹頭の男なんて。獣も男も母上の宮殿では存在することをゆるされない。ぼくは邪眼だから、本当は生きていてはいけなかったのだけれど、おまけに男だから、本当なら、生まれてすぐにみずちが池に捨てられるはずだった。だけど、母上は、ぼくが邪眼だったので、生かしておくことにしたのだって。ぼくが十六歳になったら、邪眼の者は蛟《みずち》が池に捧げられ、そしてそれによって蛟神《みずち》が母上のために予言をしてくれる。ぼくは、そのときまで生かしておいてもらえるかわりに、邪眼を決して開くことのないように、誰にもその邪眼のわざわいを向けることがないように、とかたく命じられたのだ。邪眼のカリューが生かしておいてもらえるのは、十六歳になったらいけにえにされるため、ただそれだけなんだよ」

「そのような奇怪な話は聞いたこともない」

グインは唸った。

「俺も随分といろいろな国を遍歴もしてきたし、また遠い北方や南方、そして東方へも旅したり、またそれについてのさまざまな奇妙な話を耳にしたりもして見聞をひろめてもきたものだが、そのような邪眼の者を生贄に捧げるだの、それによってよこしまな神が予言をするだの、それまでその目を開かぬように我が子に命じる母だの、といった話は聞いたことがないぞ。お前の母というのは、どこかの国の女王でもあるのか」

「ああ、母上は、みずちの国の女王《ひめみこ》ウリュカと呼ばれているよ」

カリューは答えた。

「そして、母上の統治する国は、蛟人たちの国として知られている。もともとは、首から上がみずちの者たちと、首から下がみずちで、首から上だけが人間であるものたちが住まっていた謎めいた太古生物の国家だったというけれども、いまとなっては、猿の子孫たちとの混血がすすみ、純血を残すものはすなわち邪眼の持ち主に限られるとも云われている。ほかにもさまざまな伝説がこのぼくの生まれた国ハイラエにはあるんだ」

「ハイラエ、ハイラエ。聞いたこともない名だ」

「そう、それは鏡の裏側にしか存在しないからね」

「お前のいうことはますます謎めいている――だが、それでは、お前は我々の国や中原については何も知らないのか。お前の生きているそのハイラエとかいう国は、中原にはないのだろうな？」

「中原のことは知っているし、そのような場所があることも知っているよ」

カリューは首をかしげた。

「だけれどもそれがどこにあるかは知らないし、それがぼくたちの国とどのようにかかわってくるかも知らない。それは、あくまでもぼくたちにとっては鏡のあちら側にあるものにすぎないんだ」

「鏡、鏡。お前は最前から鏡の向こう側だの、鏡の裏側だの、鏡を見たらだのという。その鏡というのはいったい何のことだ――俺の寝間には、そんな魔道めいた鏡など存在してはおらぬし、俺はお前を鏡の中に見ているわけではないぞ」

「夜中のイリスの○時といわれる刻限にあわせ鏡をするものは、この世でないところへ飛んでいってしまい、二度とはかえってこない、という言い伝えはあんたの国にだって、その中原とやらにだって、どこにだってあるはずだよ、グイン」

カリューは答えた。

「それはとてもありふれた言い伝え――言い伝えというよりただの真実にすぎないので、誰もが本気にもしないけれど、だが心ひそかにおそれていて、決してそれをしようとはしない、そういうものであるはずだ。それは、どこの国でも、東方でも南方でも北方でも西方でもかわらない。どこでもいいから遠くにいって、それについて聞いてごらん。きっと、誰もが、それについては知っているといい、一度試してみようと思ったけれどもなぜか、何故とはない恐怖にかられてそれから手をひっこめてしまったと認めるはずだよ。それほどにこれはごくごく一般的な不思議にすぎないのだ」

「ますますわからぬことをいう。お前がきわめてありふれた言い伝えだというそのようなものを、俺は聞いたこともなかったし、また、あわせ鏡によってそんなどこかに飛ばされてしまうなどという話もどこでも聞いたことはないぞ」

「それは、たぶん貴方が間違った人にばかり声をかけて伝説のことを聞いたからだよ。やはり伝説のことは、心寂しくめしいている捨てられた僧だの、この世を呪ってひそかに黒魔術の書を集めている女人だのにたずねなくては。だけれど、そんなことはもういいんだ。ぼくにはもうかかわりはなくなる。ぼくもこの鏡を明日の朝には割ってしまわなくてはならない。なぜなら、ぼくは、明日、十六歳になるのだから」

「何だと」

「十六歳になったら、ぼくは蛟神に捧げられることになっていると云っただろう？　今夜はぼくの最後の晩なんだ、豹頭のグイン。だから、ぼくは今夜に限っては、遅くまでひとりでいることを許された。本当はもう、とっくに見張られながら眠りについていなくてはならない刻限なんだけれども。まかりまちがっても、この邪眼のぼくが、みずちの刻と呼ばれるイリスの零時に、鏡を見てしまうことのないように」

「お前のいうことはますますわけがわからん」

「わからなくてもいいんだ。それはぼくだけがわかっていればいいことなんだもの。イリスの零時にだけどぼくは鏡をこっそりと見てしまった。そうしたら、そこに道が開けて、そしてあなたがいた。これは、運命なの、グイン？　そして、だとしたらぼくの運命は貴方なの、グイン？」

「そんなことは知らん。俺はただ、夜半に胸苦しさを感じることさえなくふと目覚めて、闇のなかにただならぬ気配を感じたにすぎぬ」

「そうしたらそこにぼくがいた。――鏡の道が開いたんだ、グイン。それは、グインがぼくを助けてくれなくてはいけないという、神様の命令だと思うよ。これは、運命なんだ」

「いったいそれはどこのどんな神の命令だというのだ。俺とお前では共通した神の名さえも知るまい。――そもそも、俺にはお前を救う理由もなければ義理もない。それどころか、お前がいま、どこにいるのかさえ知らぬのだぞ」

「そんなものはすぐにわかるし、ぼくにはすべてわかっている。ぼくはずっと、明日になったら大人しく死ぬのだ、殺されるのだと思っていたよ。蛟神に食い殺され、生きながら体を引き裂かれてね。そのことはもう、生まれて十六年間、確実にやってくることはわかっていたし、だからぼくはそれが恐しくも悲しくもなかった。いまだって恐ろしかったり悲しかったりはしない。でもただ、いまになって鏡の道が開いて、そしてそこに貴方がいた――これはいったいどういうことなのか、知りたいとぼくは思うんだよ。こっちにきて、グイン。ぼくをそちらの世界に連れていってくれることは出来ないよ、だから、貴方がぼくのところにやって来て。そして、ぼくを蛟神の生贄になるさだめから助け出してくれなくてはいけない。それが、貴方に科せられた今回の冒険、神の使命なんだ」

「そんな勝手な話は聞いたこともない。そもそもお前はいったい――」

グインは言い始めた。だが、言い終わることは出来なかった。

「ほら見て。イリスの一点鐘が鳴る。鏡の扉が開く。鏡と鏡があわさるよ」

謎めいた微笑を浮かべて、目を閉じたまま、カリューが勝ち誇ったように叫んだのだ。その声は細かったのに、奇妙ないんいんとした響きをもって、グインの耳を刺した。

あっというまもなかった。グインは、突然、白い光がおのれの目から脳にむかって突き刺したような異様な心持にとらえられた。と思った次の瞬間、グインは、ふいにぐいぐいと、圧倒的な抗いがたい力によって、おのれがどこか中空の一点にむかって吸い寄せられてゆくのを感じた。

「待て！」

グインは叫ぼうとした。だが声は出なかった。

「待て、俺を何処に連れてゆこうとするのだ。そんなわけにはゆかぬ。俺には、お前のところへいっているいとまなどはないのだ。俺はここでいま、まさにたくさんのしなくてはならぬことが――一刻を争うような……皆が、俺の命令を待って――ああ、引き寄せられる！」

空中が、まるで急流となってグインの巨体を押し流してでもゆくように、何もなかったはずの空気が流れとなり、奔流となってグインを運び出そうとしていた。それはグインをかるがると持ち上げ、そしてあらがうことも出来ぬ力で、鏡の中へと流し込もうとしていた。グインはまるで急流に翻弄される木の葉の一枚のように、おのれがきりきりまいをしながら、白く光る鏡のなかに吸い込まれてゆくのを感じて、叫んだ。だが、その叫び声は近習にも、衛兵にも届くことはなかった。

「待ってくれ。俺をどうするつもりだ。俺はそんな、鏡の中へなどゆくわけには――待て！」

グインの抗議の叫びもまた、鏡の中に吸い込まれた。グインは、我にもあらず絶叫をもらしながら、全身をぐるぐると上下左右にふりまわされるような苦痛に襲われながら白く輝くあやしい鏡のその中に吸い込まれていったのだった。

2

「ここ――は……」

どのくらい、おのれが気を失っていたのか、グインにはわからなかった。だが、ほんの一瞬にすぎなかったようにも思われたし、とてつもなく長い時間のようにもまた感じられた。

体じゅうが、あちこち巨大な力にふりまわされてばらばらにちぎられてでもしまったかのような不安な感じがあり、手を動かすのも恐ろしかったが、一方では、心配で動かしてみずにはおられなかった。そっと動かしてみると、べつだんどこもどうともなっていないようである。だが、なんだか、長時間強風と強い波にでも弄ばれていたかのようなひどくぐったりとした疲労感が全身をとらえていた。そのままともすれば重たく眠りたがる目をそっとこじあけてみると、薄暗いなかに、ぼんやりと白い光が浮かび上がり、もうちょっと目をこらしてみると、それがすなわち、猫目のカリュー、邪眼のカリューと名乗ったあやしい鏡の中の少年の白い貌であることがわかった。

少年は、灰色の生絹《すずし》の、えりもとがゆったりとたるんでいるトーガのようなものを着て、細腰に銀色のなかばすきとおった布でサッシュのように結んで長々と垂らしていた。その胸もとには、銀の鎖のさきに赤く光る貴石のようなものをつけた飾りが下がっており、それだけが身につけている装飾品だった。黒々と輝く濡れ羽色の髪は額の眉のすぐ上あたりできれいに切りそろえられ、その下に、前髪の下をくぐって、頭のまわりに銀色の細い紐がまきつけられている。それは頭の右側で縛って、それのさきがまた肩のあたりまでも長々と垂れ下がっていた。細い首がいたいたしいほどに細く、その上にのった頭もいたいたしいほどに小さくて、端麗な貌ではあったが、ひどく病的で、そして、美しかったけれどもどこか見るものの背筋をちょっと寒くさせるようなところがあった。どこがとはいえなかったが、この少年は、美しい赤い目の小蛇のような、邪《よこし》まで美しいぞっとするような生物を連想させるところがあり、その紅い唇がかっと開いたらそこから、先の二つに割れた小さな長い舌がチロチロとうごめきはせぬのか、などと思わせるところがあった。

ほっそりとした手足はトーガのさきからほんの少しあらわれているだけだった。少年はベッドのようなもの——ディヴァンであったかもしれぬ——の上に、へりのほうにちょこんと腰かけ、そして、その目はかたくとざされていた。少年は、つと手をのばすと、おのれのすぐかたわらにおいてあった銀色に光る細い長い布をとって、それでぐるりと自分の目のまわりに目かくしをし、頭のうしろでぎゅっと縛った。ひどく馴れた感じの手つきであった。

「貴方が本当に鏡の通路を通ってみずちの国にきてくれたなんていまだに信じられないよ」

カリューは口もとだけで微笑みながら云った。

「だから、思わずどうしても見たくなってしまうから、目を開かないように、こうしておくんだ。——ぼくが、明日の儀式までに目を開いてしまったら、きっと何か恐しいことがおこるんだから」

「お前……」

グインは一瞬、怒りのあまり息が詰まりそうな思いにとらわれた。だが、それから首をふった。この少年のせいであるのか、この少年があやしい魔術を使って、彼を鏡の中にひきずりこんだのかどうか、それはまだはっきりとは断言できない、と思い返したのだ。

「ここに俺を連れてきたのはお前か」

グインは、だが、それでも腹を立ててはいたので、彼としてはかなりけわしい語調でとがめた。少年は驚いたように首をふった。

「そんなことがぼくに出来るわけがないじゃないの。そんな大魔術はぼくの母上でさえ使えるものじゃない。そうじゃなく、これはただ、あわせ鏡の秘法によって自然におこったことなんだよ」

「俺はこのような場所で時間をつぶしているわけにはゆかんのだ。さまざまな任務が俺を待ち受けている。俺の部下たちも、俺のあるじも、俺が突然消滅したとあっては、驚愕し、動転して、また非常に当惑してしまうだろう。俺をもとの世界へ返せ。お前なら、出来るのだろう。カリュー」

「ぼくには何もできないし、これも本当にぼくがやったことではないってば。さっきからそういっているのに、信じてくれないんだね」

少年は首を傾けてちょっと寂しげな風情を作った。それでも相変わらず、朱唇のあいだから、真っ赤な細長い、先の二つに割れた舌がチロチロとうごめきそうな印象だけは残っていたが。

「ぼくにはそんなすごい力なんかあるわけはない。だけどぼくは本当にあなたに助けてほしかった。ずっと十六年間、そのことに——十六歳になると同時に生贄に捧げられるんだという運命に納得していたのに、どういうわけか、あなたと鏡を通して出会って、話をしていたわずかな時間のあいだに、ぼくは、もっと生きていたいと思うようになってしまった。というより、あなたがあらわれなければ大人しく生贄として引き裂かれ、生きながら喰われていただろうけれど、あなたがあらわれたということは、ぼくがまだ生きていてもいいという神様のお告げではないかと思うようになってしまった。ぼくはときたま、こっそり禁じられた鏡のなかをのぞいていたけれど、こんなことは起こったこともなかったもの」

「なんだか、とにかく、お前を信じるわけにはゆかぬし、お前のいうことも、お前そのものも、あまりにも妖しすぎるし——ここがいったい何処で、おのれに何がおこったのかも俺にはまだわからぬのだが……」

グインは唸るように云った。

「だが、とにかく、ふたつ確かなことがある。ひとつは、俺はどうあってももとの、俺のもといた世界に——中原の世界に戻らなくてはならぬ、それも、出来うるかぎりすみやかに戻らねばならぬ、ということだ。そのためならば俺はどのようなことでもせねばならぬ。そしてもうひとつは、たとえお前がどれほどあやしかろうと、どういう事情があろうと——よしんばお前がまことに悪人であったり、悪魔であったりしたとしても、ひとが、生きながら引き裂かれてむさぼり喰われる、などということは、あってよいことではない、ということだ。——それだけだな」

「それだけで充分だよ、豹頭のグイン、それだけで充分だ」

カリューはひどく興奮したようすで叫んで、手をさしのべた。そしてグインにふれようと——グインの手をつかもうとしたので、びくりとグインは身をひいた。まだ、その、あやしい白い少年にふれられるのを許すだけの心持にはなれなかったのだ。

「お前は、目が見えているのではないのか？　そのように目をとじて、目隠しをしていても」

うろんそうにグインはたずねた。驚いたようにカリューは目隠しをした顔でグインをふり仰いだ。

「勿論じゃないか。目をとじていても見えるよ、ぼくは？　だから、この十六年間、ずっと目をとじたままぼくは生活してこられたんだよ。そうでなかったら、目をとざしたままで、永遠に暗がりのなかに座っていなくてはならないだろう？　目をつぶっても、目かくしをしても、ぼくの目——ぼくの邪眼は、それをつらぬいて何でもごくあたりまえに見える。だからこそ、ぼくの母上はぼくの目を封じてしまったんだ。それ以上ぼくの目を封じるためにはぼくの目をくりぬくしかない、としょっちゅう母上はぼくを叱りつけるときにいった。ぼくは、でも、思っている。目がもしくりぬかれたとしても、ぼくは見えるのではないか？　だって、ぼくが見ているのは——目からではないんだから。ほら！」

ふいに——

グインはあっと叫んで飛び退きそうになった。

突然に、カリューの白いなめらかな額のまんなかに、かっとそれまでどこにもなかった第三の目が開き、グインを見つめたのだ。その瞳は、真青で瞳孔もなかった。

その目に見つめられたとたんに何かがおこった——まるで、そこから強烈な炎の熱線かなにかが飛び出してでもきたかのようだった。

「わかった」

グインは叫んだ。

「わかったからその目をとじろ。それこそがまさしくお前のいった邪眼というものに違いない。もうわかった。もういい、その目で俺を見るな」

「だから本当は、こんな目かくしなどいくらしたって無駄

なんだよ」

　妖しく笑ってカリューは云った。その額には、まるでいまのはすべてまぼろしだったかのように、すべては消え失せてしまい、なめらかな額には、そんな第三の目などがあったという痕跡さえも見あたらなかった。

「なんということだ」

　グインは低く唸った。

「ヤヌスよ。いったい俺はどこに連れてこられてしまったんだ。これはどういう世界なんだ。すべてが夢で、明日の朝になったら俺はおのれの寝床で目をさまし、なんて奇態な、なんて長い夢を見ていたのだろうと驚いておられるのだったらいいのだが」

「駄目だよ、グイン。ここは夢の回廊を通ってきた夢の国なわけじゃない。ここは、鏡の回廊を通ってやってきた謎めいたハイラエ、鏡の中の世界なんだから」

　カリューは云った。

「だけど、ぼくを助けてよ、グイン。ここにこうしてやってきたからには、ぼくを助けてくれないわけにはゆかない。ぼくを十六歳で引き裂かれて生きながら蛟神にむさぼり食われるような運命から助けてくれたら、ぼくは貴方を無事に鏡のむこうの世界に返してあげるよ。邪眼のぼくにだけは出来る――ぼくだけが、鏡と鏡をあわせて、それを見ることなく、つまりその呪いにひっかかることなく、正しいポイントをとらえてあなたを向こうの世界に返してあげることができるんだから。――だけどそのためにはぼくが明日からさきも生きていなくてはならない。ぼくを助けてよ、グイン。そのために力を貸してくれたら、ぼくはお礼にあなたをあなたの世界に返してあげるよ」

「あらかじめひとをこうしてこんな妖しいわけのわからぬ妖怪どもの世界に拉致しておいてから、お礼もないものだ」

　グインは唸った。

「だがこのままでは俺には何の選択肢もありようはずもない。俺には選ぶことなど出来ようはずもないではないか。俺は帰らなくてはならぬ。そしてお前は俺を帰すことが出来る、そういうのだな。だが、その証拠は何処にある」

「貴方がここにいるということそのものが証拠じゃないの。ぼくが、貴方をここに連れてきたわけじゃあないけれど、ぼくは、貴方がここにきたり、あちらに戻ったりする正しい時期をはかることは出来るんだってことが、まだわからない？」

「それは俺からみれば充分に、きさまが俺を拉致したということになるのだがな、小僧」

　ぶっすりとグインは云った。それから、分厚い肩をすくめた。

「だがもうそんなことは云ってはおられぬ。俺は明日の朝がくるまでにあちらの世界とやらに――俺本来の居場所に戻っていたい、いなくてはならぬのだ。お前を助けるにはどうしたらいい、俺は何も持っておらぬし、何の知識もない。それだのにお前は俺だったらお前を助けられるという。そのみずち神とやらを引き裂いてやっつけてしまうべく、そいつと戦って退治しろ、といいたいのか。だったら、それにふさわしい武器を手にいれ、そしてまた、どうやったらそやつのところにゆきつけるのか、そやつはどういうしろものなのか、それを教えてくれなくてはならんな。でなくては俺には何もわからぬ」

「それはもう」

カリューは声をはずませた。

「ぼくを助けるために蛟神を退治てほしいといってるわけじゃあないんだ。そんなことをしたらこのみずちの国ハイラエもまた滅びてしまう。この国を滅ぼしたいわけじゃない。ここはこんな国でも、ぼくが生まれて育ったところだからね。――どんなに妖しいところでも、どんなにふしぎなところでも。ぼくはここしか知らない。だけれど、もうひとつだけ、行けるところがある――もう一個所だけ、ぼくがその存在を知っていて、こんなこの世の常人ならぬぼくのような者でもそこならば生き延びられるだろうかと思うところがある。それは、ぼくのねえさまがいったところ――青い青い湖のほとりのアルティナ・ドウ・ラーエの村、そこならば、ぼくをかくまい、ひっそりとぼくの寿命がつきはてるまでかくまっておいてくれるかもしれない」

「アルティナ・ドウ・ラーエの村だと。それもまたやはり、きいたこともない」

「ぼくをそこに連れていってよ。行き方はぼくが知っている。そこにぼくが逃げ延びられれば、母上はぼくのことをあきらめ、あらたな生贄となる邪眼の子を生むために産卵期に入るだろう。だけど、時は迫っている。ぼくはもう、明日には蛟神の神殿でいけにえにされることが定まっているからね。だから、いますぐにここを出て、そして明日の日没までのあいだにハイラエを出、アルティナ・ドウ・ラーエに入れないと、ぼくは連れ戻されて――蛟神に捧げられてしまうだろう。そうしたら、貴方はもう二度と、鏡あわせの通路を通って元の世界に戻れない。そうしたら貴方は愛しいものにも、貴方を信じて待っている者にも、もう二度と会えることはないよ。豹頭のグイン――だって此処は『何処にもない国』なのだからね」

「まるで吟遊詩人のサーガに引きずり込まれたか、それとも黒魔道師に騙されているかどちらかに違いないという気がしてくるが」

グインは唸った。

「もうこうなったらやけだ。お前が、お前を連れてそのアルティナとやらいうところへまで連れて逃げろというのだったら、そうしてやろうではないか。というより、そうする以外俺にどうすることが出来るというのだ。俺は魔道師ではない。俺はここからどうやって脱出していいのか、こんな妙な夢からどのようにして醒めたらいいのかもわからぬ」

「大丈夫。深く黒蓮の粉を吸い込めば、眠りは必ず貴方を訪れるから」

まるではげますように、カリューは云った。そして妖しい微笑みをその朱唇に浮かべた。あたかも、その小さなやましい朱唇のあいだから、先の割れた真っ赤な炎のような長い舌がチロチロするさまが見えるかのように。

「さあ、とにかく、ぼくを連れてここを出て。そのかわり、決してあとをふりかえらないで。鏡の間が崩れ落ちてゆけば、ハイラエの女王はすぐにぼくが脱出したと悟ってしまうだろう。ただちに追手がかけられる。そのときには」

「戦う必要があればいつなりと俺は戦うが、俺の愛用の剣は俺の世界にあるようだな」

グインはいくぶん皮肉そうにいった。カリューがつと手をのばして、寝台のうしろのほうから何かをとりだした。それは、グインの見ている前で、みるみるひとふりの立派な剣のすがたになった。最初はどこからみても、小さな黒い奇妙なえたいのしれぬかたまりにしか見えなかったのだが。

「これを使って。これで切れば、ハイラエの兵士たちは二度と甦らないから」

「まやかしか」

グインはうろんそうに、それをおそるおそる受け取って見た。それはしかし、グインの手に、ひどく馴染み深い重たいはがねの感触と重みとを伝えてきた。それほどに、彼をこのさい、ほっとさせ、力づけてくれるものはなかった。彼は慎重にそれを振ってみた。それから、親指の腹でそっとその切れ味を試す。そのようすをカリューは面白そうに見守っていた——目隠しをしているのだから、見た目では、見守っているのかどうかなど、わかるはずもなかったのだが、明らかにかれは、グインのようすをちくいち見守っていたし、いうとおり、目隠しをしていようといまいと、かれにとって何もかも見えていることについてはまったく何の違いもないようだったのだ。

「まだことのなりゆきは気に入らないが——むしろ、すこぶる気に入らぬ、といったほうがよさそうだが……」

グインはいささか腹立たしげに云った。そして、その剣を、渡された鞘におさめて、腰の剣帯につるした。

「それでもだが、剣は剣だし——それに、とにかく俺は何があろうと戻らなくてはならぬ。仕方がない、俺にどうしたらいいのか、云ってみるがいい。そうしたらお前をアルティナとやらいうところへ連れていってやろう。どんな追手がかかろうとな」

「おお、頼もしい」

カリューは満面に花のような——いささか毒の花のおもむきはあったが——笑みをたたえた。そして、つとグインにすり寄った。手さぐりで、グインの手にその花のような繊手を重ねる。グインはびくりとして手を振り払おうとしたが、カリューの手は奇妙なしなやかな粘着力で、グインのたくましい手の上に重なってはなれなかった。

「どんな報酬でも、本当は貴方の望むままなんだけれど」

カリューは妖しく笑いながら妙に媚のしたたるような声で囁いた。

「でも、貴方はそれよりも、自分の国に戻ることが望みなんだね。だったらそれでいいよ。——とにかくまず、ぼくはここから出たい。この室はぼくがずっと閉じこめられていた牢獄の一室だ。まもなく、ぼくを夜の儀式に引き出すために、兵士たちがやってくる。そのときにだけ、一日に二回だけ、この牢獄の扉は開く。そしたら、ぼくを連れて、一気に兵士たちを切り伏せてここを出ておくれよ。そうして、ぼくのいうとおりにぼくを連れて走って——どこかで龍馬《りゆうば》を盗み出さなくてはいけないかもしれない。龍馬がいないと、きっとあの深い湖——というより沼といったほうがいい、蛟が池は越すことができないからね。だから、ここを出て、それからなんとかして女王の飼っている龍馬を一頭盗み出す。ぼくとあなたを同時に乗せてゆくことのできるくらい、頑丈な大きなやつを。それから、それに乗って——蛟が池を越えよう」

「何だかわからぬが」

というのが、グインのいらえだった。

「もうこうなればやけくそだし、乗りかかった船だ。どこまででもいってやる。そのかわりに、俺を鏡のむこうとやらへ戻すことが出来ぬとわかったあかつきにはそのほそ首に気を付けるといいぞ。俺はそのときには本気でぶち切れるだろうからな」

「あなたをずっとこの国に止めておいたりなど、しないよ」

また妖しく笑ってカリューが答えた。

「だって、貴方はこの国にはあまりにも重すぎるのだもの。だから、出来ることならぼくだって、ここに呼びつけてこんなことはしたくなかった。だけど、鏡のなかに貴方を見つけたとき、ぼくのなかに、生まれてはじめて『死にたくない』という欲が芽生えたんだ。それはいけないこと？」

「それは俺にはわからぬ。だがおそらく、ひととしてはそれはべつだん少しも不自然なことではないだろう。ひととしては、だがな。お前は俺にはどうあっても《ひと》には思われぬ」

「それはそうかもしれない。だってここは《ひと》の国ではないのだから」

　おとなしく、カリューが答えた。グインは目を細めた。

「ならば、ここは、何者の国なのだ。云ってみろ、猫目のカリュー」

「まだ、わからなかったの？」

　カリューの声は、かすかな嘲弄をはらんだ。

「じゃあ、ぼくが教えてあげるよ。——どんな教えかたがいいのかな。……まあいいや。ことばでまずは教えてあげるとするならば——ここは、蛟人の国だよ。蛟が池のある、蛟神をあがめる、蛟人の国ハイラエ」

「蛟人だと」

　グインは唸った。そして、首をふった。

「なんだかわからぬが——もういい。とにかく俺はもう、わからぬことや、わかろうとしても無駄なことについては考えるのをやめた。俺を連れてゆけ、カリュー、そして、俺になすべきことをしろと命じるがいい。そのとおりにすれば俺をもとの世界に返してくれるというから、俺はそのとおりにする。だが、もしも、そうでなかった場合には、覚悟するがいいぞ。——それに、もうひとつ、俺が、お前が実は決定的に悪党なのだと知った場合にもだ。そのときにも、俺はお前を許すことはないだろう。お前はすでに俺に対して、本来ならば俺が決してお前を許さぬようなことをしたのだからな。俺を本来の世界から無理矢理にもぎはなし、そして俺をこのような妖しいわけのわからぬ鏡の中の世界に連れてきた。——それだけでも、きさまは充分に俺からみたら悪党だ。俺は決してお前のそのちょっと美しい猫づらだの、あやしげな微笑だの、真紅の唇だの、細やかな柳腰だのに騙されぬからな」

「そういうということは、それにもう目をとめてくれているということだから、ぼくは嬉しいけれどもね」

　カリューは口答えをした。そして、またにっと口元だけで笑った。

「ともかく、一緒にきてくれて、そしてぼくのために戦ってくれるときいて嬉しいよ。ぼくはこれから何があってもアルティナ・ドウ・ラーエにたどりつきたいんだ。そして、そこで、本当の生を生きてみたい。十六年前に引き裂かれてしまった姉のサリューがもしかしたら生き延びていて、ぼくを待っているかもしれないそのアルティナ・ドウ・ラーエの村でなら、ぼくのような呪われた邪眼の存在だって生きてゆけるかもしれないんだから。——そこでも駄目だったら、おとなしくもう、生贄になるためにハイラエに戻るしかないけれどもね」

「何だかわからぬが」

　グインはまた唸った。そして腰の剣の柄を握り締めた。それだけが、彼に正気と、そして何がおころうと己は大丈夫だ、という頼もしい自信とを抱かせてくれるかのようだった。いや、事実、そうだったのだが。

「こうなればもう、何でもおこるがいい。俺はもう驚かぬ。俺はもっとずっとたくさんの不思議なことを経て、たくさんのあやしい世界を超えてきたのだ。いまさらこの世界があやしいところだったり、おどろくべきところだなどといって仰天もせぬ。俺にとっては、生まれながらに世界とはわけのわからぬ、なんで俺がこのようであるのかさえまったく説明のつかぬところだったのだからな。何もかも理解したいなどと俺はもはや思わなくなった。ただ、俺は、少しでもおのれが正しいと信じることをしたいだけだ」

*

かくて——

グインは、カリューがそうしろとすすめたとおりに、寝台のかげに隠れて、じっと夜がふけるのを待つことになった。

といったところで——夜がふける、といったところで、この世界にいったいどのような夜と朝と、そして時の流れがあるのか、それさえもグインにはわからなかった。もうひとつどうしてもグインにわからぬのは、この世界、というのがいったい、どこまでがあやかしの、妖魔の世界で、どこまでが、というよりどのくらいがグインのもといたのと同じような《本当の》物理的法則によって支配される世界なのだろう、ということだった。カリューがずっと過ごしているのだという牢獄のなかは、牢獄といっても石造りの重たい壁に囲まれているわけでもなく、それどころか、見渡す限りでは、どこかに壁があるようにさえ思われなかった。だが、それでいて、グインがそっと手をのばしてみると、寝台のすぐかたわらのところに、はっきりと彼を押し返す固い壁が存在しているのが感じられる。だが、それは、彼の目では見ることが出来なかった。

カリューにはそれが見えているらしかった。というよりも、彼は、なんでも見えているようだった。その意味では、壁があろうとなかろうと、かれには何の違いもなかったのだ。かれは、目かくしをしたまま静かに寝台の端にちんまりと座っていたが、その顔はじっと、おのれの右側のほうに向けられていた。そのおもてには、一抹の緊張感のようなものがひそんでいた。

「もうじきだよ、グイン」

かれはささやくように云った。

「いま、兵士たちが蛟が池のほとりの蛟王の宮殿を出た。つまり、蛟の女王ウリュカの宮殿だ。そしてかれらは水底の道を通ってここまでやってくる。——かれらがいま、角を曲がる。——そして、かれらはまもなくここにたどりつく。そうしたら、貴方はその剣をぬいて、ぼくがいいというまで、飛びかかる用意をしたままじっと待っていてほしいんだ」

「仰せのままに」

グインは皮肉そうにつぶやいた。だが、カリューがいったい何を、どうやって見ているのだろう、という疑問が消えたわけではなかった。

グインの目からは、この室は、なんだか、少し先で四方がすべて暗闇にとざされて終わっているだけの、奇妙な、室だかなんだかよくわからぬところに思われたのだが、カリューにとってはそうではないようだった。そしてまた、カリューが座っている寝台そのものも、グインにはずいぶんと奇妙に思われた――もっとも奇妙だったのは、寝台の頭板のあるはずのところに頭板がなく、それゆえかれは最初にそれをディヴァンかと思ったのだが、そのかわりにその頭板のところに、何かゆらゆらとゆらめいているような奇妙な気配が感じられることだった。それがかなり気持が悪かったので、グインはあまりそちら側に近づかないように気を付けていた。もっともそれをいうと、カリューそのものもかなりぶきみな存在ではあったのだが。

そして、また、いったいどこから、その室やカリューそのものを仄かに照らし出しているあかりがきているのか、ということも謎だった――カリューは白っぽい服を着ていたし、顔や手の皮膚はきわだって白く、まるで白臘のようであったが、それでも、どこかからあかりがもれているか、あかりがあるかしなくては、まったくの暗闇のなかでこんなにもはっきりと見えるものではなかったはずだった。だが、それだったら、どこかにあかりがなくてはならぬし、また、そのあかりがあるのだったら、壁のところがどうなっているかも見えるはずなのだ。

だが、実際には、カリューが座っている寝台は、まるで、『カリューがそこに座っている』からこそ、そうやって浮かび上がっているように――つまりは、カリュー自身がまるであたりを明るく照らし出してでもいるかのように、カリューのまわりだけがはっきりとして見え、そしてカリューから遠い頭板のあたりはそうやってなにやら妙におぼろげにかすんでいた。そしてまた、カリューから遠い、室のはずれのほうはまったくただの暗闇のなかに沈んでいて、まるでここから何十タッドもあるみたいだった。それを、手さぐりでこの室の広さや本当の輪郭をさぐってみようか、というような気持には、どうもグインはならなかった。

どこからどこまで、まやかしの、妖しい気配が感じられてならなかった。本来なら、このようなものはもっともグインが好まぬところであったし、それにグインの首のうしろの短い毛はずっと逆立ちっぱなしであった――あたかも、ひどくよこしまで、ひどく危険で、ひどくぶきみなものの近く――というよりも真っ只中にいる、と彼自身の本能が彼にそう警告し続けているかのように。いや、まさにそうであるに違いない、とグインはひそかに思っていた。

あやしい邪眼の少年カリューはもうそのまま喋らなかった。ただ、奇妙な微笑を口辺に漂わせたまま、じっと奇怪な寝台の端に座って待っていた。明らかにかれは何かを待ち続けていた。だから、グインもまた、ただひたすら忍耐して待ち続ける以外、どうすることも出来なかった。

おのれのいまの状態をありたけの五感を動員してさぐってみようにも、なんだか、目も鼻も口も耳もまったくその対象となるべきものを見出さないかのようだった。これほどに深い、これほどに重たい闇を知ったのははじめてのような気が、グインはしていた。そして、このままずっと、ものの一ザンもここにこうしていろと命じられたら己は気が狂ってしまうのではないか、というようなあやしい気持がしてならなかった。

そのときであった。

あたかも永劫になるかとさえ思われた沈黙と静寂とを破って、するどくカリューが云ったのだ。

「来た！」

と。

3

何もかもが、グインにとっては、なんだか、いつか見た遠い夜の深い夢のようにしか思われなかった。どこまでが夢で、どこからがうつつであったのか、それさえももうグインにはわからなかった。おのれが、ずっとまだおのれの宮殿の寝室にいて、夢魔どもに翻弄されているのか、というような気持もしたし、また、そうではなく、本当にこのあやしい少年に導かれて、何処とも知れぬ国の、いつとも知れぬ時代にまぎれこんでしまっているのだろうか、というあやしい心持もどうしても去らなかった。だが、ともかくも、グインは剣を握り締めてカリューのいうとおり寝台のかたわらに身をひそめ、じっとその兵士達というのが入ってくるまで待った。

どこに扉があり、どうやってそれが開いたのかもわからなかったが、しかし、カリューが「来た、グイン、来たよ！　さあ、戦って、ぼくのために！」と叫ぶのだけが聞こえた。彼はほとんど戦士の本能に導かれるままに剣を引き抜いたが、しかしもしも彼がおのれの理性を信じていすぎたとしたら、とうていこのような不可解な《たたかい》には彼の正気は耐えられなかったに違いない。

「来たよ、グイン、気を付けて、やつらが入ってくる！」

カリューが叫ぶとおり、なにものか——それも明らかに殺気をおびた、かなりたくさんの人数がこの《室》に駆け込んでくる、音もきこえたし、気配もまざまざと感じられたが、しかし、それでいて、そのさまを《見る》ことはまったく出来ぬのだった。まるでカリュー同様銀の分厚い布で目隠しをでもされてしまったかのように、グインの目は、まったくその、室に乱入してきた兵士たちを見ることができなかったのだ。

だが、それでいて、カリューの白っぽいすがたははっきりとまざまざと見ることが出来るのだから、グインが視覚に異変をきたしたのではないことは明らかであった。それではその兵士たちがまぼろしであったのか――いや、だが、グインが剣をふりあげ、カリューのいうままに右に、あるいは左に、剣をふりはらい、なぎはらうと、悲鳴や叫び声、断末魔の声が起こって、そしてグインの剣は確実に、何かひとの肉を切り裂き、切り払うはっきりとした手ごたえを感じるのだった。血のしぶく音や、骨の断ち折られる音、そしてどさりと床の上に倒れてゆく音までもはっきりと聞こえるし、一度ならず、グインの剣だけではなくてその手や腕、足にも、その目にうつらぬ兵士たちがぶつかってくるのが感じられたのだった。それはあきらかに、まぼろしでもなんでもない、血肉をそなえた人間の肉体であった。

それはグインがこれまでに経てきた無数のたたかいのそのなかでさえ、きわだって異常な、異様なたたかいのそのさまであったかもしれぬ。グインは奇妙なふるえとおののきとを感じながら剣をカリューに指図されるとおり敏速に左右にふるいつづけていた。右、と叫ばれれば右に切り下ろし、左、と云われたときには左に払った。そのたびに確実に悲鳴やどさりという物音、ごきりと何かが折れたり切れたりする音が聞こえてくる。だが、すがたは見えることはない。

もしかして、万一にも、そのすがたを見てしまったら、恐しいことが起こってしまうのではないか――もしかしてこのすべてはまったくカリューによる恐しいたばかりであるにほかならず、目がこの魔法からとかれて見たときには、床の上に彼のよく知っている、彼の盟友や大切な友たちが彼の剣にかかって倒れ伏していたらどうしたらいいのだろう――そんなおそれに突き動かされながら、しかしそれでも手をとどめることもできずにグインは戦い続けた。現実に、グインが戦うのをやめてしまえば、どうなるか、ということは、何回か彼のからだをかすった刃が、彼の腕に流させた血や、また突然かたわらのベッドの上に食い込んだらしい剣が作った、ベッドの上の敷き布に出来た深い傷でも明らかであった。兵士たちは、《目に見えない》という以外にはまったく普通の人間にことならず、そのからだはグインの剣で切り裂くことが出来、そしてその兵士たちの剣は充分にグインの血を流させることが出来たのだ。一種奇妙な恐慌状態にとらわれながら、それでもグインがどうしても戦い続けないわけにはゆかなかったのは、それゆえであった。

いったい、どのくらい、カリューの命じるがままに前後左右に剣をふりおろし、また気配と音で感じるままに剣を掲げよけたり、ふりおろされる剣を受け止めるために剣をかざしたりしていたのか、グインにはわからなかった。カリューの指示がおそろしく適切であったのも確かだったが、それをきいた瞬間に反応する彼自身の素晴しい反射神経もまた、それなしでは、とうていこんな奇怪きわまりない戦いを切り抜けることは不可能だっただろう。

やがて、またさいごにどさり、という、肉体が床の上に倒れる音がした。そして、

「もう大丈夫、グイン、全員やっつけてしまったよ！」

というカリューの声がしたとき、グインは、激しい疲労感と脱力感にあわやそのままそこにくずおれてしまうところだった。この程度の戦いで疲労するようなグインの体力ではなかったはずなのだが、この、目にみえぬ兵士たちを相手の戦いはことのほかグインを疲弊させたようであった。

「すごい」

カリューはいつのまにかグインの真後ろにいて、そして感嘆の叫び声をあげた。

「貴方にはこの兵士たちが見えないんだね。残念だな。床の上が死体の山だ。どれも、これも、あっと驚くしかない素晴しい切れ味で切り伏せられている。首がとび、胴体がちぎれかけ、腕がとんで血が川のように流れている。——どうして、見えないのか、わかる？」

「……」

グインは肩で息をしながら、何も答えなかった。

「それはね。この兵士たちが《ヨミの門》の向こうからやってきた、闇の人間たちだからなんだよ！　女王ウリュカはいつも、そうやって、目にみえぬ兵士たちを動かし、ハイラエの国をおさめている。この国を牛耳っているのは、ウリュカの本当の廷臣たちではない。それは、ウリュカが彼女自身のためにだけ、蛟神に頼んでいつなりと呼び出せるようにしてもらった、ヨミの国の魔道の産物たちなんだ」

「この兵士たちは……まことの人間ではない、ということか？」

ようやく多少息をととのえて、グインは聞いた。カリューは軽い笑い声をたてた。

「まことの、っていうのがどういう意味かわからないけれど。でもとにかくどんな意味にせよ、ここにはまことの人間などいやしないってことだけは、もう一度云っておかなくちゃあいけない。それでも、とにかくかれらは皆殺しにされ、牢獄の門は開いた。いますぐにここを出よう、グイン。でないとまた、牢獄の門が閉ざされ——さしむけた兵

士たちが戻ってこないことに疑惑を感じた女王ウリュカが、すぐにも追手を――いまの何倍もの人数のヨミの兵士たちをさしむけてくるだろう」

「俺にはどうもまだよくわからないのだが」

カリューにうながされるままに、やむなく歩き出しながらグインはぶつぶつ云った。

「なぜ、きゃつらは目に見えぬのだ。何もかもわからぬことばかりだ。――ヨミの兵士どもだと。目に見えぬ兵士たちを動かしてこの国を治めている女王！　それはいったいどのようなものだ？　そもそもこの国そのものが――まぼろしならばまぼろし、夢ならば夢とそれなりの得心のしようもあろうものを、これはまるで、夢ともうつつとも――それともまた……」

「ものごとにはすべて、そうであるそれぞれの理由やよってきたるところがあるものなのだよ、豹頭のグイン」

まるで、かれのほうがグインよりも、何百年も年長ででもあるかのような大人びた口振りで、カリューはさとすように云った。

「そして、わからぬときには無理にわかろうとせぬほうがいいということもあったりするのだから、すべてはこのままにしておいたほうがいい。そのほうがいいんだよ、グイン」

「そのあたりにきっと何かきさまのまやかしがひそんでいるに違いないと俺の理性は告げている」

グインは答えた。

「だが、いまそれを追及しているいとまはないから、いまは勘弁してやろう。だがひとつだけ聞いておきたい。俺がいま切り伏せたあの目に見えぬ兵士どもは、いまたまたま何かのあやかしで目に見えぬようにされているのか。それとも、その本来の居場所ではちゃんとひとのすがたかたちをした人間であるのか。それとも、あれはそのように俺が感じるよう、たくらまれた魔物どもにすぎぬのか」

「かれらはごくふつうの――ごくふつうのヨミの人間たちだよ、グイン。すがたかたちそのものは、この世のうつつの人間となんらかわりはない。その力もまた」

カリューは大人しく答えた。

「だが、かれらの血肉はこの世のものではない物質から出来ている。それはヨミの国のうつつの物質で出来ているので、それでこの鏡の国、はざまの世界では見えないのだよ。ぼくがあなたにあげた剣、あの剣は、そのはざまの世界の物質で作られているけれど、魔道のまじないによって、まことのうつつ、つまりあなたのいる世界の物質や血肉をも、またヨミの国のものや血肉をも切ることが出来るようになったはざまの剣なのだ。もっとも、それを作ったのははざまの刀鍛冶だから、はざまの世界の物質や人間は斬ることがかなわないだろうね。というか、そもそもはざまの世界のものというのは、本当の意味で生きているのかどうか、自分たちでもよくわからないのだよ。だから、切られて死ぬものなのかどうかもわからない。だからこそ、女王ウリユカはヨミの国から兵士たちを呼び出して手下として使っているのだから」

「なんだと。はざまの世界だと。それでは俺がいまいるのはそのはざまの世界とやらだというのか。それとも」

グインが言いかけたときだった。

ふいに、巨大な手が、目にみえぬ力でかれらのいる世界をそのままゆさぶった、というような激烈なショックがかれらをおそった。といってもカリューも同じ力にゆさぶられているのかどうかはわからなかったが。

「地震か？」

グインは叫んだ。ふいに目のまえからすべてのあかりがかき消えた。グインは、いまや、カリューと同じように目隠しをしたにひとしい状態となっていた。もう、目の前のカリューをさえも見ることはできぬ。

「違うよ」

カリューのいくぶん切迫した声が、暗闇の中から聞こえてきた。

「大変だ。女王ウリュカがもう気が付いて追手をかけようとしているんだ。ぼくの母上はもっと長いこと眠っているだろうとぼくはあてにしていたのに、きっとあなたのエネルギーが母上を目覚めさせて、ぼくが逃亡しようとしていることに気付かせてしまったんだ。大変、ここで母上に追いつかれたらいかに貴方といえどもどうすることもできない。走って、グイン、走るんだ。走ってこの暗がりをぬけるんだ。この闇そのものがウリュカの支配する世界、ウリユカの闇の宮殿そのものなんだよ！」

「なんだかわからんが」

グインは叫んだ。

「もう、何がなんでもかまわん。とにかくここから出なくてはならん。これがどんなに深い夢でも俺はそれから醒めて元の世界に戻ってやる。俺を先導しろ、小僧。俺はまるで目をえぐりぬかれてしまったように何ひとつ見えぬ」

「まっすぐ走るんだ、グイン。この世界は、もともとが鏡の裏側の世界なんだから、抜け出るためにもとにかくまっすぐに走るしかない。決して曲がってはいけない、それに、何が見えなくても、左右を見ては駄目だよ。そのまま、どんどんまっすぐゆくんだ、大丈夫、足元に大地がなくなったように感じられてもそのまま踏み出せばそこに必ず次の一歩分だけは大地があるから」

「ますます、謎々のようなことばかりほざきおる」

グインは唸った。だが、そうするうちにも、大地の鳴動が激しくなるばかりだと気付いて、とにかく走り出した。

文字どおり鼻をつままれてもわからぬような闇のなかで、

まっすぐに足を踏み出してゆく、というのはひどく勇気のいることであった。その上、足元に大地がなくなったように感じられても――とカリューがいったとおり、しだいにグインには、自分のからだだけがこの何ひとつない闇のなかに、中空に浮かんでつるされてでもいるように感じられていて、その足を次々に繰り出してゆくというのは、たいへんな決断を必要とした。だが、グインは歯を食いしばって足を前にすすめた。走っている、というのには到底及ばないのろのろとした動きであったかもしれないが、それでも、ちょっとでも勇気を欠いた、あるいは決断力のない人間であったとしたらおそらく一歩も進めなかったことだろう。グインは懸命におのれを鼓舞して前へ、前へと泳ぐように進みつづけた。そのかれを動かしていたのは、これがたとえどのように深い夢魔の悪夢だとしても、必ずここから脱出しておのれの本来いるべき世界へ戻ってやるぞ、という、激しい執念、ただそれだけであった。

「もうちょっとだよ、グイン、もうちょっとで、闇宮殿を抜けるから」

カリューはいったいどこをどのようにしてついてきているのか、それとも先導しているのか、もうまったくあかりらしいものがなかったので、見ることはできなかったが、それでも、カリューがかたわらにいて、一緒に前にむかって進んでいる、という気配だけは、グインも感じることが出来た。それがなかったら、本当に、かれはもう力つきてそこに崩れ落ちてしまったかもしれない。闇のなかを何ひとつ道しるべも手さぐりにふれていい壁もなしに歩き続けるのは、おそろしく消耗する、おそろしく勇気と気力を必要とすることであった。

いったいどのくらいそうしていたのか、突然に、

「抜けた！」

とカリューが叫ぶのを、かれは耳にした。その刹那であった。ふいにかれの目に視力が戻ってきた。いきなりまばゆいあかりが目のなかに飛び込んできた――じっさいには、それは、薄暮ていどのあかりでしかなかったのだが、ずっと本当の漆黒の闇にとざされていた目には、ありえないほどにまばゆい、目もくらむような明るさに見えたのだった。思わずかれは目をとじ、何回もしばたたいて、それからようやく目をひらいた。目が少しづつあかりに馴れてくると、かれは見えるということの深甚な喜びを味わった――何もかもを、はっきりとその目で確かめることが出来るというのが、これほどに素晴しいことであったとは、という驚きに彼はとらわれた。

「ここは……」

「蛟が池のほとり！」

カリューはそこに立っていた。ふわりと、その白灰色の生絹のトーガの上から、黒い重たいびろうどの、フードつ

きのマントを着ていたので、いっそう暗闇のなかでは見えなかったのだ、ということにグインは気付いた。そのフードをはねのけ、カリューはまた、そのちいさな、端正な、だが邪悪なものをはらんだ顔をあらわにしていた。その目には、こんどは、ちょうど眼鏡のようなかたちに切り抜かれた黒い目隠しが細い紐ではりつけられていた。

カリューは片手をあげて、あたりを見ろというかのようにに指し示した。グインは驚愕にとらわれながらその見たこともない風景を見回した。それは、想像したこともないほど寂しい風景だった——日暮れかと思わせる、薄暗い、なんともいえぬほど寂しい灰色の空の下に、濃みどりと灰色の織りなすさまざまな色合いを描いて、巨大な、そのはても知れぬほど大きな沼がひろがっていた。湖水、といってもよかったのかもしれないが、うっそうと水の上にまで繁っている藻らしいものと、そして青みどろに染め上げられたような濁った水の色をみると、沼、というほうがふさわしく思われた。対岸は見えなかった——そのかわりに、沼のなかほどに、たくさんの木々がまとまって茂っているところが一個所あって、どうやらそこは小さな中の島のようなものであるらしかった。

生きとし生けるもののすがたひとつ、ここにはなかった。家々のあかりもなく、空をかける鳥のすがたも、鳴く虫も、またぽちゃんと水をはねかえす魚の影もないようだった。

それはまるで死の国を思わせる風景だった。とてつもなく寂しく、時そのものさえもが止まってしまったように、墨絵のように淡い色合いで、沼の彼方にぼんやりとたそがれの空と雲とがひろがり、左右の遠くにはそれまた墨絵のような低い山々がひろがっていた。そこまで目を向けてみても、どこにも家ひとつ、ひとのすがたひとつなく、この世界はカリューとグインのほかには何ひとつ生あるものは存在していないのか、と疑われるほどに、すがたがないばかりでなく生命の気配も息吹もまたなかった。

植物だけは豊富に繁茂していたが、それもなんとなくどんよりとして、あやしげな植物だった。そのまま、そのさきを触手のようにのばして襲い掛かってきはしないかと疑われる巨大なツタがたくさん、からみあって木々にまとわりつき、ツタどうしがもつれあって巨大な木を構成している。風もなく、波もなく、みどろが沼はどんよりとよどんでこの永遠の黄昏の底に静まりかえっている。それは、なんだか、すべての希望を放棄したくなるかのような眺めであった。

「これが、蛟が池なのか」

グインは低く云った。だが、低い声であったはずなのに、何ひとつ音というもののしないその中では、妙におのれの声が巨大にいんいんとひびきわたった気がして首をすくめた。

「ここにその蛟神とやらが住まっているというのか。そしてお前はここにささげられるはずだったというのか」

「ぼくだけじゃない。この池と蛟神は何もかもを、ただひたすら飲み込み、飲み込んでしまう」

カリューが、ひそやかな声で答えた。カリューもまた、この圧倒的に陰鬱な光景に気圧されてでもいるかのようだった。

「うしろを振り返ってはいけないよ、グイン。ウリュカの闇宮殿が見えることは見えるけれど、それを振りかえると、闇宮殿にひきずりよせられ、またそこから出られなくなってしまう。どこをどう見回してもいいけれど、うしろだけは振り返らないようにね。——そして、いま、ぼくが」

カリューはつと、沼べりに歩み寄って、どこからかごく小さな笛のようなものを取り出してそれを吹いた。音がした、ともみえなかったが、ふいに、沼のなかに、青みどろの泡がぼちぼちと立ち始め、それがしだいに大きな泡になっていった。グインはなんともいいようのない不思議な心持でそれを見つめていた。

「見て、龍馬が呼び寄せられてきた」

カリューは云った。沼のなかから、ぽかりと、青みどろの重たいよどみの永劫をわけて、あやしい生物がすがたをあらわした。

それは、この奇怪な世界にひきずりこまれてから、はじめてグインが目にしたカリュー以外の生命であった。闇の目にみえぬヨミの兵士たちは、それを切り伏せてさえ、『見えた』とは云えなかったのだから。それは、なんともいえぬ奇怪なしろものであった。

それはおそろしく巨大な河馬のようなものだったが、首から上には、精悍そうな龍頭がついていた。もっとも本当に龍の頭だったというのではなく、それにもっとも似てみえたというのにすぎないかもしれぬ。細い首の先に長い馬面の顔がついており、その頭にはだが、するどい長い角が生えていたのだ。そして、首が細いくせに首から下の胴体は驚くほど平たく大きく、そしてそれはびっしりとなんと苔むし、藻がからみついていた。本来の色が何色かもわからぬくらい、それは全身に藻を生やしていたのだ。

「さあ、乗るんだよ、グイン。女王の龍馬を手なづけて呼びだしてしまった。これだけでもまたぼくはウリュカの怒りをかうんだろう。さあ、乗って、大丈夫、濡れるのが心配ならこれをこうして」

カリューはおのれのまとっていた黒びろうどのマントをぬぐと、それをぽいと放った。そのマントはそれ自体生命あるもののようにひらひらと、巨大な黒いエイのように飛んで、その不気味な、河馬の胴体に龍の頭がついているような怪物の幅広い背中に落ち、まとわりついた。それが落ちた瞬間、その怪物は龍の頭を上にむけて奇妙な吠え声のようなものを発したが、そのとたんに、カリューはその上に身軽に飛び乗って、その長細い首につかまった。

「さあ、乗って、グイン。大丈夫、この龍馬はとても大きいやつだから、二人で乗っても沈みやしないよ。それに、大丈夫、この蛟が池の水は汚いけれど、ふれただけで生き物を溶かしてしまう、ヨミが池のようなことはない。さあ、乗って、急いで。ほら、うしろからウリュカの軍勢が追いかけてくるから――ああ、うしろを振り返っては駄目だよ、グイン。気配だけで感じて」

云われるまでもなかった。うしろのほうから、最前から、グインは、何か黒い雲のようにわきたつ気配のようなものが、大量に追い立てるかのようにこちらに向かってくるのを感じて、落ち着かぬ様子になっていたのだ。もう、他にどうするすべもなかった。ままよとグインは沼のふちに近づいた――カリューが手をさしのべるのを見向きもせずに、思い切って彼は足をあげ、その怪物の平たい背中に乗り移った。

「強情だね。ぼくにさわられるのがそんなにイヤなの？でも、龍馬の背にいるときには、こうしてつかまりあっていないわけにはゆかないよ。あきらめたほうがいい」

笑いを含んでカリューが云った。グインが乗り移った瞬間にこんどはさっきよりももっと大きく、龍馬が吠えたので、グインはあわてて手をのばし、カリューのしているように龍馬のぶきみな首につかまった。そのとき、彼は、その細長い首に、うろこがびっしりと生えていることに気付いた。

龍馬は、背中に巨大なグインと、それにカリューとに乗られて、何かが背中にいると気が付いたのかつかないのか、まるで背中の上のものを振り払いたいかのように身をかすかにふるわせた。それへ、カリューが叫んだ。

「さあ、早く、動き出すんだ。こののろま、早く蛟が池の対岸までぼくたちを連れてゆけ。でないと追いつかれてしまう。さあ、早くしろ」

龍馬はぶるぶるっと身をふるわせたきり、小さな浮き島のように沼の青緑の水の上に浮いている。本来ならグインほどの重みが背中にかかったのだから、もっと水中に沈んでよさそうなところだが、ふんばって水面に浮かんでいるらしい。

「グイン、さっきの剣のさきでこの馬鹿をちょっと刺してやって。そしたら驚いて動き出すから」

カリューが云った。

「そんな可哀想なことはできん……」

グインが抗議を申し立てかけたとき、ふいにうしろのほうから、黒いもやのようなものがどっとこちらに立ち上って襲い掛かってくるような気配があった。そちらをふりむくことは禁じられていたから、ただ気配で感じるしかなかったのだ。それでも感じられるほどに、はっきりとした追手の襲来を感じさせる気配だった。

グインは剣をぬいて、なるべくそっと龍馬の、おそらくは尻のあたりを突いた。

とたんに、龍馬が動き出した。

4

「ウワッ」

ひっくり返りそうになって、グインは叫び声をあげ、必死に龍馬の首につかまった。動き出したとたんに、奇妙な、龍の首の生えた浮き島のようなこの生物のからだががくんと沼の水のなかに沈みかけたのだ。グインの足に、沼の青緑のぶきみな水がひたひたとふれた。

「大丈夫、大丈夫だからグイン、落ち着いてつかまっていて。立っていると危ないから、座ったほうがいいよ。ちょっと水に濡れて、気持が悪いかもしれないけれど」

カリューが教えた。グインは唸りながら、龍馬の背に腰をおろした。龍馬はかなりの速度で、ぐいぐいと泳ぎはじめていた。まるで、それは巨大な太古の水竜の背に乗っているような感じであった――あるいは、動き出した小さな浮き島の上で右往左往している、といったらよかったのかもしれない。龍馬の背中は、その気になればグインでさえ寝ころんでのびのび出来るくらい平たく広く、そしてまんなかがちょっと盛り上がっているほかは、たてがみだの、そういうものは何もなかった。ただ、その背中もすべて藻におおわれていたから、いっそう浮き島めいていた。いまはその背中は、少なくともグインたちの乗っている部分はとりあえず、カリューの黒びろうどのマントに覆われていたのだが。

龍馬の動きは、泳ぐ、というよりも、水中をすべってゆく船に似ていた。それは速度があがるにつれてひどく左右に揺れたが、決して水中には沈まなかった。それでも、かなりはずみで深いところまで沈むときがあって、そういうときには座って龍馬の首につかまっているグインの膝のあたりまでも沼の青緑色の水が押し寄せてきたが、グインは歯を食いしばって、じっとその気持の悪い感触に耐えた。

「見てごらん、グイン」

カリューはかるく龍馬の首に手をそえたまま、立ったままでいたが、ふいに云った。

「いまならば平気だよ。騙そうとしているわけじゃないから、はざまの世界の蛟の女王ウリュカの闇宮殿をひと目見てごらん。いまならば、ぼくが結界を張っているから振り返っても平気、闇の兵士たちが沼に入れないので、沼のほとりで途方にくれているさまも、女王ウリュカのすがたも見られるよ」

「……」

グインはちょっと考えたが、好奇心に負けて、かるく肩ごしにふりむいた。

グインの目にうつったのは、ぶきみなものだった。何にせよそれはグインがそのカリューのことばをきいて、見るであろうと予想していたような、そういうごくあたりまえな宮殿や女王や兵士たちのすがたではなかった。これまでの怪異のいきさつを考えれば、それが当たり前だったかもしれないが、グインは瞬間思わず息をのんだ。

グインの目に入った《ウリュカの闇宮殿》とは、何かかたちのあるものではなく、ただ、もやもやと黒い闇が、巨大な宮殿のかたちに漠然と切り取られてそこにわだかまっている、そういうものにしかすぎなかった。奇怪だったのは、それがただのシルエットではなく、あきらかに重みや厚みをそなえた、うつつの存在として目に入ることだった。しかもそれは影絵のように闇ばかりで作られていた。どこにも、出入り口も窓もない、全て真っ黒な宮殿のかたちの暗闇が、そこにあった。

そして、その沼のほとりで途方にくれている闇の兵士たち、というのもまた、同じくだった。そこにあったのはもやもやとした黒い巨大なかたまりのようなもので、そちらのほうは一人一人の人間にわかれてもおらず、ただこれまたばくぜんとした真っ黒なかたまりにしかすぎなかったが、なんとなく、そこからたくさんの手や、その手につかまれた剣のようにも見えなくもない黒い細長いものがたくさん生え出ていて、それがゆらゆらと揺れているように見えた。それはなかなかにぶきみな眺めだった。

「……」

もう、カリューにそれらの怪異について何か問いただしてみても無駄なことはグインにはわかっていたので、グインはただ、黙ってそのぶきみなようすを見つめていた。だが、ふいにはっとかれは息を呑んだ。

「これは……」

その、巨大な宮殿と、巨大な《兵士達》であるところの闇のかたまりとのあいだに、何か、やはり巨大な――だが、なかばすけたように向こう側がその闇を通してのぞけるひとがたをした暗闇が立ち上がっていた。

だが、その暗闇は、《闇宮殿》だとカリューのいう宮殿のかたちの暗闇とも、兵士たちだというもやもやとしたかたまりとも明確に違っていた。それは、はっきりと、顔があり、からだがあり――おそろしく巨大な、全長はそれこそ十タールもありそうな、巨人のような女のすがたであった。

頭のうしろから、たかだかと襟がひろがり、そしてその襟の端から長いマントのすそが左右にひろがっていて、もしそれが半透明になっているのでなかったら、そのすがたが立ちはだかっているので闇宮殿はまったく見えなかっただろう。だが、それは、黒というよりは、灰色に近い、淡い墨絵で描かれた影のようで、そして顔はわからないのにその顔のあるあたりに、はっきりと二つ、紅く光っているものがあった――あきらかにそれはその女の双眸であり、そしてまた、それは明らかに、ものすごく腹を立てていた。腹を立てていることが、その目の強烈な光からはっきりと感じ取れたのだ。その目と目のちょうどまんなかのちょっと上あたりに、青銀色に光っている縦長の、宝石のようにも見えるものがあった。顔はカマキリのように三角形にあごがとがっていて、そして、顔そのものも三角形をさかさまにしたように見えた。顔というよりは、なんとなく、盾か、それとも人形の首がそこにくっついているみたいで、妙に非人間的なシルエットだった。下にマントが長々とひろがっている、ということを割り引いても、その頭はあまりにも、人間のからだのバランスからいったら小さすぎたのだ。それはカリューの頭の小ささよりもさらに極端であった。

「あれが……」

思わずグインはつぶやいた。

「あれが、女王か……」

「そう、あれが女王ウリュカ、ぼくの母上」

カリューをみると、かれは妖しい笑みを浮かべていた。

「といって、ぼくを産み落としたといってもぼくを愛し子として欲しかったからというわけじゃあない。彼女はただ、種族を継続させる義務のために定期的に産卵するだけなんだ。そして残りのたいていのとき彼女は抱卵している――あちこちの世界から落ちてくる狂気のかけら、そして喪われた時のかなしみ――それらが彼女を妊娠させる。そうして、彼女はそれを卵として産み落とし……それを蛟神に捧げては、またあらたな卵を産む。彼女はもういったいどのくらいそのさだめを繰り返してきたんだろう。もう、永劫といっていいほどの長さにわたって、彼女は卵を産み、それを孵しては、それがなんらかの意味でこの世界に害をなしたり、ふさわしくないものだというのでそれを蛟神に捧げ、そしてあらたに今度こそという希望をもって抱卵したことだろう」

「なんとも奇怪な話だ」

グインはつぶやくようにいった。

「俺とても、こうして俺自身がここで目のあたりにしているのでなかったら、とうてい信じられなかっただろう。あれは、生きている人間の女なのか。それとも、影がたまたま生命を得た妖怪なのか？　それならばそれで俺は黄昏の国の住人たちも知っていたはずだ。だがあれは――それとも違うように思われる。そうだ、俺は黄昏の国の女王も、また数々のあやしい妖怪変化たちも——死の都の永遠の生命をもつ不幸な女怪も、また死ぬことを忘れたミイラである死の国の帝王をも……また、氷雪のなかに閉じこめられて永遠を生きる伝説の女王をも知っていた。だが、そのどれよりも——いまこうして俺が見ているものは、はかなくて——実体がなくて、そして夢まぼろしが動き出したかに見えるのに、邪悪で、しかも……」

「邪悪ね」

何かひどく面白いことばをきいたかのようにカリューは笑い出した。

「邪悪。そう、そうかもしれない。だって、あれはまさしく、鏡の裏側から派生してきたものだからね。鏡というものは、いつもずっと、この世の生成以来、人間たちの邪悪な怨念やひそやかな怒りや哀しみや呪いや——そうしたものを吸い取ってきたものだからね。いつしかにそれがたまり、凝って鏡のうしろにはざまの世界を作り上げた。それはすなわち人間どもの怨念と愛憎が作り出した呪われた世界だ。だからぼくたちには実体がない。こうして、ぼくのようなものがたまにあらわれてしまうから、女王ウリュカは必死になってそれを抹殺しつづける仕事を続けようとするのだが、それでも、本来はこのはざまの世界には時もない、実体もない、それだから当然、うつつもない、ということになる。——ここでは時は止まっている。大丈夫だよ、グイン、貴方がもしもとの世界に戻れたとしたら、そこでは、貴方はたぶん、貴方がここに吸い込まれたときから一タルとはたっていなかったのだということに気付いてあらためて愕然とするに違いない。たとえそのあいだに、貴方がこの世界でどれほどの冒険を経ようともね！」

「それは有難いが、しかしその言葉を信じて安心してここに逗留する気にはなれん」

グインは呪わしげにつぶやいた。

「あの女王、というか女王の影法師は、怒りのあまり地団汰を踏んでいるように俺には見えるぞ。それに、その女王がそうやって地団汰を踏むたびごとに、どろどろと地鳴りのようにあの宮殿が揺れ、そしてあの影の兵士たちがおののいてあわてふためいていると俺には見える。——あれをあのままにしておいていいのか」

「大丈夫、影たちはどちらにせよ蛟が池には入ってこられないからね」

カリューは答えた。

「だから、ぼくは、どうしてもこの沼を渡って、あこがれのあの地へたどりつかなくてはいけないと思ったんだ」

「その、アルティナ——何だったかな、そのなんとかという村というのは、あの島のあたりなのか」

「あれはただの——あれはただの蛟神の神殿のあるこの池

の中の島にすぎない」

いくぶんばかにしたようにカリューは答えた。

「そして、出来ることならばぼくたちはあの島には近づかないで一気にこの沼を越していってしまいたいんだけれど、たぶん龍馬は、これだけ大きなものを背中にのせていたら、そこまで一気に泳ぎわたることは出来ないだろうな。途中で一度、どうあっても龍馬を休ませてやらなくてはならないし、そのためにはぼくたちがこいつの背中からどいてやるほかはない。だから、あの島にのぼらざるを得ないし、そうなると、あの島にすまっている蛟神と顔をつきあわせないわけにはゆかない——あそここそ、本当はこの夜があけたら、ぼくが——十六歳になったぼくが捧げられる儀式が行われるはずになっていた、蛟神の神殿なのだから」

「待て。カリュー」

グインはいくぶん不快そうにいった。

「お前はこの世界には時もなければ、時は止まっている、といった。だが、それなのに、夜が明けたらだの、お前が十六歳になったら、だのというのは矛盾してはいないか？　どうもお前のいうことは信用できん——何が本当か、などということはもう、このさいどうでもよいが、お前のその、よくわからぬものいいだけは突き詰めてやりたくなってくる。ここでは時は存在しないのか、しているのか、どっちなのだ。時が存在しない、あるいは止まっているのだとすれば、どうしてお前は十六歳になることができたのだ」

「頭がいいね、豹頭のグイン」

あざけるようにカリューが答えた。

「だけれど、それでぼくを追いつめたつもりかもしれないけれど、そんなものは何にもなりはしない。だって、ぼくは時の——あなたの考えるようなうつつの時の流れにそって年をかさね、十六歳になったり、明日という日がくることになったわけではないんだもの。それは、貴方がここにくるまでここの存在を知らなかったのと同じこと。誰も見ていないところで時は流れているだろうか？　誰もきいていないところに音は存在しているだろうか？　誰も知らないところで生まれ、そして消えていったいのちは存在していたといっていいのだろうか、それともそうではないのだろうか？　くりかえしくりかえしうちよせる海の波は、どれかひとつだけを取り上げてこれがおのれであるということが出来るんだろうか？」

「おけ、猫目のカリュー」

するどくグインは云った。

「俺は沢山の黒魔道師どもともつきあってきて——あるいは戦ってきて、ひとつだけよく知っていることがある。それは、きゃつらがそういうふうにいきなり屁理屈を垂れはじめるときには、たいてい、それは、何かを隠そうとしたり、何か具合の悪いことがあったり——あるいは、何かをごまかそうとして韜晦しているときなのだ、ということだ。そして俺はそれには決してゆるがされはせん。──云うがいい。そんな哲学問答はどうだっていい。ここに時がないのなら、なぜお前は十六歳だとわかる？　お前の母がおのれの生んだ卵をどのようにしようと俺は知ったことではないが、お前はそれならば何者なのだ？　お前はなぜ死にたくないと思うようになった？　何もかもがおかしい。何かが狂っている──いや、むしろ、何かが隠されているというべきだろう。お前は何者だ？　俺が知りたいのはそのことだ。それをまず、吐いてしまえ。そうしたら、俺はそのまま、お前の望みどおりお前を……」

グインのことばは、途中でとぎれた。

「わあっ」

叫んだのは、カリューのほうだった。

「大変だ。見てはいけないよ、グイン。岸辺でウリュカ女王が呪詛の祈りを捧げたので、それにこたえて、蛟神が姿をあらわそうとしている。気を付けて、大波がくる。龍馬が怯えている。しっかり龍馬の首につかまって」

「これは大変だ」

グインは云った。そして、しっかりと両手で龍馬の首につかまった。からだにくらべれば細いとはいえ、立派な建物の柱ほどある首である。だがいま、その首は胴体ごと、大揺れに揺れはじめていた。

「ちょっと予定より早すぎた」

カリューが叫んだ。

「蛟が島にあがってから、用意をして蛟神を退治てもらおうと思っていたのに。このままでは、蛟神がもうあらわれてしまう。いくら貴方でも、その剣ひとつで蛟神を切り伏せることは……とても……」

「波が来る」

グインは叫んだ。波ひとつなく静かに、というよりもどろりと静まりかえっていた蛟が池のその沼面に、いきなり、あやしい、嵐の大海原を思わせるような大波がたてつづけに四方八方からおこりはじめていた。だが、その波には全然法則性というものがなく、しかもまた、その波は、海の波と違って、そのなかにたっぷりとぶきみな藻だの、青みどろだのをはらんでいた。それがぶつかってくると、グインは思わず顔をそむけて必死に龍馬の首にしがみついたが、それがいったん通り過ぎたあとのおのれを見下ろすと、肩といわず腕といわず足といわず、ぶきみな青みどろがびっしりとへばりついているのにぞっとした。だが、ただちに次の波がやってくるとその青みどろも、からだにはりついて自由を奪おうとするかのような長い藻もその波に洗い流されてゆく。だが、その波がすぎるとまた、その波のなかに含まれていた青みどろや藻がグインにへばりつくのだった。

それはなんともいえず気持が悪かった――顔といわず、頭といわず、それはおそいかかってきたが、グインは必死に腕で顔をおおって、なんとかして顔と頭をそのぶきみな青みどろにふれさせまいとした。それはほとんど直感的な反応であった。この青みどろと藻は何か、通常のごく普通のそういったものとはちがって、よくない、邪悪な何かをはらんでいる、という。

それもまたほとんど本能的に、グインはかたく目と口をとじ、波がくる直前に深く息を吸い込んでぴったりと息をとめ、なんとかしてこのぶきみな青みどろにみちた水を吸い込む危険をおかすまいとした。何か、それを体の中に飲み込んでしまうと相当によくないことが起こるのではないか、というような直感がしきりと彼に警告していたし、また、そうでなくてもこの沼の水はなんともかともいいようのない、不愉快きわまりないにおいを放っていて――それは龍馬の背に乗ってこの島の近くまでくるときにはそれほどでもなかったので、どうやらこの島の周辺そのものがもっとも強烈に悪臭を放っているようだったのだが――何があろうと絶対に飲んだり浴びたりを本当はしたくないところだったのだ。その悪臭は通常の沼の悪臭というだけではなく、何か、ぞっとするような、人間がもっとも嫌うもの――すなわち死臭だの、腐臭だの、といったものにつながるなんともいわれぬいやな感じのにおいをはらんでいた。

「ああっ」

カリューの叫び声をきいたとき、グインはまたしてもどっとかぶってきた大波をかろうじてやりすごして、次の波にそなえて深く息を吸い込んだところだった。

「あらわれる！　蛟神が、女王ウリュカの呪詛にみちた呼び声にこたえてあらわれる！　あらわれてしまう！」

カリューがいまどこでどうしているのか、まだ同じ龍馬の上に乗っているのか、それともなにやらけしからぬ魔道でも使って中空高く舞い上がって避難してでもいるのか、それさえも、おのれの必死にかまけてグインは見届けるひまがなかった。グインは必死になんとか片手をはなして、頭の上にどろりとおおいかぶさってきていた藻をひきちぎり、投げ捨て、さらにどんなによけても顔の上にまでかぶさってきていたどろりとした不気味な青みどろを手で払いのけてかなぐりすてた。ようやく視界が多少開けてきた。グインの目にうつったのはしかし、さらにすさまじい信じがたい光景だった。

何か、恐しく巨大な怪物の頭部のようなものが、ぬっと、沼のまんなか――あの中の島のむこうから、あらわれ出ようとしていた。その島を通り越してあらわれてこようとしているように、その島を乗り越えようとしているかのように見えた。それは空中高く持ち上げられた、信じがたいほど巨大な蛇の鎌首のように見えた。

だが、それはただの大蛇ではなかった。おそろしく巨大な、その頭部だけでもグインの全身よりも大きいほどに巨大な三角形の毒蛇めいた蛇の頭部――

その、顔の両側についた目は赤く光っており、そして、その額の部分の真ん中に――

ぶきみな青く光る《第三の目》が、まさにあのカリューの一瞬だけ開いてみせた《邪眼》を思わせる妖しさで、ぽっかりと開いてグインをねめつけていたのだ！

「ウ……」

グインはそれを見定めようとした刹那にまたしてもどーんとかぶさってきた汚らしい沼の波に、あわてて目と口をとじ、頭をさげてしのいだ。その波がようやく去っていったとき、しかし、龍馬のからだはゆらぎ、斜めになって沼の底に水没しかけていた。

「く――クソっ！」

めったに洩れぬ悪態がグインの口からもれた――この沼のなかに棲息しているはずだとはいえ、このたてつづけの波を乗り越えることは、この巨大な鈍重そうな龍馬にとってもやはり大変なことであったらしい。龍馬は疲れはてて、沼の底に沈んで波の攻撃をよけようとしはじめているようだった。それに気付いて、グインは一瞬、龍馬の首から手をはなしたものかどうか判断に迷った。

だが、このままでは龍馬もろとも沈んでしまわなくてはならない。しかし海の水や湖とさえ異なり、この沼は、ほんのちょっと水面下に入っただけでもう、沼とは名ばかりの、密生した藻と青みどろに覆い尽くされた、水没した密林のようなありさまだ。それにうかつに足をとられでもしたら、水面にあがって呼吸するのさえ困難だろう。

グインがどうしたものかと一瞬迷ったその刹那だった。ぐいと、何者かが、グインの足首――龍馬の背にまだ乗っていた足首をつかんでひいた。

カリューか、と思った。そのまま、だが、あたりを見るひまもなく、グインは沼の底にひきずりこまれていった。

（ウ………ッ……）

グインは瞬間的に息を吸い込み、そして息をとめた。沼の水を飲み込むことは、そのまま口一杯の青みどろを吸い込んで窒息してしまうことにつながっている。グインは足首をつかんでいる何者かをあいてに、思い切りもう片方の足でそれを蹴りつけた。案外簡単にその手――それとも触手ははなれた。だが、グインがそれでかろうじて水面に浮かび上がり、激しく肺に空気を送り込み、なんとかしてとりあえず蛟が島といわれたあの中の島に泳ぎついて体勢を立て直そうと泳ぎはじめたとたん、こんどは両方の足に何かがしんなりとからみついて、ぐいと下にひいてきた。

（く……ッ！）

水中では剣をぬいて振り回すことも出来なかった。グインは、片足を思い切りふりまわしてつかんでくる触手を振り払い、そして自由になったほうの足でもう片足をつかんでいるものをまた蹴った。そうしながら、思い切って目を開いて水中で敵を見定めようとした。その目に、青みどろが舞い上がり、舞い落ちるどろどろと青緑色の沼の水中が見えたが、その下のほうから、何かとてつもないものがかすかに見えた。それは、無数といっていいくらい、うようよと深い沼の下のほうから伸び出している、青白いぬるぬるした、巨大なミミズ《土くらい》か何かのような、ぞっとするような大きな先細りの輪のある環虫状の触手だった。その触手が、ゆらゆらと青緑の水中でゆらめきながら、ひょいとのびてきては、グインの足首をつかもうとしていたのだ。

（く――くそっ！）

　グインは、必死に水をかき、水を蹴って水面に浮上した。水中であれにもし、全身をあのおぞましい触手にとらえられてしまったら、そのまま沼の底にひきこまれてゆくだけだろう。どうやらそのぶきみな触手のまんなかには、何かその本体のようなものがあるようだったが、そんなものを確かめたいとさえ思わなかった。同時にまた、グインの目は、恐しいものをとらえていた。その触手の下のほうに、いくつも、おそらくは同じようにしてとらわれ、水中に引き込まれてこの怪物に食われたとしか思われない、人間の死骸や、動物らしいものの死骸のようなもの――そしてそれの切れっ端のようなものだ。

　グインはありったけの呪詛を胸のなかでぶつけるなり、水面に浮かび上がり、死にものぐるいで手をのばした。手が固い何かにふれた。それは岩のように思われた。グインはしゃにむにそれをひっつかんだ。

5

　次の瞬間、彼は、そのつかんだものを手がかりに水を蹴り、足をなおもつかんで水底に引き込もうとする化物イトミミズの触手を蹴り飛ばしてそれに這い上がった。そして、爆発寸前だった肺に空気を送り込んで息をついた。新鮮な空気とはあまり云えそうもないぶきみなよどんだ空気だったが、それでもそれは生きてゆくための神の贈り物だった。彼はあえぎながら顔をぬぐい、なんとかしてあたりを見回し、おのれの状況をつかもうとした。

　とたんに彼はあっと叫んだ。彼がひっつかんでよじのぼったのは、岩ではなかった。岩のように固かったが、なんとそれはどうやら、おそろしく巨大な亀《ドルウ》の背中のウロコのひとつのようだった。そして、その亀の背中らしいものから、直接にあのぶきみな大蛇の首が生えており――蛟神と

カリューが呼んでいたものは、恐しく長い蛇のような首をもつ、おそろしく巨大な亀のような生物だったのだ！

しかも、それはゆさゆさと動きだそうとしていた。グインは悪夢の真っ只中のような気持で悟っていた——カリューとともに龍馬で目指していたその中の島こそまさに、《蛟神》の本体にほかならなかった。蛟神とは、信じがたいほど巨大な、存在するとはとうてい思われぬほど巨大な亀《ドルウ》だったのだ。彼は、いまや、蛟神の背中そのものによじのぼって沼底にひそむ怪物イトミミズからしばし逃れているのだった。

彼は声もなく唸った。彼がつかまっていたのはその巨大な亀の背中のでこぼこと隆起している岩のようなうろこのひとつだったが、うろこはさまざまな大きさでまさに島の岩そのもののように生えており、そのあいだには木々や草までが生い茂っていたので、ちょっと見にはとうていそれは生物の背中だなどとは思われなかった。だが、グインの見ているところからは、まさに、そのなかば沼の水に没している甲羅の下から生え出ている長い、大蛇そっくりの首がよく見えたのだ。それは、突然に龍馬とグインたちを見失ったことに腹を立てているらしく、長々と空中にふりあげられ、そして《蛟神》はその長い首をそりかえらせて、（うぁぉぉぉん）と奇怪な吠え声をほとばしらせた。

（なんてことだ——！）

グインは内心、ドールへの悪態をついた。そして、とりあえずその長い首の先についているぶきみな蛇の顔に見つからぬよう、極力巨大なウロコのかげに身をひそめながら、これからいったいどうしてこのとてつもない状態を切り抜け、安全な陸地に——そのようなものがあるとしてだが——たどりついたらいいのだろうかと必死に考えをめぐらせた。龍馬はどうなってしまったのだろうとあたりを見回したが、どこか間のぬけたその河馬のようなすがたはもうどこにも見えない。あるいは、この急激な襲撃に恐れをなして、そのまままた、沼の奥深くに沈んで逃げていってしまったのかもしれぬ。

カリューそのものもどこでどうしているのか、まったく見あたらなかった。だが、それは、グインはあまり気にならなかった。というよりも、カリュー自身がもしも助けが必要ならば、それは当然助けを求めてくるだろうし、そうでない、ということそのものが、このすべてが実はカリュー自身によって仕組まれたものではないのか、というひそかな、どうしてもぬぐえぬグインの疑いを裏付けていたのだ。グインは顔から気味の悪い藻や青みどろの名残を神経質に払いおとした。そのままにしているとなんだか顔から腐ってきはじめそうな気がするくらい、悪臭をはなつ、なんともいえない不愉快なしろものだった。

（くそ……）

もしもこれ全体が悪夢なのだとしても——夢魔が仕掛けてきた悪夢であるとしても、それにしてもまた超弩級とびきりの悪夢もあったものだ、というような思いが、グインの心をかすめた。グインは腰の剣を確かめ、それを抜いてみようとした。片手でなおも岩——いや、巨大亀のウロコにつかまったままだったので、片手だけの作業だったが、剣はなかなか抜けなかった。案じていたとおり、どうやら剣のつかにも、藻がからみついてしまっているようだ。だが、まだ激しく大地——いや、亀の背中は揺れ続けていたので、両手をはなしてしまうのは心もとなかった。亀は、明らかに、ひどく興奮して身を起こそうとしていたのに違いない。だが、その水に没して見えない部分がどのようになっているのか、グインにはわからなかったが、おそらくは相当な下のほうまで、それは沼の底のほうまでも続いていたのだろう。それが立ち上がろうとしているのが、沼全体にとてつもない大波をおこし、大変な騒動を引き起こしているようだった。そしてグインはいまや、その大騒動のみなもとの背中にまたがっているのだ。

（くそ……これは、どうしたものか……）

たいがいの窮地にはへこたれぬグインではあったが、このまままた沼のなかに身をおどらせて、臭い汚らしい、しかもあの肉食のおぞましい巨大なイトミミズの触手どもがむらがり寄ってくる水中を、ミミズどもを蹴散らしながら泳ぎわたって、まだ相当に距離のある対岸に無事にたどりつく自信はさすがになかった。しかし、もっと距離の近い、もときたほうの岸には、まだもやもやと黒い巨大な女の影が見える。まだ、女王ウリュカはそこに立ったまま、こちらのありさまをじっと見つめているようなのだ。

（そうか……）

ふいに、グインは悟っていた。

（蛟神に捧げられて生きながら引き裂かれて食われるとは……つまりはこの化物ガメの餌にされる、ということなわけだな……）

水中におびただしくあった食われかけの人間たち、動物たちの死骸は、おそらく、この《蛟神》が自分でとらえてくらったものもあろうが、長いあいだに——その、この世界における時間の経過がどのようなものであるのかはグインにはまったくわからなかったが——その儀式によって女王なり、その手の者なりによって沼に投げ込まれ、蛟神に捧げられたいけにえのそれもたぶんたくさんあったに違いない。カリューはおそらく、その次なるいけにえにされようとしていたところだったのだろう。

（くそ、だが、それどころではない。なんとかしてここを切り抜けなくては、俺そのものが蛟神の餌にされてしまうかもしれぬ）

さいわいにして、巨大な《蛟神》の長い長い首は、いまのところ、まっすぐ前のほうにのばされ、しきりときょろきょろとあたりを見回している。それほど決してカンがよくも、動きが素早くもないようなのは、まだしも幸いだ。

だが、それにしてもとてつもない大きさでもあるし、首の長さもグインを何巻きもしてしまえそうなくらいあるので、もしもその背中にいる《餌》の存在に気付かれてしまったとしたら、ごく簡単にあの首がこちらめがけて襲い掛かってきそうだった。そうなったときにどのように戦ったらいいのか、こんな怪物相手にこのわずか一本の剣がどの程度の力を発揮するのか、はなはだ心もとなくもある。

ふいに、ぐらりと、つかまっていた足もとがゆらいで、グインははっとなった。巨亀は、何を思ったのか、いきなり、その巨軀をいよいよゆるゆると動かして、遠い対岸に向かって泳ぎ出していた。グインは思わずあたりを見回し、そしてあっと目を瞠った。ちょっと先の水中になかば身を没して、あの龍馬が鈍重な首をのばしていた。そうやって、ひらたい背中と細長い首が水中からあらわれているところをみると、それは、彼が乗っているこの巨亀《蛟神》をそのまま、もうちょっと小さく、すさまじさやぶきみさをも減らして作り上げたひながたでもあるようにも見えた。

龍馬は逃亡したのではなかった。いや、いまは、必死に《蛟神》から逃げていたのかもしれぬ。だが、その首のすぐうしろのところには、なんと、猫目のカリューのほっそりしたすがたがあった。足を龍馬の背中にふんばり、龍馬の細長い首につかまって、どうやらカリューは龍馬をしきりと前のほうへとかりたてているらしい。そして、《蛟神》はそれに興味をそそられ、それをとって食おうと、長い巨大な首をのばして、それを追って水中を泳ぎ出しはじめているのだった。もしかして、それはカリューがみずからをおとりにして、《蛟神》をひきよせてくれているのではないか、とグインはようやく思いあたった。

《蛟神》はだが、ゆるゆると龍馬のうしろを追いかけながら、その背中に何か邪魔者が乗っていることにはまったく気付かぬらしい。これだけの分厚い、岩としか思えぬうろこつきの甲羅に覆われているのであれば、無理もないかもしれぬ。その長い首はまっすぐにカリューと龍馬のほうにむけてさしのばされ、その巨大な口は食いたくてたまらぬかのようにぱくり、ぱくりと何回も空中で打ち合わされていた。島そのものが動きだした光景としかみえぬ巨体を引きずって、《蛟神》はのろのろと、沼の中を泳ぎ出しはじめた。

グインはあわててしっかりと岩に両手でつかまった。《蛟神》が動くにつれて、島のような甲羅はすごい勢いで左右に揺れ、そのたびに汚い緑色の波がどどん、どどんとグインの足元近くまでうちよせてきた。

グインは必死に《蛟神》の背中につかまりながら耐えた。

《蛟神》は明らかにカリューと龍馬をとらえることに夢中になっているようだった。しだいに激しく水をかきながら、その巨大なからだは沼の水中にびっしりとしげった藻と青みどろとをかきわけて進んでゆく。カリューが一瞬、龍馬の背中からこちらをふりむいた気がしたとたんだった。

（いまだよ、グイン！　ぼくが蛟神の注意を惹きつけておくから、そのあいだに、蛟神の首のうしろをその剣で刺して！　そこが、きゃつのたったひとつの弱点なんだ）

頭のなかに、ふいにカリューの声が飛び込んできた。それが、あの魔道師たちがさかんに使っている心話と同様のものであるらしいと、わかるまでに一瞬かかった。

「なんだと……」

（こいつのウロコだらけの首のうしろに、ひとつだけ、ウロコのかけはがれているところがあるはずだ。そこを突き刺してくれたら、そこだけは剣が通るはず――そのほかのところはとうていはがねの剣なんか受け付けないけれど、そこならなんとかきゃつにいたでを与えられるはずなんだ）

「だが、それでこいつがもし致命傷を受けるなり、あるいは傷ついて暴れ出したら、その背中に乗っている俺はどうなるんだ！」

グインは思わず叫んだが、もうカリューの心話のいらえはなかった。グインは、困惑しながら、剣を抜こうとふたたび腰の剣の柄を引っ張った。多少乾いたらしく、藻がばらばらと剣の柄から落ちていったが、まだなおもたくさんの藻がからみついて剣を封じてしまっていた。グインはまた困惑したが、片手でかき落とせる限り藻をはらいおとそうとこころみた。そのあいだにも、《蛟神》はぐんぐんと泳ぎ続けている。もしも対岸から見ているものがいたとしたら、巨大な島が動き出し、ずるずると水中を移動してゆく、さぞかしおどろくべきぶきみな光景でもあっただろう。

（一枚だけ、はがれているウロコだと……）

長々とカリューたちにむかって突き出されている《蛟神》の首は、グインの両腕でもかかえきれないほどに太い。

そしてそれは、銀色――というよりもとは銀色であったらしいが、いまはその上に青みどろがこびりついてなかば青緑になってしまっている、一枚一枚がさしわたし半タールほどもあるような巨大なウロコでおおわれていた。そのウロコは重なりあって長い鎌首を覆っており、どこにも剣など歯のたちようもないかと思われた。どの一枚がそのウロコのはげた場所であるのか、なかなか見分けがつかぬ。おまけに、そのウロコの上にはところどころに藻が生い茂っているのだ。とうてい、ひとの力でなど切り伏せられようもないのではないかと思える怪物である。

（ここからでは……）

グインはあたりを見回した。まだ、岸辺はずっと遠い。

さきほどよりは、《蛟神》がカリューという餌につられてだいぶん泳ぎ出したために、かなり近づいてはきた。だが、まだ、その分、ちょうど沼の真っ只中あたりに出たところだ。かえって、もときた岸も遠くなり、あのまぼろしのような黒い女王も、目にみえぬ黒い兵士たちも、そのうしろにそびえたつ目にみえぬ影の宮殿も、ずいぶんと遠くなってきている。いまからだと、そちらに泳ぎつくのも、彼方にかすかに見えている対岸に泳ぎつくのも、ほぼ同じくらいだろう。

相変わらず《蛟神》はぐいぐいと泳ぎ続けている。しだいに調子が出てきたらしく、また動き出したことで全身にからみついていた藻がしだいに落ちてきて、動きがとれるようになったのか、いまやかなりの速度で巨大な亀は水中を移動していた。

龍馬はどうやら身の危険を感じているようすで、必死に泳ぎ続けている。その背のカリューがひどく小さく見える。カリューのからだが右に左に揺れているのは、龍馬の動きにしたがってその背中が猛烈に揺れているのだろう。

（さあ、お願いだ、グイン、勇気を出して！　龍馬の速度がだんだん遅くなってきた。疲れてきたんだ。ここで《蛟神》に追いつかれてしまったらぼくも龍馬ごときゃつに喰われてしまう。お願いだから、はがれたウロコのところをねらって、はずさないで——ひと太刀でしとめて！　初太刀をはずしたらきっと、《蛟神》はすごく逆上して暴れ出すと思うし、そうなったらもう、ぼくも、あなたも……）

「だから、仕留めてしまったら、こいつは沈んでしまうんだろう！　そしたら俺にどうしろというのだ！」

グインは思わず大声で怒鳴りそうになったが、あえて声をおさえた。万一にも《蛟神》がその声で背中にはりついている邪魔者の存在に気付き、その長い首がふりかえってきたら大変だと気が付いたのだ。かろうじて、藻をかき落としつづけたかいがあって、剣がわずかに動いた。グインは片手で岩につかまり、もう片手でぐいぐいと剣を抜こうと柄を動かしつづける、という困難な作業を必死につづけた。

そのとき、カリューの悲鳴のような心話が届いた。

（ああ、駄目だ！　龍馬が力つきてしまった。すごく遅く——ああ、止まってしまう！　龍馬が沈んでしまう。ぼくも、そちらに飛び移るよ、グイン、《蛟神》が龍馬を追って水中に沈んでいってしまったらぼくたちも沈んでしまう！　早く、早くして、グイン、早く《蛟神》を刺し殺して！）

（お前はそう気楽にいうが……）

グインは腹立たしく考えた。だが、そのとき、ようやくグインの腰の剣が動き、かろうじてそれがさやから抜けはじめてきた。

（よし！）

剣があっても抜けぬのではどうにもならぬ。ただちにその、はがれたウロコを狙うつもりはなかったが、ともかくも剣を抜きはなってやろうとグインがいっそう激しく剣をさやの中で動かしていたときだった。

「ぐがぁぁぁぁぁ」

奇妙な、超音波めいた音をたてて、巨大な首が、ふいに上からうねりながら水中に突っ込んだ。とたんにグインは《蛟神》の背中から沼に投げ出されそうになって、あわてて両手で岩の先端にしっかりとつかまった。激しくその《島》が前にむかってななめにゆらいだ。《蛟神》は、水中に沈んでいった龍馬めがけて、その長い蛇のような首を水中に突き入れたのだ。それと同時に、《蛟神》の甲羅のうしろのほうがもちあがり、《島》はまるでそのままひっくりかえってしまいそうに斜めにかしいだ。

「う――ワアアア！」

グインは激しくふりまわされ、声をあげながら、右に左にころがった。かろうじて、ふりおとされて水中に投げ出されることはまぬかれたが、岩につかまっている腕の力も尽きてきかけていた。そもそもしっかりとつかまっているといっても、巨大な岩の突端のようなものなのだ。それほどしっかりとつかまれる場所でもない。この上にさらにゆさぶられたらそのまま放り出されてしまうだろうという恐怖に、グインはうめきながら剣をつかみ、ゆさぶった。ふいに剣が腰の鞘からすぽりと抜けた。

（抜けた！）

その刹那。

いったん水中に没した《蛟神》の長い首が、いきなりまた、ぐいとうねりながら水中からあらわれてきた。それを見たとたん、グインは叫び声をあげた。その巨大な三角形の大蛇そっくりの首の先端、ぱくりと開いた口に、しっかりとくわえられていたのは、あわれな龍馬の食いちぎられた首から先だったのだ！

《蛟神》は満足したようにしきりと頭をふりまわし、口にくわえたその龍馬の首をふりまわした。そのたびに、赤黒いどろりとした血とおぼしきものが龍馬の首の切り口から流れ出て、どろり、どろりと沼の青黒い水の上にまき散らされた。カリューはどうなってしまったのだろうとグインは見回したが、カリューを見出すことは出来なかった。龍馬もろとも水中に沈んでしまったのだろうか。

その瞬間だった。

「あれだ！」

グインは、剣をつかみ直した。ほとんど反射的な動きで、その剣をさか手にしっかりと握り、三段跳びに《蛟神》の背中を駆け抜けた。龍馬の首を食いちぎろうと、頭をふりまわしている《蛟神》の長い首の、つけねの少し上あたりのところに、そこだけくっきりと色の違う、黒っぽいウロコ型の影のようなものがはっきりとあらわれていたのだ。

「そこだ!」

ほとんど、何も考えるいとまもなく、グインは、剣を刀子のようにかまえ、そのまま思い切り力をこめて、その《蛟神》の首のつけね、ウロコのはがれて肉のあらわれている部分めがけて投げつけた。巨大な剣は刀子さながらに軽々と飛び――

そして、狙いたがわずそのウロコ型の黒い部分にぐさりと突き立った。

瞬間、声にならぬ《蛟神》の苦悶と怒りのすさまじい咆哮のようなものが、この蛟が池全体を激しくゆるがしたように感じられた。すさまじい勢いで、沼の水が逆流した。《蛟神》の巨大なからだが沼をすべてかきまわしてしまうほどの勢いでのたうちはじめ――そして、かきまわされた青みどろの水が空から奔流となってほとばしり――

「ワアッ!」

その青みどろの水にグインはまともに直撃された。たちまち、彼は《蛟神》の背中からはねとばされた。あらがいようなどあるはずもない圧倒的な力であった。《蛟神》はすさまじい声にならぬ声で吠えたけりはじめた。その首にふかぶかとグインの投じた剣が突き刺さり、そこから、どろどろと、何かおそろしく汚い、茶色と赤と黒のいりまじったようなどろりとした血がほとばしり、沼の水をさらに汚らしい色に濁らせはじめていた。

グインのからだは、威勢よく宙にふっとばされた――それほどに、襲い掛かってきた水の勢いはすさまじかった。《蛟神》の巨大なからだが、水中に倒れ込み、そして、底のほうから一気に蛟が池の永劫の静寂をかきまわし、かき乱したのだ。声にならぬ悲鳴、いったい何者の悲鳴なのか、沼のなかで死の永遠をむさぼっていた、かつて《蛟神》のいけにえとして捧げられ、喰われたものたちの悲鳴なのかと思わせる絶叫が、あたりをゆるがした。グインはなんとかして、何かをつかもうとむなしく手をのばした。だがその手は何ひとつつかむことはできなかった。

(だから、云ったろうが……)

あらがうすべもなく、沼のなかにかれの巨体は落ちた。まるで《蛟神》の血にそのような毒性があって、それが蛟が池の水を沸騰させたとでもいうかのように、蛟が池の広大な水面のすべてにぶつぶつとぶきみな泡がたち、煮えたぎり、どろどろと地鳴りがおこり、何かが決定的に崩壊しはじめていた。沼のすべてが《蛟神》もろともに苦悶しているかのようだった。

(こんな――こんなところで、こんな……そんなことはありえない。こんな夢の中で俺が――そんなことは決して……)

グインは呻いた。逃れることもできず、その目といわず鼻といわず口といわず、ついにあのおぞましい蛟が池の青みどろの水、しかもそこにいまや龍馬や蛟神の血や、そして沼が飲み込んでいた腐敗しはてた死体のなれのはてまでもがいりまじったどろどろの溶岩のようなしろものが流れ込んできた。グインはむせた。なんとかして、その地獄の水を飲み込まぬようにしようとつとめたけれども、どうすることもできなかった。

彼は、そのまま、深く沈んでいった。意識を失いかける直前にかすかに見たのは、水中に、かっと目を見開いてグインをなんともいわれぬあやしい表情で見つめて手をひろげ、微笑んでいる、両目をかっと見開いたカリューの巨大な顔だった。その両目は金色で——つりあがり、そして、虹彩も白目も黒目も一切ない、黄金ひと色のあやしい邪眼そのものであった。そしてその額には、もうひとつの、青く光る大蛇のひとみとしか思われぬ第三の目が——

6

「グイン。グイン、しっかりして、起きて。意識を取り戻して。もう大丈夫、もうすべて終わったから」

誰かが、激しく彼を揺り起こしていた。グインは呻いた。目を開きたくなかった。——というより、目を開いて、またしても、おのれがまだその、醒めることのできぬ深い悪夢のなかにいるのだ、まだおのれの本来所属している、安心でよく知っている世界に戻っているわけではないのだ、ということを知りたくなかったのだ。だが、目を開かぬわけにはゆかなかった。

「すべて、貴方のおかげだよ。素晴しい。いや、すごい。蛟神はほろびた。もう、誰も蛟神に捧げられて引き裂かれ、生きながらとって食われることはなくなるんだ」

ひどく興奮した声で叫んでいるのは、間違いなく邪眼のカリューだった。グインは唸って、いやいや目を開いた。顔のすぐ上、思いもよらぬほどすぐ上に、カリューの顔があった——その目は、あの水中で見たまぼろしと同じように、かっとばかりに見開かれていたが、あの水中のはまぼろしだったのかと疑わせるように、その目はごく普通の、ごく美しいきれいな赤茶色の瞳をもつ、白目のある人間の目であった。むろん、額のまんなかに開く第三の目もまったくその痕跡もなく、相変わらずその額はもとどおりなめらかである。

グインはその顔をにらみつけ、そっと五体の感覚をさぐってみた。どこにも異常はなさそうだ、とわかって、そっと身を起こす。からだにはもう、藻もからみついておらず、青みどろのこびりついているようすもなかった。また、大量に飲み込んでしまったであろうはずの汚らしい沼の水の影響も、少なくともそうしているかぎりではまったく認められない。

（これは……）

むしろ、かれの手足は、真水できれいに洗い流したばかりであるかのように綺麗であった。手足ばかりではなく、頭も顔も、また身につけている衣類にも何も、汚れも濡れたようすもない。

彼はうろんそうにまわりを見回した。そこは、まったくいままで彼が奮闘していたあのおぞましい蛟が池のなかとは似ても似つかない——といって、あの暗い、影の宮殿ともまったく似ておらぬはじめて見るような場所だった。それは、ごく美しい風光明媚な湖のほとり、といった感じの岸辺で、かたわらには満々と美しい澄んだ青い水をたたえた湖がひろがっており、その彼方には緑の木々と、その彼方にさらに、黒みがかった緑のなだらかな山々が見えた。そして、彼をまるで見下ろしているかのように、まわりにはゆたかな緑の森がおいしげっており、下はゆたかな下生えが生えて、彼はその、緑の下生えの上に、黒びろうどのマントをひろげて寝かされていたのだった。

「ここは何処だ」

彼は不機嫌そうな声を出した。カリューはにっと奇妙になまめかしく笑った。

「ここは、蛟が池のほとりだよ」

「何をいう」

グインはむっとしてあたりをさらに見回した。小鳥の鳴き声がかすかにきこえる。どこかから、甘い花の香りもしてくる。さやさやと風が吹いてくる。それは、桃源郷を思わせるかのような、美しい、さわやかな光景である。いくぶん、本当の天国というにはどこか全体にちょっと暗い感じがしたけれども、それ以外では、好きにならずにはいられないような美しい光景であった。

「このどこがあのおぞましい、おどろおどろしい池だというのだ。どこも似ておらぬ」

「でも、そうなのだから仕方がない」

カリューはしゃあしゃあと云った。

「貴方のおかげで、朝がきたのだよ、グイン。だから、蛟が池がこうなったのは貴方の手柄なんだ。貴方がもののみごとに池の蛟神を仕留めてくれたから、だから、蛟が池は生き返ったんだよ。そう、蛟が池は生き返ったんだ」

「生き返った、だと」

「そう。これはもとはとても美しい湖だった。だけれども、いつのころからかあのばかでかい亀の化物が住み着き、そして池の中央に巣くって向こう岸へ渡ろうとするものをとってくらうようになった。——そのおかげで、誰も向こう岸へ行けなくなってしまったし、しかも、池にもともと棲んでいた魚怪やさまざまな妖怪変化、魑魅魍魎たちをどんどんくらってあの亀めはどんどんでかくなり、とうとう、島みたいに大きくなってしまった。おまけに、そのくらった妖怪、魚怪どもの霊力をも一緒にくらったおかげであれなりの力をもつようになり――もとはただの、たまたま長生きしたというだけの亀にすぎなかったのにだよ。――それで、ついには、蛟神などとしてまわりの力ない雑妖怪どもにあがめられるようなぶんざいになってしまったのだ。もともと、このあたりには、大した力をもったものは棲んでいなかったからね」

「………」

「そして、あいつは、沼のなかの生き物をくらいつくすと、こんどはその周囲の岸辺の生物たちにいけにえを要求するようになったのだ。でなければ、首をのばして、岸のまわりのものたちの棲家を片っ端からくらいつくしてまわるぞ、といってね。――このあたりに棲んでいる連中はみんなかよわい、力のない小さな虫けらだの、とかげだの、陸にあがった魚だの、そういうものの雑霊にしかすぎなかったから、みんなおそれをなして、いうことをきくようになった。――それで、とうとう、あの蛟神を名乗る馬鹿亀が、ああして沼の真ん中に巣くい、日ごとあらたな生贄を要求する、それにこたえるためにウリュカ女王はせっせと産卵する、というようなことになったんだよ」

「………」

「だが、貴方のおかげでその呪いはついに打ち破られた。ぼくたち、かよわい者達ではまったくあいつに立ち向かうことは出来なかった。だから、本当にぼくたちは貴方に感謝している。ぼくも、それから、とうとうあの亀の呪いからときはなたれて自由になることのできた、あの無数の屍たちもね。……あいつらも、亀に喰われてしまったばかりに死ぬことも生きることも出来ず、沼のなかで腐ってゆくばかりだったのだ。その怨念と恐怖と苦しみのおかげで蛟が池の水は腐ってゆき、そしてその腐臭のおかげでさらにたくさんのいけにえがあそこにひきよせられ――でももうそれもおしまいだ。ぼくは、自由になった。ぼくはこれでどこへでもゆける」

まだ半信半疑のままグインはたずねた。

「あの影の宮殿というのはどうなったのだ」

カリューはにっこりと妖しく微笑んだ。

「影の宮殿も、あれはもともとが亀の蛟神の脅迫に応じるために呼び出されたものだったから、むろん、沼の亡霊といっしょに消えてなくなってしまったよ。ヨミの兵士たちもようやくおのれのもともと属する世界に返ることができた。すべてはときはなたれたんだ。グイン、あの素晴らしく青い美しい空と、すみきった青い水を見てごらん。あれが同じあの沼だったと誰が信じることが出来よう」

「確かにな」

グインはぶっすりと云った。

「確かに美しい。確かに誰が信じることが出来るだろう。というよりも、信じるほうが愚かというものだ。よしんば百歩ゆずって、この美しい湖が本当にあのいかがわしい、最悪な臭い沼だったとしよう。だが、それが本当に、あの沼はこの湖が呪いによって姿をかえられていたものであったとしても――」

「しても？」

「にしても、この湖そのものがいかがわしくない、というわけではないと思うぞ。というより、この湖もまた、あの沼といかがわしいという点ではなんらかかわるものではない。いや、むしろ、数段いかがわしいかもしれん。この湖のほうがあの沼よりもいっそうあやしい――この湖は、美しすぎる」

「なんと、気難しい人だな、グイン」

カリューはくすくすと耳障りな笑い声をたてた。

「さっきは汚すぎるといって嫌い、こんどは美しすぎるといってあやしむのかい？　湖が美しいのはちっともかまわないじゃないの？　湖には、いつだって、美しい湖の精が住んでいて、そして湖を美しく見せているものだよ。その精霊が美しければ美しいほど、湖もまた美しくなるのだ」

「お前の勝手な、そして妙ちくりんな理屈はもう聞き飽きた。うんざりだ。カリュー」

グインは決めつけた。そして、すっくと立ち上がった。

「だがもしかしてお前のいうことばにもほんのわずかな真理はある、ということにしよう。本当にこの湖はあの沼がすがたをかえたものかもしれないし、そうなったのは俺があのぶきみな亀の蛟神を退治たからだ、ということにしておこう。もしそうだとしたなら、俺はお前の要求した仕事を無事になしとげたことになる。だったら、俺は報酬を要求する権利がある。俺を、もとの世界に戻せ。戻せないというのなら、俺にも考えがあるぞ。カリュー」

「おお、怖い」

カリューはのんびりと見せかけながら云った。だがその目はちょっとするどく光っていた。

「どうしてそんなに急ぐのさ？　もう、同じことなんだから――あちらの世界で時がたっているわけじゃあないんだから、もうちょっとのんびりすればいいじゃないの？　それに、戻さないなんていっていないけれど、貴方はまだ、ぼくの頼んだ仕事を全部終わったわけじゃあない。ぼくが頼んだのは、蛟神を退治て、ぼくをアルティナ・ドゥ・ラーエの村に連れていってほしい、ということだよ。でもここはアルティナ・ドゥ・ラーエの村じゃあない。だから、貴方はまだなすべきことを半分しかしたわけじゃない。だから――何をするんだ。グイン」

「どうやら、この世界でも、俺の大切な黒小人の剣は有効であるらしい」

突然に、グインの手にはかすかに緑色に光る、かつて彼が黄昏の国の刀鍛冶スナフキンに貰った魔剣があらわれていた。驚いたようすもなくグインを見上げているカリューを、グインはスナフキンの剣をそののどもとにさしつけながらにらみつけた。

「そしてこの剣は、通常の、この世の物質法則に従っている物質は切れないが、妖魔の世界に属するものは切れる。だから、きさまが妖魔なのだったら口のききかたに気を付けるがいい。俺はずっと云っていたとおり、腹をたてているし、最初から、腹をたてていたのだからな。きさまは俺を強引に夢魔の回廊からこの世界に引きずり込んだ。俺にはそうされる理由もなければ義理もない。だが、もとに戻るために俺はきさまのいうことをきいて、俺には何の縁もゆかりもない蛟神とやらを退治てやった。あの亀の化物にだってそれなりの理屈もあれば、生きたいという気持もあったのだろうに、それを殺したというのは俺の身勝手だ。戻りたいという身勝手だ。だからそのうらみは俺にかかってくることになろうが、だが、それ以前に、俺を勝手にこの世界に連れ込んだのは貴様の責任だ。だから、亀の化物の蛟神が恨むとすれば本当はそれは猫目のカリュー、きさまであるべきだ。そして、きさまは本当にあの蛟神を退治ることだけが目的で俺をこの世界にひきずりこんだのか。どうなのだ。云ってみるがいい。そうではあるまい。何やら、俺の直感が、きさまにはもっとたくらむ何かがあると告げている。云ってみろ。カリュー」

「驚いたな！」

カリューが、ふふふふふ、と笑った。

「そこまで貴方って人はうたぐり深かったんだ！　そうして、そんなに——いろいろな変異がおこっても、いろいろ大変な冒険があっても、ちっともぼくに気を許したり、心を開いたり、馴れてさえいてくれなかったんだ。それはびっくりしてしまうな。これでも、ぼくはずいぶんとひとをひきずりよせるにはたけているつもりだったんだけれどもなあ！」

カリューはふいに、身をちょっとかたくしてグインを見上げた。

「何をするんだ。豹頭のグイン」

グインが、スナフキンの魔剣をゆっくりとふりかぶり、恐しい、冷たい殺気をほとばしらせたのだ。カリューは驚いたようすもなくグインを見上げたが、そのひとみが、しだいにとけて、黄金色一色の、ひとみも黒目も白目もないあの猫目に変じてゆくさまを、グインはじっとにらみつけていた。

「俺は最初から、きさまの中にこそ妖魔のにおいをかいでいた」

　グインはきっぱりと云った。

「そして、あの亀やあの龍馬には、何の妖魔のかおりもしなかったことにもちゃんと気付いていたぞ。あの亀は、蛟神ではあるまい。あれは、蛟神の汚名をきせられたただの大蛇首亀だ。確かにあれだけ巨大なやつは珍しかろうし、あそこまで巨大ならいろいろと魔力をもつようになっていてもいっこうに不思議はないが、しかし、蛟神などと呼ばれるようなおそるべき力は、何も俺は感じなかった。第一蛟神ともあろうものが、俺の剣のひとつきだけで、あれほどまでに簡単に倒せるわけはない。あの亀こそは、ごくあたりまえの血肉をそなえた存在であり、そして、そうでないのは――」

　スナフキンの剣が、やにわに、すさまじい勢いでくりだされた。

　カリューは叫び声をあげて飛び退いた。いまやその目は黄金色に溶け、そしてその額にはゆっくりと、第三の目が開きかけようとしていた。

「何をするんだ。気でも狂ったのか。グイン」

「俺は正気だ、多分な。狂っているのはこの世界のほうだ――さもなければ、お前だ」

　きびしく、グインは決めつけた。カリューはなおも驚いたふうを装った。

「なぜ、ぼくが――」

「きさまがまことの蛟神なのだ。違うか」

　グインの声は、いまやいんいんと、ひとけもない湖のほとりにひびきわたるかとさえ思われた。

「きさまが俺にきかせた母親のいけにえにされる話や、あの闇の女王の話はすべてでたらめだ。いや、多少のまことはあるのかもしれぬが、おそらくそれはもう遠い昔に終わった伝説なのであり、そしてきさまこそが、まことの蛟神としてこの蛟が池に君臨している怪物なのだ。俺の直感がそう告げている――もしかして、そのことばどおりの意味ではなかったにしろ、このすべてをたくらみ、仕組んだのはお前だとな。その理由《わけ》をいえ、カリュー――俺にアルティナなんとやらの村に連れていってほしいなどという、いつわりの理由ではない、本当の、俺を拉致し、この世界に連れてきたまことの理由をだ！　でなければ、いますぐきさまを切る。この剣は妖魔にあうと息づく――俺の手のなかで、スナフキンの剣は痛いほどに息づいている。俺を誤魔化そうとしても無駄なことだぞ。カリュー」

「しょうもないことを――」

　ふいに――

　さいごのまぶたが開き、ぱっとその白い額のまんなかにまた、あのぶきみな第三の目があらわれた。

　カリューはいまや、三つのあやしい目でグインを見つめながら、真紅の唇をにんまりとほころばせていた。なおも、かれは、まだ一歩もひこうとさえしていなかった。

「そんなことにそんな大した理由なんかありやしない。ただ、ぼくは――この世界を生み出したものとして、この世界を、本当に存在させたかっただけだ。誰だって、おのれの世界を生み出すまでに妖力、通力を持つようになった妖魔ならそう思う。それはふしぎなことでもなんでもありゃしない――自分の力が生み出したかりそめの、まぼろしの世界をなんとかしてまことの世界にしたい、本当に存在するものにさせたいとなんて、誰だって思うに決まっているじゃないか、グイン？　そして、貴方にならそれが出来る。貴方だけにそれが出来る――貴方の持っているエネルギーをもとにすれば、どんな妖魔だっておのれの世界を、本当のまことの世界としてこの世界のなかに生み出すことができる。そして、その貴方がたまたま鏡と鏡のあわせ鏡のあいだに入っていたのに、それに手を出さない魔物がいると思うかい？　貴方は、どんな魔物にだって垂涎の的のような存在なんだよ、グイン――そして、どんな魔物だって、貴方がいればこの世で最強の魔王となれる。誰だって、貴方を手にいれたら、入れることができたらと夢にみるんだ。ねえ、グイン」

　妖しく唇を耳まで裂いて微笑みながら、カリューはその白い手をトーガから出してグインのほうにさしのべた。その手は、あの、グインの足首をつかんで沼の底深く引きずり込もうとした、巨大な青白いイトミミズの触手であった。

「ねえ、グイン――せっかくここに入ってきてしまったんだから、ぼくの願いをかなえておくれよ。ずっとぼくのものになっていてくれなんて望まない。それではぼくごときの魔力にとってはあまりにも負担が大きすぎる。だけど、ほんのちょっと、ぼくのために、その強大な、宇宙的なエネルギーをわけてくれさえしたら、ぼくにそれをしばらくでいいから自由に使わせてくれさえしたら、ぼくは小さなささやかな、でも絶対に誰にも壊すことのできない魔物の世界、魔の次元をひとつ作り上げることが出来るんだけれどなあ！　ねえ、いいじゃないの、貴方にとっては本当にささいなことでしかないんだから！　貴方の底なしのエネルギーはまたすぐ補塡されるだろうし、そしてそんなものをぼくに吸い取られたことさえ貴方は意識さえしないだろう。なぜって貴方のエネルギーはひっきりなしに星々の彼方から送られてくるんだから！　ねえ、だから、ぼくに、そのエネルギーを吸い取らせておくれよ！　ほんの一度か二度でいいんだ。それだけで充分すぎるほどなんだ。貴方がそばにいるというだけで、あんな大きな魔法が使えるほどの力を貴方はぼくに及ぼすことが出来たんだから。貴方は本当にすごい人だ。この世界に二人といない貴重な存在だ。――あの沼はなかなかすてきだったでしょう？　あの世界を本当にしたいんだ。この湖も美しいでしょう？　この世界が本当に存在したらいいと思わない？　いまはまだ何処にもない世界を、あなたのエネルギーと、ぼくの魔力があわされば、この世に現前させることが出来る——それって、素晴しいことだとは思わない？」

「思わぬ」

グインは怒鳴った。

「俺にはそのようなものには何の興味もない。さっさと、俺をもとの世界に戻せ。さもなければ、俺は貴様を切るぞ。この妖怪め」

「どうしても？」

カリューは悲しそうな顔を作ってみせながらささやいた。

「どうしてもぼくのものになってくれないというの？　たった一度か二度でいいといっているのに？」

「くどい」

グインが吐き捨てた。

刹那、カリューの形相が変わった。

もう、カリューは、美しくも端正でもなかった。その頭は突然に、あのあやしい沼で蛇首亀の《蛟神》が最初にすがたをあらわしたときの、あの三角形の毒蛇の頭と化していた。その額に青く第三の目が輝き、邪悪な光を放っている。そして、その唇のあいだから、いまこそ解き放たれた、といわぬばかりに、そもそもの最初からグインがその存在を疑っていたもの——ペロペロと炎のようにうごめく、長い不気味な真紅の細い、先で二つに割れた舌があらわれ、そしてそれがチロチロと狂ったようにうごめいた。

「やはり、きさまが蛟神か！」

グインは怒鳴った。そして、スナフキンの剣をふりかざし、突進した。

カリューは青白いトーガをまるで脱皮するかのように脱ぎ捨てて、そのなかから中空高く舞い上がった。青白く、ぬめるように光る細長い蛇身が、ぬっと空中にあらわれ、そして、上のほうからグインにむかってカッと口を耳まで裂いて、真っ赤な口腔に毒々しい、毒をしたたらせた牙をむいたまま襲い掛かってきた。グインは叫んでとびのいた。かみ合わされたその蛇の口がカッッと音をたてた。ふたたび、カリューはグインにむかって牙をむいて襲い掛かってきた。二度、三度。

「おのれ、化物！」

グインはヤーンの名をとなえた。スナフキンの剣に思い切り伸びよと命じると、スナフキンの剣は突然、槍のようにのびた。カリューはすかさずその剣にまきつこうとしたが、それがいのちとりになった。まきついた刹那、スナフキンの剣は青白い炎を放った——カリューの口から、恐しい、とうてい人間には出せぬような絶叫がほとばしった。しばらく、剣のまわりに巻き付いたまま、カリューの青白

い蛇身はのたうち、剣をへし折ろうとするかのようにもがいていた。それから、突然、すべての力を失って、それはぼとりと湖のはたの地面の上に落ちた。

「俺をもとの世界に――」

グインが叫ぼうとしたときだった。

ふいに、まわりの世界がぐずぐずと溶け崩れてゆきはじめた。グインは思わず膝をついた。スナフキンの剣は、いつもどおり、《仕事》を終えるなり勝手に吸い込まれるようにして、グインの右腕のなかに入っていってしまった。

「おい、カリュー――」

カリューであったものは、白い長い奇妙なひものようにくたくたと湖のほとりに落ちていた。そして、まわりの世界は、湖も、そして森も、そして木々も空も、すべてがもやもやとかすみはじめ、溶けはじめていた。

そのときだった。グインは、おそろしくはっきりとした声が頭のなかにひびきわたるのをきいた。

「よくも、あたしの弟を殺したね。豹頭のグイン」

突き刺さるような、怒りと憎悪にふるえる声が、グインの頭を襲ってきた。同時に、黒い、髪の毛をきっちりと眉の上で切りそろえ、うしろ髪は首のうしろで切りそろえた、カリューにうりふたつの――だが、額の第三の目は真紅のルビーのいろ、見開かれた虹彩のない双眸は白銀色に燃えさかっている、美しい、だが邪悪な、怒りに燃えた女の顔がグインの頭のなかでグインをにらみつけた。

「よくも殺したね。あたしの大事な弟、あたしの生き別れた可愛い弟を。弟はただあたしのところにたどりつこうと願っていただけだというのに」

その口がカッと開いた。

そこにもまた、毒のしたたる牙がみえた。グインは身構えようとした――だが、頭のなかの映像にむかって戦うすべはなかった。

「あたしの名を覚えておくがいい。あたしの名は、カリューの姉、サリュー」

その女は、憎悪と怒りにふるえる声でささやいた。

「覚えておくがいい。いまにかならず、あたしはもっと力をつけて、きさまを倒しにきさまの世界にいってやる。あたしたちは、何もしちゃいない。あたしたちはただ、生きたいと望んでいただけだったのに。むごいことを」

「俺はただ、きさまらが仕掛けてきたことに応じただけだ」

気強くグインは言い返した。

「俺を利用しようとするなら、それだけの覚悟はするがいい。俺をただ、利用しようとしたところで、俺はきさまら妖魅どもの思い通りに動かされることはない」

「おだまり。いつかあたしは弟のかたきをとるからね。可哀想なカリュー。覚えているがいい。豹頭のグイン」

映像は消えた。

ふいに、はかりしれぬ苦しさがグインを襲った。だがそれは、襲ってきたときと同様、一瞬で消えた。そして――

＊

そして、かれは、あえぎながら目を開いた。

もはや、おのれが、おのれに属する――あるいはおのれが属する世界に戻っていることは、とっくにからだの感覚でわかっていた。まさしくそれが真実の世界であることも。かれは、唸りながら身をおこそうとした。

「王さま」

優しい声が囁いた。

「ひどく、うなされておいでになりましたわ」

「ヴァルーサか」

グインは喘いだ。

「水をくれ。よくない夢をみただけだ。だがそれももう――」

「お水はここに」

やわらかな、愛妾の唇がおおいかぶさってくる。そして、グインの喉が鳴る。

だが、グインは、そのままからみついてきたそうな女の柔肌をそのまま押しのけた。たずねるようにヴァルーサが、常夜灯のうすくらがりのなかから、グインを見上げる。

それにかまいもせず、グインは立ち上がって、そして壁にかけよった。

「これか！」

するどく、壁にかかっている鏡をあらため、それから、その反対側をみる。そこには、夜のとばりが、気まぐれに鏡となした水晶の窓があった。

「今宵はカーテンを閉めずに寝たのであったな。あまりに月が美しいとお前が云ったので」

グインは云った。

「はい、王さま。――それが、何か、よくない夢をもたらしたのでしょうか？」

「待て」

グインは、ふと、奇妙なものを見つけて、はっとした。

それは、鏡の裏側に、ひからびて、小さくはりついていた、いつのころよりそこにあったとも知れぬ、小さな真っ白い、グインの指よりも細い小蛇の死骸であった。その額のまんなかには小さな青い目のような突起があった。

「こやつが、すべての元凶だったのか」

グインはつぶやいた。

「気の毒な――健気らしいことをしたものだ。だが、小蛇ごときにしてやられるようではケイロニアの王はつとまらぬ。――つまらぬ夢を見たものだと、悪く思わないでくれるがいい。カリュー」

「王さま――?」

いぶかしそうに女が小首をかしげる。グインは首をふった。

「何でもない。ここに来るがよい。月はまだ中空をまわったばかり、朝までには間があるようだ。もうひと眠りしよう。ただしカーテンはしめておくことにしよう。あわせ鏡に月の光がさすとき、思わぬ悪さをしようとたくらむものが、またそれを利用せぬでもないゆえな。さあ、ここに来い。夜はまだ長い」

グイン・サーガ
オフィシャル
ナビゲーションブック

GUIN SAGA Official Navigation Book

STAFF

supervisor
栗本 薫
KURIMOTO Kaoru

editor & writer
早川書房編集部
HAYAKAWA Publishing Corp. Editorial Department

writer
田中勝義
TANAKA Katsuyoshi

柏崎玲央奈
KASHIWAZAKI Reona

八巻大樹
YAMAKI Daiju

illustrator
加藤直之
KATOU Naoyuki

天野喜孝
AMANO Yoshitaka

末弥 純
SUEMI Jun

丹野 忍
TAN-NO Shinobu

special thanks to
三浦建太郎
MIURA Kentarou

天狼プロダクション
TENROU Production

グイン・サーガ　オフィシャル・ナビゲーションブック

2004年9月10日印刷
2004年9月15日発行

監修者　栗本 薫《くりもとかおる》
編　者　早川書房編集部
発行者　早川 浩
発行所　株式会社 早川書房
郵便番号　101-0046
東京都千代田区神田多町2-2
電話　03-3252-3111（大代表）
振替　00160-3-47799
http://www.hayakawa-online.co.jp
印刷所　株式会社亨有堂印刷所
製本所　大口製本印刷株式会社
定価はカバーに表示してあります

Printed and bound in Japan
ISBN4-15-208592-4　C0095
乱丁・落丁本は小社制作部宛お送り下さい。
送料小社負担にてお取りかえいたします。